U0466784

逐梦江南

———— 葛维敏 著

Zhumeng Jiangnan

时代出版传媒股份有限公司
安徽文艺出版社

图书在版编目（CIP）数据

逐梦江南 / 葛维敏著. -- 合肥：安徽文艺出版社,2025.6
ISBN 978-7-5396-8028-6

Ⅰ.①逐… Ⅱ.①葛… Ⅲ.①长篇小说－中国－当代 Ⅳ.①I247.5

中国国家版本馆CIP数据核字(2024)第044084号

出 版 人：姚 巍
责任编辑：汪爱武　　　　　　　　封面设计：石 晓

出版发行：安徽文艺出版社　　www.awpub.com
地　　址：合肥市翡翠路1118号　邮政编码：230071
营 销 部：(0551)63533889
印　　制：安徽新华印刷股份有限公司　(0551)65859551

开本：880×1230　1/32　印张：7.875　字数：185千字
版次：2025年6月第1版
印次：2025年6月第1次印刷
定价：45.00元

（如发现印装质量问题，影响阅读，请与出版社联系调换）

版权所有，侵权必究

谨以此书献给永葆初心的中国共产党,献给不屈不挠的中国人民。

一次次逃避,等待的将是雪崩似的追击、碾压、覆灭;不断地抗争,方能突破黑暗的壁垒,找到一条通向光明的路。

——题记

第一章

破败不堪的火车不加掩饰、毫无顾忌地哼哼着,一直向南奔逃。车头灯像一把雪亮的刺刀豁开了原野黝黑的胸膛,豁出了那两道藏在黑暗中的铁轨。惊恐无助的人们将随着它逃窜向未知、茫然的原野更深处,灯光照不到的地方依旧是无边的黑暗。

东方箭抱着小毛毯、披着小油布,呆呆地坐在车厢的一角。窄长脸,高鼻梁,薄嘴唇,细眉细眼,眼窝凹陷,眼睛很有神——东方家强大的基因都显现在东方箭的外貌上。东方箭说不上英俊,但也算清秀。

他没有去和康恋春、康有强等小伙伴玩游戏,也没有和东方汝菊、东方从武去打闹,更没有去找花千树、苏丁旺等几个大小伙子唠嗑……没有一点好心情,他对什么都不感兴趣。这个十一二岁的少年,在本该活跃好动的年纪,却如此沉寂老成。

多年前,在山海关扁担胡同,东方家殷实,他过着集众多宠爱于一身的少爷生活。柳条湖事变,日寇不费一枪一弹,占领了东北全境。在铁路线上工作的爹东方霆联系到一辆有篷的火车,一家人从山海关坐火车一路向南奔逃。东方家的那条黄狗拖着铁链子,跟着火车跑了很远。它边跑边"汪汪"地叫着,但火车无情地拼命地向前奔逃,生怕被黄狗追上。东方箭最终看不见黄狗的踪迹。从此以后,东方箭失去了好伙伴——黄狗。

那辆火车在南京下关浦镇停住了脚步,东方箭一家人便在南京铁路工地上讨生活,日子过得勉强,但也算安稳。

哪里想到,刚刚过上六年安生日子的东方一家,再次听到了一个噩耗:日寇即将对南京形成合围之势。日寇好像专门与他家作对,像鬼一样撵着他家人,成心不让东方家过上好日子。这不,东方家又一次南逃。六年前,东方霆托关系帮自己家以及康家各弄了一卧铺套间,从山海关到南京浦镇,一路无风无雨,饱食无忧。而今,东方霆却只能弄到这半夜里出发的敞篷车。往南逃的人实在太多,比他有门路的人太多,能坐上这敞篷车已是谢天谢地了。东方箭猜测另一种可能,家中的经济出现了问题,没有太多的钱买票了。他听说,敞篷车一般是慢车,逢站必停,座位便宜,每个座位2元。而同样是慢车的有篷车头等车厢9元,二等车厢5元。口袋瘪瘪的东方霆只能委屈一家人的身躯。

几年前,从山海关出发时,丢下了东方箭的玩伴黄狗,是因为火车上有不给带牲畜的规定。丢下黄狗,是东方箭童年时代的一个痛。而今,一家人从南京浦镇出发,却丢下了叔叔东方旭。叔叔是一个残疾人,留在南京,守着几间简陋的房子和一些破烂的家具。有必要吗?少年东方箭想不通。临别时,奶奶脸上挂着泪抱着东方旭的头交代他:"儿呀,你要保重自己!我们走后,一切要靠你自己了……有不方便的事情,让富贵去做……"奶奶说的富贵是东方箭的小表哥令富贵。令富贵发誓要找到失联的姑妈令云雀以及东方汝竹、苏小欣两位如花似玉的姑娘。她们失联与他有关联,所以他不能走,不愿走。

"娘,您放心走吧,我会照顾好自己的。"叔叔东方旭紧抿着嘴,闭着眼,努力不让眼泪落下,顿一顿后,像下定决心似的说,"不要操我的心,你们走吧!"

东方汝菊则抱着叔叔的腰不肯放手,说:"您跟我们一起走,您不走,我就留下来陪您……"叔叔最喜欢这个侄女了,她不但长得漂亮,且特别心疼叔叔。平时,她为叔叔端水、递毛巾,懂事得很。

"傻闺女,你一定要走,一个女孩子留在这里不方便。"东方旭掰开汝菊的手,"我不能跟你们走,我要在这里等你表姑、姐姐……"

汝菊只好松开了紧扣着叔叔的手。东方箭抱着叔叔的脖子,泪汪汪地看着叔叔那张饱经风霜的脸,希望他能跟大家一起走。但是,叔叔东方旭坚持要求留下来,说他还有要事要办,办完了就会去江南与大家相聚。东方箭不知道叔叔有什么重要的事情要办,但他觉得叔叔的事一定特别重要,而且很神秘。半夜,东方箭偷偷地在叔叔的木轮椅后背横梁正中间,用小刀雕刻了一个小太阳。他希望这个象征光明的太阳能够替代他,永远陪伴孤苦伶仃而又肢体残疾的叔叔东方旭。

敞篷车厢没有固定座位,车厢里有四条长长的木凳,靠车厢边摆放,那就是乘客们的座位。要想坐到座位,全靠抢。好在东方霆找了熟人提前进站。在上车时由花千树、苏丁旺等几个小伙子把在门口,不让其他人上,只让东方家、康家人先上,确保大家不但有座位,而且能够坐在一起。车厢中间比较空旷,那儿是放行李的地方,被褥和衣物随意堆着。东方箭的娘汤玉伶将值钱的东西装在一条褡裢袋里,系在腰上,外面套着一件薄棉袄。钱不外露,外人就不会有邪心思了。

节气是小雪,如果在山海关,早就下过几场雪,睡上热气腾腾的炕了。然而现在,大家坐在直面冷寂天空的车厢里,只有蜷缩着才能感觉自己身体还是热的。昼夜温差较大,上火车前,爹东方霆让每个人都带上一块毛毯和一块油布,防止夜里冷,还有就是防止露水凝结成霜。火车在黑暗中穿行,路过村落,远远地可以看见稀稀疏疏的灯光在凉风中挣扎;路过小站,灯光通明,衣着破烂的做小生意的大人、小孩举着烧饼、熟鸡蛋等食品喊:"便宜了,1元钱五个!"售卖人自己是舍不得吃的。东方箭很想吃那喷香的五香蛋,但想到这是在逃难,便咽咽口水忍过去。大家都是晚上吃饱后上车的,大人们也就不会想到孩子们嘴馋。

同车厢里的四个小伙子也默不作声,本该是精力最旺盛的年纪,却一个个缩着头蜷在椅子上。令荣华、花千树、司成虎、苏丁旺是东方箭家的亲戚、村邻。他们的几个亲人在山海关和浦镇分别失踪或去世了。现在,他们孤身流落他乡,前途未卜,怎么可能还有好心情?

令荣华本来要弟弟令富贵跟自己一道去皖南,可令富贵对哥哥说:"我要在这里陪陪表叔,等姑妈回来,你们就放心去吧。"表叔指的是东方旭,姑妈指的是令云雀。当时,几个小伙子都想留在南京,结果被令富贵一句话给撵走了。令富贵说:"我们人多了,会被政府抓去做壮丁的。"司成虎想想也对,自己的娘令云雀是令富贵的姑妈,他在南京等也是一样的。其实司成虎不知道令富贵的心思,他看上了三表妹东方汝竹,他要在这里等她回来。苏丁旺知道连警察局局长叶鸿儒都没有办法找到妹妹苏小欣,认定她一定凶多吉少了,跟着东方家一道走,他还可以接近东方家的几个大姑娘。在山海关失去亲人的花千树,孤身一人,到哪里都无牵无挂,之所以跟着东方家跑,是因为他心中有个姑娘——东方汝梅。

浑浑噩噩的月亮待到后半夜才露出镰刀般的脸来,像被踩瘪的银盘。悄悄来的湿气,让人们毫无防备,凝结在头发上,形成了水珠。它缓缓地带来寒气,攻城略地般地将人们包围,人们最终无路可逃,只好裹紧衣物来抵御它的侵袭。庄稼已经收割完,平原显得格外空瘪,像被孩儿吸干了乳汁的母亲的乳房。

在车厢的另一个角落,一杆烟枪一直亮着,抽旱烟袋的人正是"神医"康定家。他是一名中医,曾教东方箭父子认识一些实用的草药。只有东方霆迷恋草药养生,把它用到了实践中。一个月前,神医的两个儿子上街去玩,结果被一辆飞驰的轿车撞死了。康家花了一兜银子,找了一圈人,得到警察局局长叶鸿儒的回话:那是日本人的车,警察根本无权查办。连警察都不敢查日本人,康家再也不敢追究了。从那以后,康定家的烟瘾更大了,简直是要把那柄铜锅头烟袋当作命根子,只要醒来,就一直擐在手里。康定家的不远处坐着老太太康钱氏,她的左右分别坐着康恋春、康有强。武兆芳姐妹紧挨着康有强坐着。大学还没毕业的武兆芬这次随着姐姐武兆芳一道去鸠城,是因为姐夫康定国说要帮她在鸠城找一份工作。南京虽大,但已放不下一张课桌了,所有大学都在考虑南迁或者西迁。学是上不成了,只有找份工作养活自己才是正道。中小学则无限期地放假,教书的武兆芳不用去学校上课了,做学生的东方箭、康恋春他们自然不用上学了。放不下课桌,可以不上学;但放不下饭桌,那只有逃离。

一车厢的人在火车"哐当哐当"的叹息声中,在初冬寒气逼人的露水下,竟然都沉沉睡去。

"轰隆隆——"车要到站了。整列车的人都在这吼声中醒来,睁眼一看,天有些亮了。火车在强烈的震颤中"吭哧吭哧"地停下了脚步。火车到了大家的目的地——鸠城站。

东方箭站在车厢里往外看,东方是鱼肚白,薄薄的雾气很不情愿就这样散去,它纠缠着树木、房屋。鸠城站广场上人来人往,每一个人都是慌慌张张的,仿佛是赶去投胎。一群人提着箱子背着包裹,拽着孩子急匆匆地在广场上找黄包车——他们要去鸠城的某个地方避难。另一群人坐着黄包车来,从车上提下箱子、包裹,肩扛手提地向车站检票口跑去——他们要离开鸠城,到更远的地方去避难。

鸠城,是这条铁路线上的一个大站,火车在此停靠的时间比较长。康家人要在这里下车,康定国在鸠城有公房,所以他们一家决定留在鸠城。他们家在浦镇住的是公房,所以也没有什么可牵挂的,带上一些细软也就行了,更何况一家老残妇孺,也没那么多精力带更多东西。好在东方家这边有好几个年轻小伙子,去帮他们搬东西下车。东方箭学着表哥他们的样儿去帮忙。他想帮武兆芳老师提箱子,试了一下,箱子纹丝不动,只好放弃。东方箭再去帮瘸子康定家提包裹,试了一下,包裹结扣提到了他的头上,包裹底还赖在地上,他根本提不动它,只好放弃。

"你再长高一点,多吃几年饭就行了。"苏丁旺嘲笑东方箭,说,"不行的话,你去帮康恋春提个包裹。"东方箭知道苏丁旺是在笑他个子矮。

东方箭翻了他一个白眼,心里想,我要是到你这么大的年纪,个头肯定超过你。但他转念一想,苏丁旺提醒得也对,他便就坡下驴,抢过康恋春手中的小包裹背在肩上,弄得康恋春的脸颊上瞬间飞上了红晕。

他们一行提着箱子、扛着包裹走在前面,康家人扶老携幼地走在后面。在站台的不远处,有两辆黑色的轿车等在那里,戴着眼镜、挺着大肚子的康定国立在车旁,朝着这边笑。两个司机看到他们一行人过来,赶忙打开后备厢。康定国手里捏了一包卷烟,见到帮着他家搬东西的人就递香烟过去。他们没有手来接,康定国便将香烟架在他们的耳朵上。康定国看到了东方箭,摸摸他的头说:"小伙子,你也能帮着我家干事了?"东方箭不好意思地低下了头。

花千树在站台买了一些包子、大馍、烧卖等点心带上车给大家吃,大家就着水壶里的凉白开吞咽食物。

猛然,四姐东方汝菊站起身来,说:"武老师的毛毯!"原来昨天晚上,东方汝菊因为冷而咳嗽了好几声,武老师找出一条毛毯,让汝菊披着。今天早晨,康家人走得匆忙,汝菊忘记了将毛毯还给武老师。吃早点时,她才想起了毛毯的事情,将半个包子往嘴里一塞,抱起毛毯向广场飞奔过去,此时她看到了康家的车已经驶出了车站,便加快了速度。东方霆伸手想抓住她,没抓住,便喊道:"以后再还也不迟。"但是她已经窜出多远了。

"轰隆隆、轰隆隆……"像打雷一样的声音离车站越来越近。原来是东南方向来了几架飞机,初看时像纸飞机大小,再看时有风筝般大小,渐渐地遮住了朝阳,大地一片黑暗。"轰隆隆、轰隆隆……"声音越来越大,坐在车上的人无处可躲,一个个缩着头,包子还在嘴里,不敢咀嚼,生怕咀嚼发出的动静会让飞机感知到目标位置。不久,可以看到飞机大如鲸鱼,机身上的标识格外刺眼。大家都把昨晚上裹的毯子、棉衣包在头上。一开始大家以为飞机只是掠过鸠城火车站而已,在心里祈祷:飞机,你赶紧飞走吧。当听到震耳欲聋的轰鸣声就在耳畔时,他们才知道魔鬼来了,大伙儿哆嗦得更加厉害了。

"咣!"一颗像黑老鸹一样的炸弹落在了站台,"轰隆"一声站台坍塌,飞石四溅,无数颗小石子"当当"地砸到车厢板上又弹开去。有一颗小石子钻进遮盖的衣服缝隙里,砸在苏丁旺的脑袋上,他"哎哟"一声捂着头,把脑袋缩得更低了,恨不得自己变成一只乌龟,把头缩进肚子里。东方箭瞧他那模样,在心里暗自发笑:这就是嘲笑我的下场!

"咣""咣"……一颗颗炸弹带着哨声落在广场上,广场上瞬间出现一个个坑,掀起的石块砸向四面八方,烟尘像团雾一样散开。被直接炸到的人瞬间就粉身碎骨了,破碎的衣服、断裂的胳膊腿挂在了几十米远的树上,有的落在空地上,血腥味弥漫了整个广场。没被炸到的人被气浪震得趴在地上,昏迷不醒。更远处的人,被吓得屁滚尿流,哭爹喊娘地往偏僻的地方窜。

渐渐地更多的炸弹落在了鸠城的各个角落,整个鸠城就像一个开采石头的矿场、一个巨大的焚烧场,到处是爆炸声,到处是浓烟,到处是房屋的倒塌声。人们的内心深处发出无助、凄厉的哭喊声。这些呐喊,无不在向世人宣告一个事实:这里就是人间炼狱。

扔完炸弹的敌机呼啸着,盘旋着,像生完蛋的母鸡得意地欢叫着飞向东南方。惊恐的人们等到飞机的声音消失在天边,才掀去盖在头上的衣物,看看这被炸弹炸得面目全非的世界。东方霆站起身来,大喊着"汝菊,汝菊",向广场方向跑去。汤玉伶像猛然想到了什么,也大喊着"汝菊,汝菊",向广场方向跑去。广场上除了几个粗暴的大坑以外,就是散落在四周的血迹、破碎的布片、残缺的肢体……

东方家不知道汝菊是在什么位置被炸的,也不知道被炸成什么样儿,更不知道哪里有汝菊最后留给这个世界的哪怕一个手指头。"汝菊,汝菊——"声声带血泪,"汝菊,汝菊——"字字带苦痛。

祖母东方令氏跺着小脚,双手拍着大腿号着:"都怪我呀……让她留在南京……就不会出这事了……"东方箭不忍年迈的祖母这么悲痛,上前抱住她的腰,哽咽着说:"奶奶别哭了……"东方从武也跑上前,抱住奶奶的腰。奶奶抚摸两个孙子的头,良久,止了哭,淡定地说:"早点投胎吧……投到一个安宁的地方……"

除了东方家的哭喊声,广场上各个角落都陆续传来哭喊声。整个广场就是一片哭诉的海洋,如泣如诉的波涛撞击着人们的耳膜。

这时,一个穿灰色长袍,头戴黑色礼帽,戴着黑色太阳镜的男人,靠近了东方家。东方箭认出他是任怀刚。在南京时,他经常与叔叔东方旭联系。任怀刚对东方霆耳语了一番,东方霆眼里噙着泪水点头,然后对家人们说:"走,我们上车,去楚埠。"

之前知道康家在鸠城停留,东方霆还曾想留下来,与康家互相有个照应。现在,他听了任怀刚一席话后,果断地决定离开鸠城。

东方箭很好奇任怀刚跟他爹东方霆说了什么,更好奇任怀刚这个人。

第二章

日机轰炸鸠城后,不少难民和乡农都拥进城去,扒废墟、找东西。特别是几家银楼和首饰店的位置,房倒楼塌,一片狼藉,主人不知去向,更是成了人们觊觎的对象。

东方箭在楚埠渡口听说某某在银楼位置挖出了金元宝、项链、戒指的消息,回家便将消息告诉了东方霆。东方霆正愁着失业只能在家坐吃山空,这下好了,要是挖个金器回来,变卖之后,就可以补贴家用了。

自从逃离了鸠城之后,一家人来到了楚埠,住在楚埠小学的一间教室里。楚埠小学住的全是逃难来的难民。有爱心人士给每一位来此居住的难民发一片白布条,上面写着"难民证"三个字。凭着"难民证",难民每天早上可以到楚埠码头旁的庙宇门口领取一碗稀粥。有时,小孩凭难民证还可以领到一枚鸡蛋。但一家人总不能靠别人施舍稀粥、鸡蛋过下去吧,总得走出去,挣钱养家。和东方家一道到楚埠的四个小伙子也都住到了楚埠小学里,并且都在楚埠找到了事情做。花千树、司成虎帮屠户宰杀牲畜,令荣华给那些房屋被炸毁的人家维修墙体、建造灶台,苏丁旺给棺材店的木匠打打下手。这年头,生意最红火的店铺竟然是棺材铺。总之,令荣华、苏丁旺他们能在异地立住脚跟,挣点小工钱,养活自己,就感到十分满足了。

公鸡还没打鸣，娘汤玉伶早就熬好了粥，叫父子俩起床吃粥。祖母东方令氏踮着一双小脚走过来，手颤巍巍地摸着东方箭的头说："好孩子，能跟你爹一道为家里挣钱了。"她的样子好像东方箭就一定能够为家里找到至少一块金灿灿的元宝回来似的。姐姐弟弟们头发蓬乱，衣服都没穿整齐，挤在门口羡慕地看着父子俩吃着。"奶奶，今天我挖到金器后，给你买桂花糕。"东方箭嘴里含着粥，笑着对奶奶说。话刚出口，他就意识到没有照顾全面，又对着其他人说："给你们每人带一份礼物——娘一条围巾，姐姐们每人一条花手绢，从武一把弹弓。"这话说得好像那些金器就在那里，单等他东方箭取来。吃完后，父子俩提着灯笼就从楚埠家中出发了。奶奶、娘以及姐弟们都站到了门外相送，一直看他俩的身影渐渐变小，消失在晨雾里。

路上父子俩聊着，东方箭这才知道，那天在鸠城的火车站，任怀刚对他爹说的是什么。任怀刚告诉爹，日本人不知道从哪里得到的信息，说国民政府的高官和国民政府的总统蒋某人将于近几日坐火车经鸠城，然后向江西方向逃窜。日军因此特意加强了对鸠城的轰炸，想阻止这些高官以及蒋某人后撤，或者干脆在此将他们统统炸死。所以，现在鸠城成了日军飞机重点轰炸的目标，且车站是重点区域。任怀刚还告诉东方箭的爹，汝菊说不定没事，只要没看到尸体，就有一线希望，所以不要悲伤，任怀刚希望他们一家人尽快离开这是非之地，他会在那里继续打探信息，一旦有汝菊的消息，一定想办法联系东方家。东方箭知道这是任怀刚安慰爹的话，因为他明明看到远处的电线上挂着条纹毛毯的碎片，碎片的另一面是一只残存的手臂紧紧拽住毛毯的一角。那毛毯上的花纹，东方箭很熟悉，与武兆芳老师家的毛毯一模一样。有次东方箭在她家玩耍，感觉身体不舒服，武老师让他躺一会儿,盖的就是那条毯子,所以东方箭记得很清楚。

经他爹这么一说,东方箭就明白了为什么爹那一天不再寻找四姐了。这个任怀刚不但三言两语能够让人改变主意,而且信息特别灵通,好像很神通广大。在南京,叔叔东方旭曾对东方箭讲过的南方成立新四军的消息,估计也是从任怀刚那里获得的,因为每次任怀刚来桂花巷都会坐在巷口,与叔叔聊上一会儿,而且轻声细语,极其神秘的样子。

从楚埠到鸠城要走三个小时,父子俩一定要赶在天亮以前找到银楼位置,抢占有利位置,才能扒出想要的宝贝。小路弯弯曲曲、坑坑洼洼,加上他们起了一个大早,头脑还没有清醒,感觉道路更加不平坦,几乎是一路跌跌撞撞,才终于来到鸠城城区。

天刚刚放亮,街上的人影稀少。人们打着哈欠,揉着惺忪的睡眼,行色匆匆地赶生活。东方霆是凭着记忆找到闹市老十字街一带的。以前,他帮武兆芳老师捎东西给她丈夫康定国,从那里经过几次,有些记忆。日军来之前,卖金银首饰的大部分集中在这里。"大元宝"银楼就在一棵巨大法国梧桐树的不远处。此时梧桐树叶子落光了,光秃秃的。

东方霆对儿子东方箭说:"'大元宝'银楼就在这里。"

说罢,他将蜡烛吹灭,随手将灯笼挂在梧桐树的断枝上。东方箭解下肩上的包裹、水壶,也挂在了树枝上。

东方箭人虽年纪小,但很机灵,踩着瓦片摇摇晃晃地奔过去。东方霆还落在他的后面,边走边在工作服的口袋里掏手套,这是他多年从事繁重体力劳动的习惯。他递去一双手套给东方箭,说:"戴上。"东方箭回过头来,接过手套后转身继续往前走,问:"有必要戴吗?""当然要戴,不然的话手会被划破的。"东方霆回答儿子道。东方箭没有再问了,爹说得有道理,听他的应该没错。

很显然,这里已经被人们翻找过了。房屋上面的梁、椽等大件的木料已经不见了。据说这些木料被人扒出来运到棺材店里去做棺材了。这一段时间,鸠城的大部分生意一落千丈,唯有棺材店的生意异常红火。看来各地都是一样,楚埠的棺材店生意也红火。失去了梁、椽的倒屋,就像被抽去了筋骨的猫,瘫软在地。碎瓦交错,断砖重叠,要一片一片地将瓦砖抓起扔到远处,才能将落脚的地方清理干净。清理出来的面积由最初的一尺见方到一丈见方,再到一米见方,逐步扩大。瓦片捡走后,还要将余下的尘土草屑细细过一遍,只有这样才有可能找到被遗漏的金器。这和在山海关时,爷爷带他去翻山地里遗落的花生是一个道理。

东方箭父子俩选择了一块约一丈见方的范围,面对面刨瓦扔砖。他们的姿态是在昭告别人,父子之间的区域是他们的领地,其他人不得插足。不久,陆陆续续有人前来刨砖瓦找意外之财。这一片瓦砾堆热闹起来,扔出的砖瓦发出"噼里啪啦"的声音。人们发出阵阵吵闹声,让死寂的城市似乎有了些活力。

戴着手套的手还是磨出泡来,东方箭没有吭声。到了中午,东方箭肚子饿得"咕咕"叫,他见爹低头刨着,没有说要吃点什么的意思,他也只好忍着。实在太饿了,他就到梧桐树下歇一歇,喝上几小口水哄哄肚子。

忽然,不远处的瓦砾堆那边传来吵闹声,说是刨到了金子。这边的人们就没心思了,"呼啦"一下子全部奔到那边的瓦砾堆去了。东方霆大踏步奔过去,踩得瓦砾"咔咔"响。不久,他耷拉着头无声无息地回来了,说是那人只刨了块贴金纸的木料。东方箭远远望去,那边有许多人挤在一块儿拼命地翻挖破砖碎瓦,都想碰个好运气得到点金首饰之类的意外之财,争先恐后不怕累地扒啊、翻啊,两眼直溜溜地盯着地下,似乎下面就有现成的元宝,那种痴迷的劲头让人觉得可怜又可笑。

实在饿得没有力气抛瓦片了,东方箭只得坐在树下恢复元气,听不远处有人在说闲话。他们说开银楼的多是浙江等地的外省人,这些老板早已携带重金返回故里了。他们的合伙人躲到乡下还不敢回城,所以这些房子倒塌之前里面什么都没有了,跑去刨金刨银,只是人们一厢情愿地想发意外之财而已。以前,有人果真挖出一个金戒指,那是人家逃难慌乱时遗落的,周围的人就互相抢夺,争得面红耳赤,甚至吵嘴打架。

东方箭想,看来今天是看不到挖到金戒指这样的场面了,哪怕大伙儿为了争抢那枚被遗失的金戒指而打得头破血流,也毕竟给人带来希望。

东方箭坐在树下,像一棵被太阳晒蔫的大白菜,垂下了头。尽管眼前阳光朗朗,但在东方箭看来灰蒙蒙的,整个世界松软无力,只剩下苟延残喘。

东方霆拖着疲乏的身体走到东方箭的身边,哀怜地望着他,低声问:"累了吗?"东方箭抬起头,点了点。爹拿过水壶,发现轻飘飘的,晃一晃,听不到水声。但是,他依旧不死心,旋开盖子,朝里面看看后,还是把壶嘴插进自己的嘴里,壶底朝天抖了抖,估计什么也没抖进嘴,便重新盖上。东方霆把水壶递给东方箭,从口袋里摸出一块钱,让东方箭去弄点热水来。钱给了东方箭无形的力量,他立即站起身,接过壶和钱,窜出很远。

东方箭知道在火车站附近有个茶摊,那里给过往的客人提供的茶水比较便宜。于是,他向车站的那条路拐过去。这条街原本车来人往,比较繁华,但是,最近因日寇连续多日的轰炸而变得破败不堪。青天白日,轰炸机嚣张而来,来时黑压压的,像一群老鸹,发出刺耳的轰鸣声,让人浑身起鸡皮疙瘩。朗朗乾坤,它们肆意轰炸,"乒乒乓乓"扔下无数颗炸弹,炸毁无数间房屋,炸死炸伤无数人,然后带着得意的啸叫声扬长而去。它们来去自由,如入无人之境,只给这座江南小城留下满目疮痍。

说到敌机轰炸,东方箭打了一个寒战。可怜的四姐东方汝菊正值豆蔻年华,被日寇的一颗炸弹炸飞,连尸首都没找到。四姐是爹最怜爱的女儿,她不幸遇难后,爹整天寡言少语,恍恍惚惚,无精打采,对什么事情都不上心。一家人从此被悲哀的空气笼罩着。四姐是叔叔最疼爱的侄女,懂事,体贴人,如果叔叔知道了她在鸠城被炸死,肯定会后悔当初没有把她留在浦镇。留在浦镇,也许就不会发生这样的悲剧了。

倒塌的房屋没人修缮,大门歪斜也没有人管。没有倒塌的房屋大门紧闭,估计主人家都到乡下去避难了。只有一两户人家,为了生计,卖点小吃、茶水,他们像做贼一样半掩着门,随时准备关门逃跑。东方箭猛然看到有一户人家门口插着招魂白纸幡,摆放着花圈,知道是有人过世了。再朝里面看时,顿时呆住了。灵堂上正面墙上中间挂着一个斗大的"奠"字,上方白纸黑字写着"爱妻武兆芳千古"一行字。"奠"字下方是一位俊俏的女人遗像。灵堂中间摆放着一口棺材,几个年纪大的男人坐在棺材的两旁抽着香烟,两个少年跪在棺材前哭泣着。武兆芳,不就是康恋春那乐观热情的当教师的娘?不,不,不,一定是弄错了。世界上重姓重名的人太多了,或许这就是一个巧合。但那遗像却真真切切是武老师,这是怎么回事?

正当东方箭犹疑之时,坐着的一个男人看到了他,朝他喊了一声"东方箭",他才确定这一切都是真的。喊他的人是康定国,他原来是在南京邮政局当差,后来随着日军的进攻、政府的退缩而逃到鸠城邮政局。而死去的正是他的妻子武兆芳。听到康定国叫他,东方箭立即应声上前。

跪在棺材前的少年们也不约而同地转过身来朝他望。女的是康恋春,男的是康有强。康恋春头上扎着白布条,身上披着白布,眼睛像深秋的柿子般红肿。康有强头上戴着麻布帽子,身上披着白布,腰间扎着一根草绳。他们看到东方箭立即放声痛哭。东方箭的泪水一下子模糊了眼眶,他奔过去跪倒在两个人的身边,两只胳膊分别搭在两个人的肩上,边哭边问:"这是怎么回事?"他的问话勾起了一阵更加强烈的哭泣声。很久之后,康恋春带着哽咽,断断续续地告诉他:"前天……我们一家上街……鬼子军机……来轰炸……炸弹……炸死……"

又是那可恶的日本军机,不但炸飞了四姐汝菊,而且还炸死了东方箭敬仰的老师武兆芳。真是可恶至极!东方箭心里想。他看着梨花带雨般的康恋春十分心疼。他想抱一抱安慰她,但毕竟男女有别。东方箭看着两腮上挂着泪痕的康有强,在他的肩上拍了拍:"兄弟,要坚强!"

穿着一身黑衣服的武兆芬从灵堂后面出来,她的眼睛红肿,端来一杯水递给东方箭,说道:"小箭,快快起身,进来喝一口水吧。"

东方箭起身接过她手中的水杯。猛然,他想起一件事来,放下水杯,起身跑出康恋春家。

不久,父子俩带着几沓草纸来到康家,叩头祭拜。东方霆与康家人互相安慰。一阵哭泣伴随着一阵哀痛,向整个世界弥漫开去。

父子俩回到梧桐树下,就着水壶里的水吃了早晨带来的硬馒头,一声不吭,仿佛是两头正在反刍的牛。吃完后,他们默默地回到"领地"继续抛瓦砾,手中的瓦砾砸向瓦砾堆发出的"啪啪"声,仿佛是在向世界发出"可悲、可悲"的哀号。

夕阳西下,他们一无所获,带着那盏灯笼,背上空瘪的包裹,拖着沉重的身体,又经过了近三个小时的步行,返回了楚埠。家人看到他们满身泥土、头发枯黄、无精打采的模样,就知道他们没有带着"元宝"回来,更没有带回东方箭承诺的围巾、桂花糕、手绢和弹弓等礼物。

奶奶心疼地看着东方箭手上的水泡,让大孙女汝梅拔下一根短发来。东方箭好奇地看着奶奶,奶奶捉住他的手,趁他不注意,用发尖戳向鼓鼓的水泡,浓稠的液体顿时流出。东方箭感觉到了一阵刺痛,手下意识往回缩。奶奶说:"不要怕,刺破了,好得快一点。"奶奶轻轻地按压,东方箭忍着痛,水泡里的汁液顺着针眼往外流,最终变得瘪了。娘找来碎布、线头,帮他把有水泡的地方包扎起来,告诉他:"这几天,伤口尽量不要碰水,很快就会好的。"东方箭懂事地点点头。他知道在姐姐弟弟面前要表现得勇敢一些,便大大咧咧地说:"小伤,没事。"说完,抓起筷子就开始狼吞虎咽。

东方霆饭后坐在墙角的凳子上抽闷烟。奶奶令氏、娘汤氏做着手工活。两个姐姐去刷锅洗碗。弟弟从武缠着东方箭想让他讲今天的见闻。东方箭借口累了,早早地上床睡去了。他听到爹在跟奶奶以及娘谈到今天见到康家在办丧事。随后,东方箭听到两个女人的叹息声以及那句"遭天殃的"的骂声。

东方箭梦到了武兆芳老师。她上课时清脆如百灵鸟的声音,下课后低声悄语地与他谈心,有时还带着他去她家玩,拿出糖果给他吃。她的手特别柔软,抚摸着他的脸,感觉像是春天里野外杨柳随风吹拂在脸上。武老师组织班上的孩子去春游,在草地上放风筝,一只只风筝飞上了天,一群群孩子们在地上追逐。康恋春穿着花裙子,用花手绢把头发扎成马尾辫。她的皮肤白皙,眼睛忽闪忽闪像是会说话,跟他说着故事。他怀疑她是从书里下来的人物。她奔跑时张开双臂,像一只鸟在飞,裙裾飘飘,头发上的花手绢像蝴蝶一样在飞舞着。跑着跑着,武兆芳老师突然掉到无底洞里,瞬间无影无踪了。跑着跑着,康恋春掉到了湖里,对东方箭喊:"救我!"东方箭不顾一切地飞奔向湖边,伸手去拉康恋春,却被她拖入了冰冷的水中,顿时,一阵寒气袭来,东方箭的身体颤抖起来。猛然一惊,东方箭醒来,发现身下有一摊黏黏的、滑滑的、凉凉的液体。他知道,自己又尿床了,对于一个十几岁的少年来说,尿床是一件羞死人的事。趁弟弟还在呼呼大睡,他悄悄起床,找了一张旧报纸垫到身下,才安心睡去,依旧做着与康恋春有关的梦。

第三章

恐怖,是长了腿到处追着人跑的魔鬼。其实,谁都没有见过鬼,只是口口相传,就有了"鬼"的形象。自从人们把日本侵略者与"鬼"联系上,心中就多了一个"鬼"——日本鬼子。这一来,"鬼"的形象就具体化了,它们虽披着人的皮肉,但干着残暴、冷酷的勾当。它们是那么令人生畏,终究是不能将它们归作"人"来看待的。

尽管东方家住在楚埠小学难民集中区,但外面恐怖的信息没有一刻停过脚步,总是以最意想不到的方式钻入人们的耳朵。

——鸠城西门被攻破,鬼子在远东饭店设立"大东亚帝国司令部"。国民党军与鬼子兵进行了鸠城争夺战。

——南京被鬼子侵占,国民党军全部撤出南京。鬼子兵开展杀人竞赛,死尸堆积如山。烧杀抢掠,堪称人间炼狱。鬼子硬生生把一个国家的政治中心变成了"鬼城"。

天晴时,鸠城那边的炮声、爆炸声清晰可闻,焚烧房屋的浓烟清晰可见。虽相隔二三十里远,但只要听到炮声、爆炸声,人们就做好了逃跑的准备。老百姓整天生活在提心吊胆之中,终日如惊弓之鸟。

天刚亮,"轰隆隆"的震天响把人们都惊醒了,东边飞过来一群"老鸹"。镇公所的高杆上的铜铃声响起,人们慌张地套上衣服,背上早就准备好的包裹,提着箱子就往后街跑。他们边跑边做好随时扑倒在地的准备,如果实在来不及就往大树下、沟坎里躲。

镇公所里有电话,里面有个姓胡的专管报警的事。他叫胡多耀,因为是个光头,像个葫芦瓢,加上他的名字与之谐音,大家背后都叫他"葫芦瓢"。如若接到电话或者听到飞机声,他马上就"当当当"地拉绳敲铃,人们就往后街跑。有时人们只听到铃声,而不见敌机飞来。几次慌乱之后,人们就麻痹大意了,就像"狼来了"的故事一样,甚至感到有点厌恶。有时人们不想跑,它却真来了。于是,有人编了个顺口溜:"葫芦瓢,拉警报,飞机没来他乱敲,吓得人们到处跑。飞机来了他也敲,人们想跑跑不了。"这种警报等于虚设,和飞机的速度比起来,它显得毫无用处。尽管这样,人们听到了警报,还是要跑一跑的。

这一次,"狼"真的来了。敌机在楚埠上空,沿着主街道低飞,然后对着几个目标扔下几颗炸弹,便扬长而去。不久,全副武装的鬼子小分队探头探脑进了楚埠,估计遇不到抵抗,便开始大摇大摆地在街道上溜达了。再不久,一队鬼子扛着枪直接向楚埠过来,为首的鬼子骑着大黄马,穿着黄衣服,拎着大军刀,耀武扬威,凶神恶煞一般。

东方家和跑反的人们猫在后街的小树林里,听到街道上不时传来凄惨的叫声,都吓得瑟瑟发抖。听到街上的动静向他们躲避的方向来,人们赶紧向南面山坡跑去。途中,一个孩子也许是被远处的惨叫声吓坏了,"哇哇"地哭起来,有人立即捂住了小孩子的嘴,不让他发声,并对孩子的娘说:"你想害死我们大家?"他一松开手,孩子又"哇"一声哭了。孩子娘立即捂住孩子的嘴,低声说:"不能吱声!鬼子来了!"一会儿后,她发现孩子没声音了,才松开手来,这才发现,她的孩子脸色发紫,眼珠上翻,已经没气了。她猛把头埋在孩子身上,"嘤嘤"地哭了起来。有人过来劝她:"但愿他来生过上安稳生活,不要再像我们这样提心吊胆,还吃不饱穿不暖……"那位母亲也就渐渐收住哭泣,抹了一下眼睛,将孩子放到路边的一棵大树下,抓了几片树叶盖上,算是正式地安葬了他。东方箭看到了这样的情景,泪水盈满了眼眶。这一切,还不是可恶的鬼子造成的?!

好在东方箭的弟弟东方从武十分懂事,在上路之前就跟他说好了,为了活命,千万不能发出一点声音。所以,一路上他像个哑巴一样,用眼睛"说话",用手势"说话"。一个六七岁的孩子竟然能够锻炼出这样的意志,都是拜日本鬼子所赐。

这一群跑反的人中,有年轻漂亮的姑娘,也有年纪大的妇女,她们每一个人都穿着破烂的衣服,脸上都抹上锅底灰,头发凌乱,个个都像疯子。据说,这样的装扮,是为了避免被鬼子看到动邪念。她们都听说,好多女人被鬼子捉住后糟蹋了,就因为她们穿了花衣服,抹着胭脂粉,被鬼子追着喊"花姑娘",她们的结局很凄惨。

东方箭的奶奶是小脚,不能远行。她一开始不愿意跑反,东方霆是个孝子,说,奶奶不走,一家人都不能走。后来听说鬼子来了会无差别杀人放火,大家也很害怕。最终,东方霆想到了一个办法,把家中的木澡盆的四面各钻了一个洞,用两根铁丝穿过,拴在盆的正上方,再用一根扁担穿过。奶奶坐在盆中央,由两个人抬着。家中四个小伙子,轮流抬着奶奶,与大家一道走。

他们跑过了一座小山,身后的动静小了,但都不敢回楚埠看看。前面是一片湖泊,挡住了去路,只有从大路上绕行。大家知道,走大路是最不安全的,碰到鬼子的概率相当大。于是大家在大路上一路狂奔,有时连东西丢掉了也不捡,生怕耽误时间而被鬼子追上,那就是丢命的事了。

一队鬼子兵从大道上过来,"哐哐"的脚步声把这群跑反的人吓得浑身没了力气。跑反的人拼命向湖泊里扑,他们要泅水过去。现在已是农历十月,河水寒冷刺骨。人们已经顾不上这些了,纷纷下水。惊恐中,东方箭和家里人跑散了,只有他和娘、二姐三人能够互相照应。他们一家都是在水边长大,从小就会水,他们泅到河中那一片芦苇荡里蹲着。

白色的芦苇花开,像白色的鸡毛掸子,那白毛在寒风中瑟瑟发抖,在东方箭看来,像是人吃了败仗举起来的无数面白旗。躲在芦苇深处的东方箭,看到有几个没来得及下水或者不敢下水的人,被鬼子的刺刀刺中。他们的惨叫声把湖面上的白鹭惊得乱飞乱叫。被刺中的那几个人像一截截木头一样倒在湖里。湖水立即被鲜血浸染,一大块红晕散发开去,血腥味吸引了一群群小鱼。

寒气不断侵蚀皮肤,钻入肌肉,都快要钻到骨头里了。东方箭这行人各自抱紧胳膊,浑身颤抖着,想借此来保存一点热量。在水里从下午一直蹲到傍晚,他们实在冷得受不了,只好爬上河岸。也许是老天保佑,鬼子竟然没有发现他们。他们摸过一条窄窄的小河,遇到当地的一个老奶奶,她把他们带到家中,给他们做饭、烤衣服。老奶奶家有一条黄毛狗,与东方箭家在山海关养的那条黄狗几乎一模一样,区别只在于这条狗的鼻子和嘴那一圈是白色的,好像罩了一只白色的杯子。这狗很机灵,见是老奶奶带回去的人,便不生分,与东方箭玩开了。因为它鼻子上的毛是白色的,东方箭便叫它"奸臣"。而老奶奶说,它有名字,叫

"山猫"。东方箭想,真是冤家路窄,一条狗的名字竟然和自己在山海关的乳名一样,东方箭执拗地叫它"奸臣"。二姐汝兰听到这狗叫"山猫"后笑得前仰后合:"哈哈哈!山猫!哈哈哈!"她的笑,让老奶奶不解,以为这丫头太傻,怎么会因为一条狗的名字笑成这样?

老奶奶家里有浴锅。那是一种砌得比较高的灶台,上面架大锅,装满水,在锅下面烧硬柴,人坐在锅里洗澡。为了保温,灶台上方一般砌成小房子状,装上一扇门供人进出。老奶奶十分心疼他们母子三人,拿出一把艾蒿放在水里烧热,然后捞起,屋子里艾香阵阵。作为北方人的东方箭第一次看到浴锅,也是第一次洗浴锅,很好奇,又很担心洗澡时烫着。老奶奶告诉他们,浴锅里面的灶台上有三块木板,一块坐屁股底下,一块垫后背上,另一块则是蜷缩时双脚可以踩在上面。东方箭知道娘的身体不好,又在水里冻了一个下午,想让娘先洗澡,结果老奶奶说:"我们这里的规矩,家中的男人洗过之后,妇女才可以洗。"

"男孩子也要先洗吗?"东方箭问道。

"那当然,男孩子也是男人。"老奶奶很认真地说,"男孩子洗女人洗过的水,叫'喝妈妈汤',以后就会不长个子的。"说完,她笑得眼睛眯成了一条缝。

"家中人多的话,"汝兰傻乎乎地问老奶奶,"男人洗过之后,水太脏了,女人怎么洗?"

"洗浴锅,都是一家人,有什么脏不脏的?"老奶奶明显有些不悦,瘪着嘴说,"让男人洗女人洗过的水,那才叫脏呢!"

汤玉伶白了汝兰一眼,汝兰立即噤了声。歪着头,她也想不明白男人、女人谁更脏。当然,在她看来,男人往往一身臭汗,经常不洗脚、不洗脸、不洗屁股才叫脏。而在这里,老奶奶说女人脏，又不能反驳，真是憋屈。好在她第一次洗到了浴锅，好奇、兴奋取代了疑惑、不悦。一家人第一次洗浴锅澡，洗去了这一天的恐惧，也算是幸运的。只是东方家还有几个人不知道现在在哪里，该不会被鬼子捉去吧？东方箭他们在心里担忧着。

老太太为了安全起见，晚上把他们藏在了她家的地窖里。这天夜里，小河那边的鬼子开始杀人放火，火光冲天，哭喊声一片。狗叫声撕破了平静的时光。鬼子"哇啦哇啦"的叫声，他们都听得清清楚楚，鬼哭狼嚎一般，十分瘆人。

他们在老奶奶家的地窖里心惊胆战了一夜，担心那哭喊声中有他们的亲人，真不知道他们现在究竟在哪里。

第二天，汤玉伶是在悦耳的鸟鸣声中醒来的，昨天夜里对河的声音太恐怖了，以至于他们惊魂未定，无法入眠，但瞌睡虫太过强大了，加上昨晚洗了一个暖暖的浴锅澡，把一天的困顿、疲乏、恐惧都洗得干干净净，也就不知不觉睡着了。

她麻利地叫起两个孩子，去给老奶奶道谢，准备启程去找东方霆他们几个人。老奶奶告诉汤玉伶，她儿子叫任怀刚，昨天下午出去的，说好晚上回来的，到现在都没有回来，令她十分担心。

汤玉伶一听是任怀刚，一阵惊喜，他在山海关、南京做过货郎子，与东方家有交情。世上竟然有这么巧的事？她昨晚竟然住在了熟人的家里。这家的环境，她感觉似曾相识，这家的老奶奶更有一种见到亲人的感觉。所以她决定留下来，等任怀刚回来再说，毕竟这一带任怀刚熟悉。

不到十分钟，东方箭便和"奸臣"成了玩伴。汝兰笑他说："两个山猫是一对活宝。"他也不在意，训练"奸臣"蹲下、站起、趴下、奔跑……玩得不亦乐乎！

夕阳落到山的那一边时,任怀刚带着东方家一行人回来了。这一晚,他们吃到了香喷喷的米饭,洗了一个热乎乎的浴锅澡。几人看到了浴锅,都觉得新奇,每一个进去的人躺在浴锅里都不肯上来。任怀刚考虑到男人太多,便在他们洗完之后,将水换掉,重新烧了一锅水给东方令氏以及汝梅她们洗。汤玉伶、汝兰都觉得昨晚还没洗过瘾,又下浴锅洗了一回。

东方箭听任怀刚跟东方霆在说前一天日本鬼子在楚埠造成的血案。日本鬼子在楚埠抓到了九个没有来得及跑反的人,用铁丝穿过他们的锁骨,牵到楚埠小学去。听到这里,东方箭都为这些被穿了锁骨的人感到疼痛,为日本鬼子的残忍而咬牙切齿。鬼子又在楚埠小学抓到了三个人:两个男人、一个女孩。两个男人也被穿了锁骨。鬼子将他们连成了一个圈。那个才十五六岁的女孩成了鬼子蹂躏的对象。之后,鬼子将那十二个人拉到一间教室,烧死了他们。

东方箭想到了那十二个人求生不能求死不得的情状,感觉这真是人间炼狱。这些丧尽天良的日本鬼子,就应该被千刀万剐!

晚上安排就寝,任怀刚让东方家住在大房间里。他特意拉了两块布将房间隔作三小间。任怀刚和四个小伙子住阁楼上。任大娘罗四妹和东方令氏住小房间。

睡觉时,东方箭脑海里还在回想任怀刚说的楚埠的人被日本人蹂躏、虐杀的事。

东方霆知道楚埠小学的房子被鬼子一把火烧掉了,这一行十几个人,回去肯定没地方住,加上鬼子这一段时间里有点疯狂,还是在这里避一避风头吧。所以,他将自己的想法告诉了大家,东方家的人当然听他这个一家之主的。

四个小伙子的心思都在东方家两个大姑娘身上,她们留在这里,他们当然也愿留在这里。只有司成虎闷闷不乐的样子,他始终想离开这里,但因人生地不熟加上时局太乱,还是听了表叔东方霆的话,暂时留下。

凤凰山山高林密,处于几个县的交界处,人烟稀少。山下有几条河流汇合,最终向西流去。因这里地形复杂,一般不了解情况的部队,不会轻易进入。巨大的森林吞噬一支部队是轻而易举的事。当然,山里还藏着小股的土匪,都是一些被穷困逼迫到无路可走的农民,在路上拦住过往的人,索要一些钱财或物资。他们没有枪,晚上出来时,带上一杆大秤,遇到路人,便晃得秤钩"哗哗"作响,吓唬对方。夜行的人,也都是苦命的人,谁会带上钱财上路?所以许多情况下,土匪也是白白蹲点守候。饿极了的土匪,也会到村子里来抢一些食物回去填饱肚子。但遇到像东方家这么多劳力的,无论哪个土匪都会逃之夭夭。任怀刚告诉东方霆这些,是让他放心在这里居住。这里天高皇帝远,可以高枕无忧。

植被丰富的山野,让东方霆大显身手。他十分迷恋草药,相信草药可以治百病。他带着几个青年扛着镐或锹,教他们认金刚刺、野蔷薇、白茅草、菟丝草,然后挖取它们的根,带回去晒干后泡酒。据说,这个方子是瘸子中医康定家教给他的。他饮用后,觉得效果奇好,遂坚持饮用。其实,这几个小伙子也不想每天跟着他满山跑,但又没事情可做,权当到山上玩耍。只要得空,他们也会凑到两个大姑娘面前,帮她们择菜、洗菜,哪怕看着她们在河边洗衣服,也比跟在东方霆后面有意思多了。

司成虎则比较另类,经常一个人跑到后山,坐在山尖上望着南边。那是泾县的方向,据说新四军军部在那里。

第四章

任怀刚家中原本只需要预备两个人过冬的食物、柴草,确保接上第二年的夏粮就行了。陡然增加了十一口人,家中的米缸、面缸、油桶很快就见底了。没过一个月,不但米面油告急,而且连咸菜缸也快见底了。任大娘有点着急了,私下跟任怀刚嘀咕了好几次。任怀刚对他娘说:"困难只是暂时的,您就不要为这个事情担忧。我来想办法。"任大娘当然相信儿子,可是心里也着急,要知道"巧妇难为无米之炊"呀。任怀刚看起来没把任大娘说的事放在心上,依旧早出晚归,有时甚至一连几天不露个面。

女人心里搁不住事,往往就表现在脸上。任大娘虽表面上什么也没说,但脸上的阴云笼罩,再木讷的人也能感知到她的阴冷。

女人的心细不仅表现在做事的细致上,也表现在察言观色上。任大娘的表情早就被汤玉伶捕捉到了,她悄悄地对东方霆说:"我们这么多人在这里一吃二喝的,任大娘不高兴了。"

"你就别瞎猜了,"东方霆性格比较粗枝大叶,没有想到那么多,所以他劝汤玉伶,"不要瞎琢磨了,任大娘真的不错。"

"你知道我们在浦镇时,一个星期需要多少米面油?"汤玉伶分析给丈夫听,"那时我们一家吃饭的有十个人,还是女人、小孩多。现在我们十一个人住在这里,而且劳力多,妇女、孩子少,那得要多吃多少?"

每一个女人都是天生的数学家,不仅可以准确判断自己家中的米面油能够维持多少天,还能够准确知道男人、孩子等家人的帽子、胸围、腰围、鞋子的尺码。这一点上,一向马虎的东方霆得好好跟汤玉伶学习学习。

为了证实妻子说的话,他先溜进任老太的房间,看到原来高到人头的稻囤,现在只有齐膝盖高了。他再摸进了厨房,揭开米缸看,果然快要见底了。去看面缸,也是差不多的状态。油桶里的油也只够一两天的了。

东方霆找到了一架独轮车、一副竹筐子,叫上几个小伙子。小伙子们看到东方霆今天没有扛着洋镐、铁锹,而是带上车和筐子,感到很诧异。难道今天不去挖草药了?东方箭因为没事可做,跟着跑过来,好奇地问他爹:"这是去干啥?"

"你们推上车,挑上担子,我们去干一件大事。"东方霆没有正面回答儿子的问话,而是故意留下悬念。

几个小伙子也闲得很,听说要干一件大事,他们很好奇,都愿意去。于是,一行人挑着担子,推着车子,向东南方去。因为西北面有河,出行十分不便,他们便绕开了。

走了好几里山路,才看到一两户人家。东方霆带着东方箭前去询问。他让几个小伙子在路边晒晒太阳,不需要所有人跟着去,呼啦一下去这么多人,会把山里人吓着,误以为是土匪来了。

土狗的一阵狂吠,把一个白发、驼背的老头子给唤了出来。他机警地探头打量着来人。一看是一个大个子带着一个少年,他便放下了戒心,喝停了土狗的虚张声势,问:"你们有什么事?"

"老伯,"东方霆很礼貌地递上一支卷烟,"我们是从山海关逃难过来的难民。这不,初来乍到,没有粮食,想请您匀一点,卖给我们。"

"大哥,"老人一开口叫对方大哥,这是本地人对男性的一种尊称,他接过卷烟,在手里捏着,眉头皱了几下,拧成了一个"川"字,嘴唇抖了几下,"大哥你也知道,外面兵荒马乱的,家中的余粮也不多……你要是真需要,我家里地窖里还有点南瓜、山芋,可以匀一些给你。"

"那敢情好!"东方霆非常高兴,搓着手,不知道如何说感谢的话。他只好重复了一句:"那敢情好。"这是东方霆今天出来的第一笔收获,他当然高兴无比。

他对东方箭手一挥:"你去喊他们过来。"

东方箭领会爹的意思,一个箭步窜出去。老人家的那条狗看到少年跑远,也好奇地跟着追去,像是在与东方箭赛跑。

这一次,他们装了一大麻袋的南瓜、山芋。东方霆询问老人家要多少钱的时候,老人家说:"你们是逃难到这里来的,按待客之道的话,我应该尽能力帮你们。可世道难挨啊!你给个块儿八毛的都行。"

"那怎么行?"东方霆原本就是一个大大咧咧的人,对金钱也没什么概念,跟"数学家"的婆姨比起来差得太远了,"这些是您辛辛苦苦种的,怎么能只给这一点钱?"

"大哥,你看着给吧!"山里人实在。老人没有多少言语,也不想借此捞上一笔。

东方霆塞给他一张十元的,老人不要,说太多了。最终,硬塞给了他五元,老人才勉强收下,将钱揣在棉衣里面的口袋里,揣完了还不放心,在棉衣外面放钱的位置拍了又拍。

东方霆先让花千树和司成虎推着独轮车将这一麻袋东西运回任怀刚家。他考虑到花千树会武,遇到恶人是可以应付的。加之他见过世面,能够应对一些突发场面。而司成虎比较机灵,不惹事,也不怕事。让他俩一道回去,可以放心。

花千树他俩走后,东方霆询问老人还能在哪里买到粮食。老人锁上门,对狗交代了几句,便带着他们去不远处的村庄。

一座座长满松树的小山将村庄抱在怀里,村子面南背北,十分安逸。村前有一口当家塘,塘的四周以及下游是田冲,一层层的梯田里面种着冬油菜和小麦,绿油油的。

老人告诉东方霆,这个村子叫汤家庄,都是姓汤的一族在此居住。后来,有能耐的汤氏族人陆续搬离,只剩下几户穷困潦倒的在这里坚守。再后来,许多外地逃荒的落户在此。他们非常勤劳。一方水土养一方人。没几年,他们就过上了丰衣足食的生活。吃过苦的人,知道节约的重要性,知道"手中有粮,心中不慌"的道理。估计,村里应该有些余粮可以出售。

"这里是汤家庄?"东方霆好奇地问老人,"那您认识一个叫汤松林的人吗?"

"怎么,你知道汤松林?"老人诧异地问道。

"我的一个朋友的父亲叫汤松林,她说她家就在凤凰山汤家庄。"其实,东方霆所说的朋友就是他婆姨汤玉伶,他不想说是他老婆,以免别人误解说他拉关系套近乎,想省点钱。

"你朋友是谁?"东方霆越不想说的,却越勾起了老人的好奇心。老人刨根问底了。

"这个……"东方霆犹豫了,考虑要不要告诉老人实情。

"你朋友是不是一个女的,叫汤玉伶?"老人竟然一口说出了东方霆老婆的名字。这回轮到东方霆惊讶了:"您怎么知道的?"

"我猜的,"老人告诉东方霆,"我叫汤松枝,是汤松林的五弟。他在家中排行第二。家门不幸,他与二嫂先后离世,留下一个女孩就叫玉伶。从小她就与岳家湾的岳曙光定了娃娃亲。那一年,走投无路的玉伶去岳家湾找婆家,之后就再也没有回来了。那时,我还年轻,不能独立生活,也顾不上拉扯她,否则也不会弄到今天一点消息都没有……"说着说着,老人几滴浊泪滚落,急忙用手背去擦。

东方霆还不知道他夫人汤玉伶有定娃娃亲的经历,只知道被她戏班子班主皮千钧收留的事。

"那岳曙光是个重情重义的人。听说他为了找我们家玉伶,挑着一副货担子走南闯北地奔波,至今还是一个人。"那个叫汤松枝的老人像想起了什么,问东方霆,"你是玉伶的朋友,告诉我,她现在在哪里?"

"她现在就住在岳家湾。"东方霆不忍心再瞒着汤松枝老人,便说了实话。

"那她是被岳曙光找到的吗?"汤松枝急切地问。

"我不知道岳曙光是谁,"东方霆实话实说,不想隐瞒什么,"我是她丈夫,叫东方霆。"

"敢情好,你就是姑爷?"汤松枝激动得双手直搓,"敢情好,姑爷来了都没进屋坐坐,喝口水……"

"五叔,不知者不为怪。"东方霆跟汤玉伶的五叔套起近乎了,"这不,我们也不知道您就是五叔,不然也不能空着手进您的门呀。"

"敢情这孩子就是玉伶的孩子了,"五叔目光移到了东方箭身上,"这孩子长得高大,和姑爷一样帅。"

"他叫东方箭,小名叫山猫。叫山猫好养活,现在都十几岁了,不是孩子了。"东方霆回应五叔道。

"叫山猫好养活。"五叔笑着附和,然后拍了拍东方箭的肩膀说,"他就是二十岁,也是我们家的孩子。这孩子真帅!"

五叔夸赞了一番孩子,又看到东方霆身后的两个小伙子,便问道:"这两位是……"

"他们是我的表侄和村邻,都是从山海关过来的。"东方霆告诉五叔。

这时,五叔想起了什么,把手伸进装钱的内口袋,掏出带着体温的五元钱往东方箭的手里塞:"第一次见面,没有什么可给你的,就算是五外公给你的见面礼。"

东方箭的个头快有他五外公高了,他推开五外公的手,不愿意接受这个见面礼,慌忙向爹看过去。

东方霆赶忙过来拉,说:"五叔,您就留着自己买点东西吧。我们都空手来见您,怎么能让您花钱?"

"我们这个地方的规矩,孩子第一次上外婆家,外婆家人是要拿见面礼的。"五叔一脸认真状,故意做出不高兴的神态,"你要不收,将来我在村子里怎么做人?更何况玉伶回来,我怎么面对她?你要是嫌我穷,你就别收。"

话都说到这个份儿上了,不收就是对长辈不恭敬,叫"却之不恭",这个道理东方霆还是懂的。

东方霆让东方箭收下,并且让他说"谢谢五外公"。东方箭自然照办。

一行人进了村子,村子里的狗见到是五叔带来的人,都没有狂吠。它们先是礼节性地叫了几声,算是打个招呼。然后,它们便跟在人们后面嗅着。见来人走远了,它们才三五成群地嬉闹起来。

村上人见到五叔,都主动跟他打招呼。五叔也向大家问好,顺口就向大家介绍东方霆:"这是二伯家的姑爷东方霆,东北人。"大家也都多看一眼这个头发稀疏、面色古铜的大个子姑爷,笑着向他问好。

经五叔一介绍,大家才知道姑爷是来买粮食的,都把家中的余粮用布袋背过来。还有的搬出了整坛咸菜、腌辣椒。不一会儿,筐子就装不下了,五叔便让大家把这些粮食袋、菜坛送到他的小屋去,再做安排。

东方霆问这些粮食要多少钱。汤家人都说不要钱,这是送给玉伶的,以前没有关照到她,现在正好弥补一下过去对她的亏欠。东方霆认为这样收下大家的粮食等物品很是不敬,坚决要给钱。

五叔说:"我们这是给自家闺女的,当年她就那样凄惨地离开,我们没有照顾好她。她出嫁时,我们没有一点表示,这些就算作当年给她的嫁妆吧!"

他说得情真意切,泪眼婆婆。其他人听得泪水滂沱,唏嘘不已。东方霆等人也陪着流了不少眼泪。就连在一旁嬉闹的狗狗们,也停下玩闹,仰着头好奇地看着这一群眼泪巴叉的人。

再多的言语,换不来人间的亲情;再多的金钱,买不来人间的真情。东方霆不再多说,双手合拢在胸前,配合腰的弯下、直起,连续三次。东方箭等人也跟着东方霆向汤家人鞠躬三次,表示真诚的谢意。

冬日的阳光透过落光叶子的乌桕树,照在村口的水塘里。西风泛起层层涟漪,水面泛起层层波纹。水面上漂着一些红色的心形树叶,随着波浪起伏。一个身穿红色棉衣、头上扎着毛巾的女子在水跳(方言,搭在水中像桥一样的用来洗衣的跳板。)上捶打着衣物。一群小鱼聚集在水跳边,女子用棒槌撩水洒向鱼儿,鱼儿倏地一下逃遁远去。不一会儿,它们又聚集而来,女子再撩水……

东方箭远远见到女子在戏鱼,猜想这个女子定是位年轻的姑娘,不然怎么会有心情逗鱼儿玩?年纪大的,她会更想回去逗孩子玩,比这个有趣,只有少女才有这样的闲情逸致。他悄悄探头,看到了她的侧脸:苹果脸,大眼睛,这不是康恋春吗?她怎么到这里来了,她不是在鸠城吗?

"康恋春。"东方箭对着那洗衣戏鱼的女子喊了一声。

女子停下了手中的棒槌,侧耳在听,她一定以为是听错了。

"康恋春,"东方箭又喊了一声,问道,"是你吗?"

康恋春这才回过头来看岸上,见是东方箭,立即站起身来,把缩到腰上的棉衣往下拽了拽,笑了:"是你呀!你怎么到这里来了?"

东方箭指指其他几个人,说:"我们是来买粮食的。"

康恋春提起竹篮子,急急地上了岸,对着东方霆他们说:"我家就在附近,你们到我家坐坐吧。"东方霆想知道康钱氏过得怎么样,便对挑着担子的苏丁旺说:"你先把粮食送到五叔那里,就在那里等我们,我们一会儿就过去。"

一行人很快到了康恋春的家。康钱氏正靠在椅子上闭着眼晒太阳,康有强在她背后有一下没一下地捶着。听到有动静,康有强立即把注意力转到了来人身上,见是东方家的人,立即起身,要回屋泡茶。

这是三间土坯草房子,面南背北,东边一个披厦是厨房,西边一个披厦是茅房兼柴草屋——典型的江南农家的格局。

他乡遇故知,是人间四大喜事之一。远在皖南山区,还能再次见到山海关的老邻居以及南京的老朋友,是件令人高兴的事。

说起到鸠城来的这一段经历,不免各自又一番流泪。

暖瓶里的水已经喝完,而康有强没有及时烧,无法泡茶给这几个客人喝。奶奶让康有强去烧水,康有强装作没听见,拉着东方箭的手去玩斗鸡的游戏。康恋春只好去厨房烧开水,不一会儿,烟雾源源不断地弥漫过来,呛得大家剧烈咳嗽起来。

东方箭循着烟的来处跑去厨房看,只见康恋春用湿毛巾捂住鼻子,蹲在锅膛口往里面添柴。那浓烟先向上飘着,飘到烟囱中间,又返回来,从锅膛洞里钻出,将整个厨房填满了,再蔓延到堂屋。

"你们天天就这样做饭?"东方箭还没说完下一句,就被呛得退回到门外。

"咳哼,咳哼。"康恋春咳嗽了两声,算是回应了东方箭。

就因为烧锅受罪呀,所以康有强才不愿意来烧开水的。康恋春将这话闷在心里没有告诉东方箭。此时的康有强躲得远远的,正在偷笑呢。

日寇的炸弹在鸠城炸死了武兆芳,康家人将她安葬后召开了一个家庭会议。

此时,老大康定国已被调往武汉任职,康恋春姐弟俩随父亲一道去了武汉。孪生姐弟俩还小,生活不能完全自理,便请他们小姨武兆芬去照应,她正好可以在武汉找个工作。毕竟武汉是个大城市,工作要比鸠城这个小城市好找。老二康定家的整套医疗设施、药材全部留在了南京下关,家里没启动资金,现在要想在鸠城行医,等于是白手起家。更何况他自从失去了两个儿子,精神状态一直不好,已不适合做医生了。老大康定国在鸠城邮政局还有点威望,便给老二康定家在邮政局谋了一个职位。关于老太太康钱氏如何安排,老人已经年纪大了,再也经不起折腾,先把她送到乡下去避一避风,等鬼子消停了再说。老大的一个朋友在乡下有房子,可以住人,便请了一个用人照应她。老二每个月下乡看望一次老太太。一切都按照原先预定的方案在进行。不料,上个星期,用人听说她丈夫被鬼子杀了,要回去照顾家中的孩子,就辞了工。老二康定家发电报给老大康定国,让他出主意,老大便派了孪生姐弟俩回来服侍老太太。其实,到了武汉,老大康定国就和亡妻的妹妹武兆芬同居了。武兆芬怀孕后才与康定国补办了一个婚礼。她怀孕后,一直呕吐,自己都照应不过来,哪里有精力照顾姐姐留下的两个孩子?她便对曾经的姐夫、现在的丈夫说:"我现在这个样子,没办法照顾他俩,你就把他们送回到鸠城吧。"恰好,老二发电报告知用人辞工的事,老大便做出了他认为一举两得的决定。就这样,姐弟俩回到了鸠城,来到了皖南汤家庄。

"那你们在这里的粮食有保障吗?"东方霆因为自己住在任家即将发生粮食危机,自然而然联想到了康家。

"粮食由老大的朋友定期送来。钱,都是老大和老三负责。老二只负责每个月定期来看看。"康钱氏平静地告诉东方霆。

"您这样说,我就放心了。"东方霆对康钱氏说,"您家这个烟囱得捯饬捯饬了,明天让我表侄令荣华来给您家修修。"

"那敢情好!"康钱氏笑得更显嘴瘪了,"那就要辛苦小哥哥了。"她所说的小哥哥是指令荣华,长辈有个习惯,都是以小字辈的口吻来称呼对方,让对方感觉到被尊重了。

"应该的,"令荣华很高兴地接话,"明天早上就给您家修,您放心。"

山里的雾霭把村庄笼罩,房屋、树木、河流、田野,在雾气里若隐若现,像是在仙境里。但是,在汤玉伶看来,这不是浪漫的世界,而是一个被雾魔困住的世界。旭日还没有爬到山顶,只能眼睁睁地看着雾霭横行。

汤玉伶早早地起床,换上了过年时才穿的衣服。她把几个孩子早早地叫起了床,给他们换上了出客时穿的衣服。今天,她要带着儿女们回去看看阔别了二十多年的故乡。

昨天傍晚时分,一行人挑着好几担粮食到了任家,立即就把他家的稻囤装满了。稻囤四周堆满了山芋、南瓜,还有两坛子咸菜、腌辣椒。任大娘看得眼睛都眯成了一条缝,一直在说:"汤家人真认亲啊!"汤玉伶知道这都是娘家人捐出来的,十分激动,抱着来送粮食的叔伯兄弟们,哭得梨花带雨,又笑得花枝乱颤。多年未见的亲人,听说汤玉伶在这里,把节省下来的口粮送过来,这份心在这个人心难测、杂乱纷扰的年代,显得弥足珍贵。他们只在这里喝了一口茶,便要回去。尽管汤玉伶强留,但是她的亲人们执意要走。其实,他们知道,现在汤玉伶是寄居在他人家,诸事都难,所以坚决不肯留下。望着亲人远去的背影,汤玉伶又一次涌出泪来。

送走了汤家庄的人,门口响起了沉重的脚步声。原来是任怀刚带着两三个挑着粮食的人进来了。他一看家中的稻囤,先是一愣,后是一笑:"从哪儿来这么多的粮食?"

"是东方霆兄弟从汤家庄弄来的。"任大娘高兴地告诉他。

晚上,躺在床上,东方霆将遇到五叔的经历以及汤家庄人的热情,还有遇到康家老太太的事一五一十地向汤玉伶说了一遍。汤玉伶竖起耳朵听着,生怕漏掉了一件事。东方霆说完之后,汤玉伶久久没说话。

突然,东方霆侧过身来,抱住汤玉伶,神秘兮兮地问:"你小时候定过娃娃亲?那男的叫岳曙光,是不是啊?"

"那都是几十年前的事了,还提它干什么?"汤玉伶没有直接回答他。那是她心中的一个美好记忆,可惜被残酷的现实击得粉碎。

东方霆不甘心,在她耳边嘀咕着想问个结果,其实他是想知道那个与她定娃娃亲的男人是谁。汤玉伶不再回应。东方霆带着困惑睡去,而汤玉伶脑海里还在回味着青梅竹马的美好时光……

阳光挂在了树梢上,驱散了厚重的晨雾,可以看清道路了,一行十一人全部上路。两个小伙子抬着坐在木盆里的东方令氏,另外两个小伙子挑着两副箩筐,箩筐里装着酥糖、冰糖、蜜枣、柿饼之类的食品,有五六份,这是汤玉伶为几位长辈准备的礼物。抬人的与挑担的轮流着来。东方霆背着东方从武,其他人等都甩手前进。

走了很久,他们到了汤家庄,汤玉伶的泪立即涌了出来,二十多年没有见到家乡了,父母的坟上早就荒草连天了吧。

东方霆在五叔家门口分了工,让令荣华和苏丁旺抬着老太太去见康钱氏,然后帮她家把烟囱修好。他自己带着花千树、司成虎上山挖葛根。因为他听人说,葛根也可以作为粮食来充饥。尽管昨天已经弄了不少粮食,但是也要做好长时间留守在这里的准备。汤玉伶则带着孩子们挨家挨户去拜访。

见到五叔,汤玉伶抱着五叔一顿号哭,弄得孩子们也跟着号哭。"终于见到你了,玉伶。"五叔老泪纵横,但毕竟经历了太多的风霜,更看得开些,劝慰她道,"活着就好,不要哭了。看到你好好地带着几个孩子过来,我就高兴。"说到孩子,汤玉伶哭得更厉害了,三女汝竹在南京失踪了,四女汝菊在鸠城失踪了。孩子是父母心尖上的肉呀,怎么能不牵挂?

五叔告诉汤玉伶,每年他都组织汤氏的后生,在冬至那一天给她父母的坟清除杂草,挑起坟头。毕竟是汤家二老的坟,总不能就让它坍塌了吧?不过,因她家老宅是土墙草房,早就坍塌成一堆黄土了。汤玉伶带上草纸在父母的坟头焚烧祭拜,哭了一阵。之后她路过已经杂树丛生的老房基时,又哭了一阵。

许是哭的时间久了,抑或是五叔的劝慰起了作用,汤玉伶擦干了眼泪,牵着孩子要去村子里看看。她带着孩子一家一家地跑,亲人见面依旧是一场诉说一场哭泣,之后便是一场欢笑。东方箭昨天已经去过这些人家,便跟娘说到后山找爹去了。汤玉伶知道东方箭不会跑得太远,所以放心地让他一个人去了。

令荣华在康家寄居的屋顶上喊下面的苏丁旺:"帮我到屋后面找一块砖来。"他是想用砖头将烟囱的缺洞补起来。

苏丁旺立即答应了,低着头瞧哪里有砖头。村里多的是卵石或者是大的岩石,要想找到一块砖头,还真不容易。他围绕着房子前前后后跑了一圈,没发现有砖头。忽然,他想到了茅房里蹲位垫脚的就是砖头。他猛一拍脑袋,为自己的机灵而高兴。

皖南地区的茅房比较简陋，一般靠着房屋西面的一面墙角，将一口大缸放在深挖的坑里，三面冲起土墙，留个门，盖上茅草就是茅房了。大缸靠蹲位的地方一般放两块板，人可以蹲在上面方便。缸口的蹲位处要高一些，放上两块砖头，人踩在上面。农村家家户户都有茅房，因为都是自家人方便，所以一般都没有门帘来遮丑。

苏丁旺还在得意自己的发现，直接往茅房里面冲。茅房里面猛然传出女人的一声大叫，把苏丁旺惊醒了，女子快速起身，捋起了裤子，腾出一只手来，狠狠地抽了他一个大嘴巴："无耻！流氓！"

令荣华听到女孩的叫声，从屋顶上跳下来，见到苏丁旺呆痴痴地站在茅房门口，而在不远处的东方汝兰蹲在那里捂着脸哭，便知道发生了什么。他抡起巴掌抽了苏丁旺一个耳光，咬牙道："无耻！"

一屋子人听到动静后都跑出来，围着汝兰安慰她，拉她回家。苏丁旺被晾在了茅房的门口，成了茅房的看门人。

原来，汤玉伶带着孩子们到康家来问候康钱氏，汝兰内急，去了茅房，结果被来找砖头的苏丁旺这个愣头青撞上了。

第五章

再漫长的严冬也挡不住春天的脚步,再浓密的阴云也遮不住太阳的光芒。尽管1938年的春天来得有点迟,但是春风来临的时候,受伤的江南依旧展现出了它顽强的生命力。江南的山绿了,江南的水涨了,江南的万物复苏了。

山林里红艳艳的杜鹃花开了,村子里红艳艳的桃花也开了,接下来白晃晃的梨花、粉嘟嘟的杏花、金灿灿的油菜花,赶着趟儿开放了。蜜蜂在花间穿梭,为将来的生活酿造甜蜜。燕子在柳枝间穿梭,为搭建爱的巢穴而忙碌着。

人们也开始赶着牛儿下地耕种了。在岳家湾待了好几个月的东方家人看着忙碌的人们很着急,这样寄居别人门下,总不是长久之计。

这时候,从外地归来的任怀刚告诉他们一个好消息,国民党军夺回了楚埠的控制权,现在可以回到楚埠了。东方箭虽然没有杜甫那种"漫卷诗书喜欲狂"的豪情,但是毕竟可以再回楚埠,见见外面的世界也是十分高兴。他们窝在这个闭塞的山村里,消息来源全靠任怀刚。

一家人忙着收拾行装,第二天便要上路了。他们待在岳家湾村,虽无性命之虞,但毕竟是寄居。花千树在村里教孩子们练拳,令荣华帮人做瓦匠活,各得其所。苏丁旺被送去参军打鬼子。司成虎终于下定决心,悄悄去了泾县。汝梅差一点在树林里被当了土匪的孙八斤糟蹋,幸亏被花千树解救出来。两姐妹就想早一点离开这个伤心之地。而对东方箭来说,这里有"奸臣"做伴,仿佛又回到了山海关。对于东方从武来说,这里有广阔的天地,让他乐不思蜀。

临行时,东方箭抱着"奸臣"的脖子很久很久,就像当年在山海关抱着黄狗一样舍不得放手。他眼里饱含泪花,看到了"奸臣"竟然也流下了眼泪。东方令氏与任老太两个人手挽着手,互相说着惜别的话,东方令氏主要是表达感谢之意;任老太主要表达人生是个缘分,来日方长,以后要多走动走动。

花千树、令荣华两个年轻人抬着坐在木盆里的东方令氏走在前面。任怀刚、东方霆两个中年人挑着被褥等用品走在后面。其他人各自提着一些能提得动的东西上路了。在村口,二十几个少年排成了两排,为他们的师父花千树送行。一挂长长的鞭炮挂在村口大树的枝丫上,等一行人走出村时,鞭炮被点燃了。他们是在用"噼里啪啦"的鞭炮声驱走苦难,希望师父他们能够走上坦途。鞭炮声响过之后,一阵犬吠声传来,东方箭回头看时,只见"奸臣"狂奔过来,就像他当初离开山海关时,黄狗追着火车跑一样。东方箭停下了脚步,等待着"奸臣"。"奸臣"嘴里衔着一只弹弓,这是东方箭的宝物,被遗漏了,被它发现了。东方箭从"奸臣"的嘴里取下弹弓。"奸臣"张着嘴,大口大口地喘气。东方箭抚摸着它,感觉到它的心脏在猛烈地跳动。他再一次抱着它的头流泪了。大伙儿已经走远,东方箭不得不与"奸臣"告别,对它说:"你回去吧,我们后会有期。"说完,便提起包裹,背在身上,头也不回地走了。因为他知道,如果他一回头,那么"奸臣"一定会飞奔过来的,还不如就这样让它停住脚步。

"奸臣"好像听懂了东方箭的话,站在那里,一直看着他消失在山的那一边,才回转身子。

他们到达楚埠小学难民点的时候已是午后。大家都十分饥渴,虽然街上也有现成的饭菜茶水,但为了节省开支,没有一个人说出"饿、渴"两个字,就连几岁的从武也得忍着。

眼前的房屋只剩一些尚未倒塌的墙体,屋顶已全无。屋内地面上堆积着燃烧后的灰烬,窗户被人撬走。几个月前,鬼子轰炸并"扫荡"了这里,在这里烧死了十二个中国人。这是活生生的十二条人命啊,就这样凄惨地消逝了。汤玉伶觉得这里有点让人瘆得慌,想让丈夫另外找个地方住。花千树说,他可以找屠宰场的金老板,请他腾几个牲口圈出来,冲洗干净了也可以住人。东方霆说,我们东方家不信鬼神,这里毕竟是待过人的地方,比牲口圈强多了。

东方家选择了两间墙体相对好些的教室作为临时住房。接下来大家就分头行动。

东方霆和任怀刚到街上去买竹篙、油布。令荣华发挥了泥瓦匠的特长,从别的屋子墙上撬下砖头,将东方家所占的教室后面的两个窗户封起来,再将前面的两个窗户改小了一点。

花千树协助汝梅、汝兰清理教室里面的堆积物。花千树往外搬运,汝梅、汝兰清扫。汝兰看到花千树与汝梅两个人总是眉来眼去的,心里顿生嫉妒,撂下扫帚跑到街上找娘去了。汝梅在岳家湾被孙八斤惊吓之后,由任怀刚做媒,把她和花千树的亲事给定下了。东方家的家长当然知道他们俩是一对有情人,只是兵荒马乱的,连个窝都没有,怎么结婚呢?所以初步议定,只要花千树找到合适的住处,就把他俩的婚事给办了,免得夜长梦多。从此以后,他俩基本上就公开地眉眼传情了,弄得汝兰好生不悦。

汤玉伶、东方箭上街买煤炉、煤球、米、油、盐以及蔬菜等生活必需品。俩人正愁着运不回去,看到汝兰噘着嘴巴来了,可合力往家运。汤玉伶也顾不上问汝兰怎么不高兴,这丫头自从茅房事件以后,脾气变得古里古怪的。虽说女大十八变,但变得如此古怪,还是少见。

太阳偏西的时候,一家人终于吃上了一口热乎饭,喝上了一口热乎水。一口大箱子摆在中间,当作饭桌。它的四周围上几块砖头,便是凳子。有地方坐着吃饭,这就是战乱时期一家人的福分了。因为来了客人,东方霆不忘请客人喝上一杯。这酒是从武上街打来的,这孩子虽然不到十岁,已经会帮家里做点事了。

令荣华要砌灶台、搭床铺,所以他没有喝酒,便去吃饭了。花千树要去找金老板商量借房子居住的事。他是有想法的人,只要有了住房,就可抱得美人归,这才是他的当务之急。他怕喝酒误了他的大事,所以也没有喝酒。任怀刚想连夜赶回凤凰山,所以也只是礼节性地喝了一杯。东方霆正感觉到没有人陪着喝酒不过瘾时,"葫芦瓢"胡多耀来了。他是镇公所打杂的,没事的时候就在街上转转,当他转到楚埠小学这个瘆人的废墟时,闻到了酒香,听到有人说话,便进来了。一看,是东方家住进来了,他内心里十分佩服这一家人的胆量,毕竟这里可是冤魂未散呀!

葫芦瓢没事就喜欢喝上两杯,光棍儿一条,一人吃饱,全家不饿。所以,哪里有酒香,哪里就有他的身影。

他俩喝着喝着就聊起了日本鬼子几个月前的那次"扫荡"。

本来汤玉伶就忌讳、害怕,这里出现过惨案,觉得瘆得慌,现在葫芦瓢绘声绘色地描述一番,吓得她浑身发抖。东方霆跟葫芦瓢又不太熟,不便打断他的话题,任由他满嘴跑火车。

"东方大哥,"葫芦瓢呷了一口酒,看着东方霆说道,"这里不吉利,我劝你们早一点搬走。"他眼睛里满是血丝。

"胡兄弟,"东方霆实话实说,"我们是从外地逃难来的,到哪里弄地皮盖房子?"

"只要你们想要地基,这倒不是难事。"

葫芦瓢主动提出地基的事,看来他有办法。东方霆又给葫芦瓢斟满了一杯酒,手有点微微发抖,他心里藏不住事,便问道:"胡兄弟,有什么办法?"

"在楚埠,我们胡氏家族是原居民,一条万年街都是我们胡家的。"葫芦瓢开始聊他家光荣的家族史。以前,东方霆也听说过这些。不过,胡氏家族的兴盛与葫芦瓢没有半毛钱关系,葫芦瓢是胡氏老爷捡来的孤儿,看他可怜,让他跟着姓胡而已。但葫芦瓢一说起胡氏,是不会停下来的:"一条街,都是我们胡家的。看看现在变成什么样子了?这么多的难民拥来,你占一小块搭个茅草屋,他占一小块搭个茅草屋,现在万年街都变成'难民街'了。"他叹着气,一副看不惯的架势。

"那胡兄弟,你能不能帮我弄到一块地基?"东方霆试探地问葫芦瓢。

葫芦瓢吃了一口菜,又呷了一口酒,望着东方霆:"东方老哥,您是真想要,还是假想要?不是和我开玩笑吧?"

"怎么是和你开玩笑?"东方霆急了,将他的酒杯又装满,"您要有办法,就帮我一下,我定会重谢。"

"重谢……就……不要了……我和东方老兄是什么……什

么关系?"葫芦瓢说话已经有些口齿不清了,"我……胡多耀……要多……少……有多少……要多……耀……就有多耀!"

"我就知道胡兄弟有办法,"东方霆举起杯与葫芦瓢碰了一下,"嘎当"一声脆响,这是成交的节奏,笑着对葫芦瓢说,"谢谢胡兄弟,您真有办法!"

"你家这么多人,一间地基不够,两间够不够?"胡多耀舌头打结了,含混不清。

"还能有两间房基?"东方霆瞪大了眼,怀疑自己的听力。

"相……信我……"葫芦瓢拍得胸口"咚咚"响,"相信……我……"

葫芦瓢口齿不清,眼睛都睁不开了,头像晒蔫的茄子耷拉下来。说完了之后,他趴在箱子上打起呼噜来。箱子上的碗碟被他的胳膊推到了地上,哗啦啦作响,好在地面是湿的,碗碟没有被摔碎。

不知什么时候,汤玉伶买来了香炉,放在了进门对墙正中间的矮凳上,里面还插着三炷香,草香上三条细线般的青烟袅袅升起。汤玉伶的顾虑烟消云散,东方家的希望冉冉升起。

让一家人希望冉冉升起的消息接二连三地到来,也算是东方家在乌云密布中看到的一点希望。

第一个传来的好消息是花千树得到了金老板的支持,金老板允许他将金氏屠宰场里的几间空牲口圈改建为人的住房,但是前提是花千树不仅要帮金老板屠宰牲口,还要利用空余时间教金老板的儿子学武术。金老板叫金鸡鸣,四方脸,豹眼,络腮胡,短脖子,是一个很精明的生意人,原本干屠宰,后来发展到什么赚钱就做什么。花千树跑来问东方霆,要不要东方家一道搬过去。如果一道搬过去,他就多改造几间房。东方霆的态度是,暂时不想去住关过牲口的房子。花千树只得作罢。

花千树与令荣华他们迅速行动起来,叫来驴车,到残破的楚埠小学来拉砖头。他们拉了好几车的砖头回到屠宰场,由令荣华负责将半人高的矮墙砌到顶。当然每一间房屋的前面都要在很高的地方留一个狭小的窗户。兵荒马乱的年代,窗户越小越高,家中人就越安全,这是人们从实践中摸索出来的最朴素的和最实用的对策。考虑到花千树将要迎娶东方汝梅,两间房中间相通的,就给了花千树一间。另外紧挨着的单独的一间,就给了令荣华,他暂时还没明确对象。令荣华给两户各砌了灶台,搭建了床基,架上床板,便可以睡觉了。为了使里面变得更加亮堂,用石灰水将里面刷了一遍。为了驱走牲口留下的臭味,他们找来干艾蒿、菖蒲,在里面足足烧了一天。艾蒿、菖蒲燃烧的袅袅青烟从屋顶的茅草缝隙散出去,远远看上去像是仙气缭绕,加上它们散发的暗香,引得许多人前来观看。

他们搬进去的那一天,金老板放了两挂长长的鞭炮,东方霆送来了两根长长的竹篙。鞭炮,祝贺开门红;竹篙,期盼节节高。

第二个好消息是葫芦瓢出让给东方家两块宅基地,虽占地面积都不大,但两块地方均在人流密集的码头附近,都可以搭建一间比较宽敞的房子。

这是在东方霆请葫芦瓢喝了第九顿酒之后才获得的。葫芦瓢让出了他早前占有的万年街的两块房基,一块在万年台旁,一块在晏公庙前面。葫芦瓢把自己当作功臣,坐在东方家的上席,说起了他的卓越的远见:"我一看,万年街变成了'难民街',而且这些外来的人就像野猪一样到处拱食。"说到这里,他猛然想起,东方家也是外来户,这样说有点过了,便改口道,"我不是说你们家,你们家还是按照规矩办事的。"

"哦,哦!"东方霆有事求葫芦瓢,所以不想驳他面子,便随意附和他一下。

"我一看,来了这么多的外地人,他们要住呀,现有的房子容纳不下这么多人,那么他们就会搭建临时住房。于是,我就抢先在万年台、晏公庙这两个地方圈了两块地皮。"葫芦瓢眼角又有眼屎挂着了,嘴角不时地流口水。

"是的,是的,您有先见之明。"东方霆一面奉承他,一面给他斟酒,顺便问道,"我们什么时候把文书签一下?"

"这个好说……"葫芦瓢拍着胸脯说,"男子汉一言……九鼎……什么……时候签字……都……行!"

听葫芦瓢这么一说,东方霆觉得宜早不宜迟,择日不如撞日。他主要是怕夜长梦多,便扶着跟跟跄跄的葫芦瓢,一道去镇上何先生家。何先生大名叫何其正,是个瘦老头。他齐耳短发,山羊胡子,戴着一副老花镜,据说是前清的秀才,没有官职,靠给人写点诉讼、文书之类的混口饭吃。两人说明来意后,何先生拿出纸笔,一口气写成了。然后,他要念给东方霆、葫芦瓢听。葫芦瓢把手一挥,说:"您何先生……做事……公正!我……相信……不……要……念的……"每吐一个字,都费好大的力气,好像舌头一伸出来,就被人拽住了一样。

既然葫芦瓢说不需要念一遍,何先生也不客气,便一式抄了三份,请葫芦瓢在甲方的位置按手印。葫芦瓢从裤兜里摸摸索索抠出一枚私章,递给何先生,一副很骄傲的样子,说:"用……这……个……"私章是有身份的人才有的东西,胡多耀也有。在葫芦瓢看来,它仿佛是提升一个人社会层次的勋章——有私章的人层次明显高于那些摁手印的人。

何先生接过他的私章之后,分别在三张契约上"甲方"处钤上葫芦瓢的印章,又将印章还给他。何先生在"中间人"处签上自己的名字。东方霆在"乙方"处签上自己的名字,捺上手印。三人各自揣上一份契约,算是大功告成。

按照规矩,东方霆付了何先生佣金。之后,他大踏步地赶回去向家人报喜,一阵风似的离开了何先生家。葫芦瓢迷迷瞪瞪地走出了何先生家,在街的转角处就地躺倒,呼呼大睡起来。

东方家的第三个消息是葫芦瓢在东方家喝酒的时候无意间说出来的。他说:"楚埠煤矿厂需要高级技工,正在这个小镇上招聘技术人员。我们这个一泡尿都能从上街浇到下街的地方,哪儿有高级技工?"说者无心,听者有意。东方霆在沈阳、南京的铁路上干的就是高级钳工,便前往应聘,竟然成功了。一家人从此有了工资保障,心中自然踏实多了。

第六章

有了房基,汤玉伶就催促东方霆赶紧去乡下购买毛竹、竹篙、茅草来建房子。这时候,花千树和令荣华的房子已改建好。东方霆与他们商量,请他们先在这两处地基上砌个半人高的墙头来,当然砖头还是来自楚埠小学倒塌的教室。

这时,任怀刚到东方家问候老太太,从山里带来了一些黑木耳、竹笋干之类的山货给东方家。当得知东方家需要毛竹等材料时,他告诉东方霆可以从凤凰山买来,通过凤河放排直达楚埠。凤凰山的材料便宜,通过水运可以省下一大笔钱。东方霆当然愿意少烦神、少花钱就能干成事了。东方霆委托任怀刚在凤凰山置办,请他央人放排过来。东方霆预付了一笔钱后,对他说:"你先拿着,不够的话,我再补上。"原本家中盖房子的大事,就这样给两拨人分工做了,东方霆才能安心去煤矿上班。

不久,两间草房子搭建起来了。这两间房子南北相对,隔角相望,南北之间是万年街。万年街的老房子都是粉墙黛瓦马头墙,一户连着一户的二层小楼,木门窗上刻有人物花鸟鱼虫等,门楣、窗楣上方有人物花鸟鱼虫等砖雕。据说,胡氏家族在外做生意挣了钱,回到家乡便盖起了具有本土特色的建筑,特意将"三雕"技艺融入其中,便形成了"徽派"建筑特色。难民们来到这里之后,因为没有地,便在万年街两头建起了一些草房子,东方家南北两间房子便在其中。他家南边房子的南边就是楚埠码头,过往的人都要从东方家门前过。葫芦瓢做得最靠谱的事情,就是圈到了这一个房基。

东方家的女人又开始忙碌起来。她们要发挥她们女红的特长,成天待在家里穿针引线、缝缝绣绣。漂亮的绣花鞋、手绢、鞋垫、香囊、枕巾、枕套一件件从她们灵巧的双手里诞生出来,呈现在屋前的摊位上。东方家的两个男孩也没闲着:东方箭负责淘米烧饭等家务活,另外还负责门前茶水的供应;东方从武整天坐在门口看着两个摊位——女红摊、茶水摊。一家没有闲人,就不用因坐吃山空而烦恼了。

住家的位置好,生意相对来说要好得多。当然也有比较烦恼的事情,就是经常有人夜里敲门来借宿。东方家知道流落在外之人的苦痛,一般都会接待他们借宿。其中,有过往的客商,他们会支付一些费用,东方家笑脸迎送。有蛮横的不讲规矩的,他们就是"要钱没有,要命一条"的"好汉",东方家也笑脸迎送。自古以来有"宁可得罪君子,不可得罪小人"的说法。有军爷夜行军从此经过,要求借宿,东方家让出一间屋子给他们住。他们人多,就将门板卸下垫在地面上当床。如果还睡不下,就将整个屋子地面铺上稻草,再铺上他们的行军被就是床了。东方箭知道各路军爷的行事风格不一样。国民党军的军爷来了懒懒散散,走的时候,除了带走他们自己的行军用品,什么东西都不会归位。最可恨的是有一次他们走后,东方箭发现自家的腌菜坛子里全是大便,他恨得嘴唇咬出血来了。"板凳腿"来了,就不一样——这里百姓称新四军叫"板凳腿"。"新四军"中有个"四"字,板凳是四条腿,加上他们行军作战都绑着腿,所以就用指代的方式称谓他们,可以避免不少麻烦。"板凳腿"临走时,他们会把门板上好,稻草捆起来放回原处,地面打扫干净。用了东方家的东西,他们还付钞票。要是国民党军用了东西,你想都别想要钞票,除非你想吃"花生米"。

一个风雨之夜,家里来了一个军官带着两个警卫,东方霆让出了南边的房子给他们住。第二天早上,东方霆让东方箭送几个粽子给这几个军人吃。"你个小鬼,好机灵哟!"那个当官模样的军人浓眉大眼,一口浓郁的四川话,笑着说,"时间过得真快哟!今天是端阳喽。"后来,东方箭从任怀刚那里知道那人就是令鬼子闻风丧胆的新四军一支队的司令员,他从楚埠经过是去江苏盐城组织抗日队伍。这个"板凳腿"的高级领导人很平易近人,没有一点官架子,也不要官威。东方箭从内心里佩服这样的军队、这样的军官。

银盘一样的圆月挂在天空,影子落在清澈的凤河水中。天上的月亮是东方家女人的刺绣,清晰明亮。水中的影子是东方家的日子,惊魂不定。知了还在树梢极力卖弄它们的歌喉。先知先觉的树木开始换装,由绿变黄,枯黄的树叶一片片开始与它们的生身父母告别。街上的土狗偶然间叫上几声,以显示它们是尽职尽责的卫士。

中秋节上午,任怀刚和金老板再次来到东方家代花千树求婚。东方家也知道二十多岁的大姑娘要换作其他人家早就嫁出去了。姑娘早一点成婚,那些别有用心的人就断了觊觎的念头。东方家便同意汝梅在今冬嫁给花千树。双方相谈甚欢,定下了具体的日子,以及一些需要做的准备。留下吃午饭是自然的事情。这一天的菜也是汝梅做的。自从两个媒人进门开始,她脸就通红,胸中的小鹿一直在撞击心房。她相信花千树也一定和自己一样热血沸腾。

东方霆请两位媒人喝酒庆祝。酒,本身没有激情,但是它与人一交流就像鞭炮被点了引信,让没有激情的人顿时来了情绪。他们谈天说地,说过去,说未来。任怀刚看到了东方家的两个小子,猛地向他们提出一个问题:"你们的火把子准备好了吗?"

"什么火把子?"东方箭问道。他从来没有听说过火把子的事,更不知道它与中秋节有什么联系。

"什么火把子?"东方霆也纳闷地问道。

任怀刚和金鸡鸣哈哈一笑,不约而同地说:"火把子都不知道?!"

东方家父子们都被他们莫名其妙的笑弄得很尴尬,大眼瞪小眼地看着两位媒人,还以为嫁女儿的人家要特意准备火把子来庆祝一下,要举行一个必要的仪式呢。

东方父子听完任怀刚讲的玩火把的来历,都很惊讶,竟然还有这样曲折的故事。这是一段普通百姓反抗压迫的历史,是一个值得继承的习俗。

夜幕刚刚降临,东方家的两个男孩子就举着火把到万年街上,与金老板家的儿子金满堂等小伙伴们会合了。东方家的火把是竹竿上挑着草把。任怀刚帮着扎了一个,草把比较紧,像个棒槌。另一个是东方箭学着扎的,草把比较松,像个鸡毛掸子。东方霆酒喝得比较舒心,他本是懒得帮孩子做这些事情的。任怀刚告诉东方箭:"我们凤凰山有一种草,叫火把草,用它扎的火把烧起来火焰旺,持续时间长,有玩头,比这个草把子好。草把子烧起来烟雾大,火焰小,远看效果差。最好的是松树油做的火把子,不但火焰旺,而且持续时间长。以后有机会,我送一个给你。"

孩子们点上各自的火把,举着,"嗷嗷"地向凤河的下游奔去,远看凤河的圩埂上就是一条火龙。大家喊着"冲呀！杀呀！",仿佛是在战场上冲锋的将士,每一个男孩子心中都有一个将军梦。火把的光亮冲上天,把皎洁的月光也给比下去了;孩子们的震天喊声,把知了的呻吟、狗的呜咽给压下去了。远处看火把的人们好久都没有这么放松了,就随着孩子们的快乐而快乐一次吧。他们说笑着,不久,他们各自的火把就显出了优劣之分。东方箭扎的火把因为松散,点着后,很快就烧散了,没跑上几步,只剩下一根空竹竿了。任怀刚扎的火把烧了很长时间,能跑得很远。金家少爷用的松油火把一直跑到最后还是旺的。其他孩子的火把,有的上面滴了一些煤油,一点就着,比任怀刚扎的还好用。

火把相继灭了,孩子们举着空竹竿继续疯跑了一阵。没了火光的火把队,像是一群鬼影在河堤上乱舞。大人们便远远地喊各自的孩子回家。一群小鬼在码头扔掉各自手中的竹竿,表示不将晦气带回家。他们各自与父母家人"呱呱"地说着自己的快乐。躺在床上,他们还在回味自己一马当先跑在队伍的前列,冲呀,杀呀！梦中,最终憋不住尿而汹涌澎湃……

汝梅和花千树得知家长同意他们今冬结婚的消息,都激动得睡不着觉,想着对方的好,想着将来的小日子,看着天上的满月,想着两人抱在一起组成一个满月,美得心潮澎湃。

转眼间,腊月到了。任怀刚和金老板再一次来到东方家,商讨、敲定花千树与东方汝梅结婚的相关细节。东方霆是个马虎人,说怎么弄都可以。但是东方令氏、汤玉伶坚持要求按照本地结婚习俗办。

汝梅出嫁的那一天,天气寒冷,阴云密布,西北风呼呼地吹,露在外面的手、脸都像刀子割一样疼。但是双方家里都弄得十分热烈。火红的对联贴起来,火红的灯笼挂起来,火红的香烛点起来。

一大清早,一阵鞭炮声响起。伴着铿锵的锣鼓声,一队娶亲的人马来到东方家北边的屋子前。骑着高头大马、身穿唐装礼服、头戴礼帽、胸佩大红花的新郎花千树大大咧咧地下马,一行人拥着他进了屋。金师娘牵出身穿红缎子礼服、胸佩大红花、头顶红布的新娘东方汝梅。一对新人并排站着,面对着东方家的长辈举行婚礼。因为男方没有亲人了,任怀刚、金老板两个媒人便既当证婚人,又当男方家长。金师娘喊:"一拜天地,二拜高堂,夫妻对拜。"一对新人在众人的欢声笑语中,在大家的瞩目下,配合着金师娘的指令做着相应的动作。

然后,娶亲的人以及双方的客人就随着锣鼓声一道去屠宰场。那个院子大,里面可以摆上十桌酒席。金师娘领着新娘进入洞房。

第七章

　　东方汝梅的肚子随着日月的更替而腆起,日渐趋向饱满,就像东方家那红红火火的日子,越过越有希望。但是,东方家看似冉冉升起的希望,在鬼子的炸弹下却是不堪一击的泡沫。他们刚刚构筑起来的美梦,不久便破灭了。

　　中国有句俗语,叫"人心不足蛇吞象"。日本军国主义就是典型的"蛇吞象"。该国的资源匮乏,自然环境恶劣,遂滋生了很强的危机感和强烈的占有欲,总想不断地扩张。1931年柳条湖事变那年,它侵占了中国的东三省。这是蛇吞下了象的鼻子。从卢沟桥事变开始,蛇张大了嘴巴,想要在三个月内吞下整个中华这一头大象。它侵占了"国府"所在地——南京,便以为吞下了大象的头,剩下的身体只是时间的问题了。之后,日寇的吞咽速度放缓了,但从来没有停止过,一旦侵占了某个主要城市之后,不久就会对周边小城小镇以及村庄进行扩张、蚕食。凡是他们没有完全占领的地区,他们就会不定期地派出轰炸机进行轰炸,或者派出部队进行"扫荡"、侵扰,直到他们认为全面占领了该地。

　　正因为鬼子过于残暴,所以听到一点有关鬼子风吹草动的讯息,百姓都会当作天塌地陷、世界末日来临般的噩耗。

　　听外面来楚埠的人说,鬼子已经在向皖南方向扩张了。目前,鸠城外三面有利的地势已被鬼子占领,只等打下鸠城,直向皖南山区挺进。所以鸠城以及鸠城以南的地区均是鬼子"扫荡"的地方,一些地方的百姓再次开始跑反了。楚埠万年街的百姓听到这样的消息,当然心惊肉跳,各家都做好了随时逃跑的准备。

一天夜里,东方家忽然听到喊声:"鬼子来了,鬼子来了!"同时,伴随着凌乱的沉重的逃跑脚步声和慌张的无序的关门声。

东方一家人慌乱地把必需的衣被等物随便拿几件捆在一起。东方霆背着老娘在前面跑。东方箭虽只有十几岁,但也算是家里的劳动力了,他挑着一担东西跟在爹后面走。其他人带上能拿动的背着,跟着跑。

夜是黑洞洞的,路是坎坷不平的。其他各家也都是一家人一个跟着一个,跌跌撞撞地往前跑。每个人身上都有或背扛,或抱挑着的东西,个个都累得大汗淋漓、气喘吁吁。

东方箭发现自己只要到了暗处,就什么也看不见,全凭听觉以及触觉来感知道路和方向。他就像是一个瞎子,被人推着往前走。后来,他问过中医康定家才知道,这叫夜盲症。他挑着衣被,深一脚浅一脚地跟着跑。实在挑不动了,他也不舍得扔掉肩上的扁担。这些都是一家的生活必需品,丢掉了要花好多钱才能买得来,所以,他便只好硬着头皮跌跌撞撞往前赶。他们跑到附近农村旷野的时候,才发现后面跟着的人已经不多了。待坐下来休息的时候,又发现后面的人已开始往回走了。原来这是一场毫无根据的谣言,鬼子压根儿就没来。他们只好无精打采地往回走,回到家都瘫坐在地上,不愿意动弹。

像这样的虚惊,他们遇到过好几次。只要有人喊"鬼子来了",听到的人既不观察动静,听听有没有枪声之类的,也不看看外面的情况,拔腿就跑,还跟着接力似的瞎嚷嚷"鬼子来了"。接下来,就有更多的"鬼子来了"的喊声传来。好几次,葫芦瓢拉响了镇公所的报警铜铃,大家都信以为真,拼命跑。跑了几次之后,人们又说起了顺口溜:"葫芦瓢,拉警报,鬼子没来他乱敲,吓得人们到处跑。鬼子来了他也敲,人们想跑也跑不了。"乱世中的顺口溜,是治愈恐慌的良药。听一听顺口溜,笑一笑,痛苦随风而去。

一天夜里,不知是谁听到了凤河里落帆的船声,怀疑是鬼子的小火轮上来了,便喊起"鬼子来了"。喊的人不去河边看一下,听的人也不去探望观察,撒腿就跑,只恨爹娘少生两条腿,唯恐自己跑不掉。于是,听到喊声的人跟着喊"鬼子来了"。其实,鬼影子也没看见,就这样盲目地喊,盲目地跑。人喊人,人吓人,搞得所有人草木皆兵,闻风而逃,惊慌失措,毛骨悚然。夜里,那种恐怖的气氛还笼罩着整个楚埠,人们睡觉都得半睁着眼睛。

东方箭因为多次挑着沉重的担子夜跑,每次都一身冷汗,所以得了闷咳的毛病,一声连着一声地干咳,这是受累加上恐惧造成的内伤。东方霆没有意识到儿子东方箭这种病的危害而及时进行治疗,这病就延续了好多年。

新中国成立后,东方箭生活安逸了,夜咳病未经治疗就自愈了,这是后话。

鬼子没来,可是炸弹、燃烧弹却来了。鬼子的炸弹,将东方家的希望炸灭了;鬼子的燃烧弹,将东方家的幸福烧没了。

那天上午,镇公所报警的铜铃被葫芦瓢拉得催命般响。尽管吃过几次"鬼子来了"但没来的亏,但难民街上的人还是相信来自基层政府部门的警报。他们带上一些衣物开始跑反。第一波炸弹落在镇外的煤矿厂，"咣""咣"的爆炸声把人心都震碎了，大地随着炸弹的爆炸而颤抖，炸弹掀起的余波掀动窗户上的玻璃"哗哗"作响。第二波炸弹落在万年街，数间房屋随即倒塌。随后是燃烧弹落下，有几间房子燃烧起来了，火势迅速蔓延。因为难民街的房屋都是毛竹和茅草搭建的，加之那几天天晴，火借风势，在一阵"噼里啪啦"的毛竹爆炸声中，火势不久蔓延到东方家。东方霆见敌机飞走，不放心家里，往回跑，跑到家门口，屋子里已经成了火海。他还想冲进去抢东西，东方箭兄弟俩阻止了他。东方箭和东方从武一人拉住爹一只胳膊。东方箭喊："爹，您不能进去，太危险了！我们家还要靠您撑着……"东方霆转身搂住两个儿子，眼睁睁地看着两间屋子化为灰烬，老泪纵横。

房子没了，住成了最大的问题。原先的楚埠小学的墙砖基本上被难民们砌墙搭灶的，搬运得所剩无几，撑不起来一顶雨布了。现在东方家两间房只剩下砖砌的半人高墙基，无法住人，他们只有去住东方霆最不愿意住的牲口圈。花千树因为汝梅挺着大肚子不方便跑反，当听到一丝关于鬼子"扫荡"的信息时，就租了一条船溯凤河而上，去凤凰山里躲避了。他们的婚房空下来，想给东方家住，便去征求金老板的意见。金老板爽快地说："给你的房子，任你安置。"最终，花千树给了一笔租金，才请东方家住进去。

东方家刚刚把住的地方落实下来，煤矿厂又传来不好的消息，老板在这次轰炸中被炸死了。厂是没法撑下去了，也就是说煤矿厂的工人就失业了，作为高级钳工的东方霆也被迫失业了。失业，意味着从此以后没有薪水来养家糊口了。这正是"屋漏偏逢连夜雨""祸不单行"啊!

住在这个牲口圈里,东方霆总感觉到一股股牲口的臊味、屎尿味往鼻孔里钻,所以他一心想重新将那两间屋给盖起来。正好失业在家无事可做,他便请令荣华协助他去凤凰山买毛竹、青竹、茅草,准备回来再盖房。东方霆一出远门,东方箭在家就是顶梁柱了。家中抛头露面的事情都是他去,采购食材,应付收税的、收保护费的等事务,就落在了一个毛孩子身上。

房子又盖起来了,家里的钱也用得所剩无几了。这时,花千树带着汝梅母子俩回到了万年街。他们的儿子叫花昭亭,说是在一个叫昭亭的地方出生的,用地名做人名,以后就能记住出生地了。小宝贝长得白胖,头颅稍显狭小,有点像花家人。高鼻子、细眼睛,则是像东方家男人的面貌特征了。他结合了两家人的主要特征,没偏祖任何一家。

汤玉伶主要的精力用来服侍汝梅坐月子,家中的女红活自然就做得少了。家庭的经济来源少,开支还是那么多,时间一长,就显得捉襟见肘了。东方霆整天在家里唉声叹气。他除了会钳工以外,其他方面属于低能儿。

一天,任怀刚来向汝梅贺喜,特意选了一个银铃铛送给宝宝花昭亭。东方霆请任怀刚吃酒。

任怀刚告诉东方霆,现在鸠城守军是东北军某师,该师有一个营长叫司成龙,就是东方霆的表侄。

"司成龙现在就在鸠城?"东方霆吃惊地问道,"他娘找到了没有?"

"他娘,还没有消息,但司成龙驻扎在鸠城是事实。"任怀刚告诉东方霆,"现在鸠城有许多人是从北方逃难来的,他们吃不惯大米,觉得难以下咽。而鸠城本地人又很少愿意做大馍、包子、面条等面食。这些人不习惯吃大米,真可怜!"说完,他叹了一口气。

他说的话被东方箭听到了,当时东方箭什么也没有说,而是等任怀刚走后,跟东方霆商量:"爹,今天任叔叔算是给我家提供了一条挣钱的路子。"

"什么路子?"东方霆一脸蒙的样子,补问了一句,"什么路子可以挣钱?"

"任叔叔说在鸠城的北方人多,想吃面食。"东方箭细细地说给爹听,"我们去鸠城找一处比较好的市口,做包子、大馍卖,要是地方够大的话,我们还可以下面条卖。"

"哪里还有市口等着你去卖包子、大馍?你做梦去吧!"东方霆很是悲观,对儿子东方箭的异想天开很不屑。

"我们明天去看看,回来再做安排。"东方箭跟爹商量着。他的思路已经比他爹开阔多了。

东方霆还想说这是不现实的话,结果被汤玉伶接过话茬,道:"箭儿的想法,可以试试。不就多跑一趟路吗?反正你在家闲着也是闲着,或许还能找到一些机会。"

"哪家门脸(门面)不要租金,等着你去开店?"东方霆嘴上说着反对的话,其实心里已动摇,基本上同意了汤玉伶以及儿子的意见,只是嘴上还硬撑着。

奶奶听孙子东方箭有卖包子的想法,很支持,凑过来对儿子东方霆说:"你不去看看,怎么知道找不到门脸?"老太太一发话,东方霆便不敢吱声了。

家中的情况东方箭也是清楚的,这一次重新建房,爹已经把家中的盐罐子、油罐子全都掊伤干净了,再也拿不出钱来去鸠城租门脸卖包子了。因此也只有去鸠城碰碰运气,看看形势再说,总比待在家中坐吃山空要好,所以他才主张爹和自己一道去看看。

冬日的阳光笼罩着破败不堪的鸠城,算是给寒冬中的人们送来了一丝光明和温暖。落光树叶的行道树呆立在街道两旁,偶尔一两只麻雀站在枝头"叽叽喳喳"叫。

东方箭与爹是乘坐运送货物的船由楚埠到达鸠城东门码头的。他们在凤河之上漂了好几个小时,没事干,就通过船舷看两岸空寂的田野、衰落的村庄、精神萎靡的行人。乘坐火车比较快捷,但是票价比较高,对于一个一分钱要掰成八瓣的家庭来说,节省一分钱都是好的。更何况,这一趟是不用付船费的,金老板的一个朋友包船送货去鸠城,算是顺便捎上他们。

上了码头,一些人力车夫围过来,问他们去哪儿。东方霆把手一挥,意思是我们用不着坐车。人力车夫也就悻悻地转脸去问旁边的客人。码头上有的人提着篮子做小生意,有的大声叫卖,有的则眼巴巴地看着行人,等行人走到跟前,才有气无力地说一句:"瓜子花生五香豆……"以此来引起行人的注意。当然,东方父子俩对这些都视而不见。他们今天的任务是来鸠城寻找活路的。

东方箭一路上没有看到无主的门脸房,比较失望。于是,他建议爹去火车站附近看看,因为那里人流量比较大。父子俩加快了步伐,过了十字路口,向北转便是车站了。这时,他们发现了十字街东北角的拐角处的一间门面虽被炸塌,但其他三面墙坚强地立着,房顶硬朗朗地撑着,没有被打垮,地上堆着垃圾,很显然这里很久没有人来照管了。于是,他与爹一商量,就把这个门面打扫干净,用来做生意再好不过了。

第八章

东方家的包子店第二天早上就轰轰烈烈地开张了。门脸房里左右两排放着两个摊位,架着冒着热气的蒸笼,父子俩一人守着一个摊位。门脸房的横梁上挂着一块木板,写着"正宗北方老面馒头店"几个字,它们出自东方箭之手。

才第一天开张,前来买包子、大馍的就排了一列很长的队。东方霆和东方箭两个人一边收钱,一边给人用油纸裹装包子、大馍。他们一大早起来蒸的五笼包子、四笼大馍,不一会儿就卖完了。排在后面的没有买到包子、大馍的顾客纷纷对东方霆说:"老板,明天多准备一点包子,多支一个摊位。"

东方霆自然高兴地笑着对客人说:"真抱歉,第一天开张,还没经验哦!"

今天的开张大吉还得益于康家。昨天,父子俩想在这里开店卖包子后,就想到了要先去找在鸠城邮政局上班的康定家,想从他的单位借扫帚、粪箕、铁锹之类的工具,好去清理这里的垃圾。康定家见到东方父子俩,很是高兴,说:"你们的这个主意很好。我观察了好长时间,那个地方原来是一户绸缎铺。主人是杭州的,前年跑反时,铺子里的东西被人抢劫一空。主人回来大哭一场,便想把房子卖掉回老家去。可现在有钱的人谁愿意买一间搬不走的房子放在这里?加上鬼子三天两头来轰炸。主人一狠心,带着家眷回了老家。后来,敌机又把门脸给炸塌了。一直没人来收拾。"

"既然现在无主,那我们就先暂用一下,等主人回来了,我们再还给人家。"东方霆说。

"你们想到卖包子当然是好事,我们一定支持你们。"康定家看着父子俩说,"我们整个康家都支持你们。"

他所说的康家是代表康恋春、康有强两人。他告诉东方箭,康氏姐弟俩现在也在鸠城。原本康钱氏和两个孩子住在乡下,康定家代表康家兄弟仨每个月都要往乡下去,毕竟他的腿脚不方便,来回折腾也受不了。后来,日寇和国民党军处于僵持阶段,老百姓也比较安生,他就想到了把他们都接到鸠城来。东方箭听说康氏姐弟在鸠城,立即向车站跑去——他知道他们住在车站附近的邮政局宿舍。

康恋春个头长起来了,像个小大人,脸色红润白皙,眼睛里有春水荡漾,声音细细甜甜的。东方箭看到她,心不自然地怦怦狂跳。康恋春看到东方箭的个头比自己高一头,眼睛里流露出刚毅,喉结突出,说话时喉结起起伏伏,声音也变得粗犷了,像是个男子汉。见到他,她不由得脸红了,眼睛看着一旁说:"是你呀!"康钱氏看到了东方箭,赶紧招手让他过去:"孩子啊,你怎么来了?你爹呢?"她对他这样一个大小伙子还称孩子,实在令东方箭心暖。于是,东方箭便一五一十地告诉了康家老太太他这次来的目的。

东方箭带着康氏姐弟俩来到那个门脸房前,看到的却是一派热烈的场景——东方霆带着一帮人,扫、铲、运垃圾,已干完一大半了。原来,这就是康定家所说的支持。康定家请了几个人来帮忙,他们干活十分利索。三个少年也加入了清扫的行列。

他们虽然干事外行,但不给大人们添乱,大人们也就同意他们参与,毕竟多一个人干,就可以早一点收工。三个少年吃力地抬着一筐子垃圾去后街一处垃圾倾倒场。走累了,大家就停下来休息一下,说说童年往事,说到可笑之处大家都开怀大笑,仿佛浑身都有了力量。来到垃圾场,眼尖的东方箭看到了几块废旧的油布,都是破了好几个洞的。他想把它捡回去,把破洞补上,裁成门脸大小,晚上可以挂在那一间门脸上,这样就有"脸"了。裁缝油布的事,还是康恋春帮着做的。因为她看着东方箭笨手笨脚的样子就觉得好笑,还不如她亲自动手来得快。

包子店的桌子、凳子、锅碗等,都是从康家匀过来的,煤炉、蒸笼、面粉、作料等是从街上买来的。东方霆对做饭并不是很娴熟,但是对北方的面食类的做法还是驾轻就熟的。康钱氏还特意拿出家中的那一块老面,让康有强送过来。

当晚,父子俩就开始忙碌起来。康家姐弟也在一旁帮着兑水和面。原本臭气熏人的门脸房被他们整得香气腾腾。姐弟俩是来请父子俩去康家睡觉的,原本安排东方霆与康定家睡一张床,东方箭与康有强睡一张床。结果,父子俩放心不下这一堆白花花的面食,仿佛一堆白花花的银子。所以,当晚父子俩就将桌椅合并,铺上从康家借来的被子,囫囵过了一夜。

为了让在楚埠的家人放心,东方霆请康定家打了一个电话给楚埠镇公所,让葫芦瓢转告东方令氏、汤玉伶,请她们放心,父子俩在这里准备开一个包子店,因为决定得比较突然,且准备的东西比较多,所以一天两天不得回去。家中有什么事的话,就请大姐夫花千树出面解决。东方家人接到传话,当然高兴,生意做起来之后,家里就有收入了。

为了让东方家包子店开业有人气,康定家特意在邮政局跟同事们打招呼："明天早上十字路口新开一家包子店,是我老乡开的,正宗北方老面馒头,请大家赏个脸,捧个场。"同事都是康定家大哥康定国的老部下,谁敢不给这个面子？反正早上都是要吃早点的,在哪里吃还不都一样？就这样,呼啦来了许多康定家的同事。当然,康家的几个人也早早地来到店外排队,做起了托儿。一些想吃上正宗北方老面馒头的北方人,一看招牌,是家乡的味道,也跟在后面排队了。于是,便有了包子、馒头供不应求的现象。

吃到东方家面点的都说这家货真价实,面筋道,有嚼头,明天还要来买。没买到面点的,当然不甘心,暗自想,这家面点肯定好吃,竟然脱销了,明天一定得早一点去排队。东方家首战告捷,邀请康家一起吃顿饭表示感谢。吃着聊着,又一个主意在东方箭的脑海里滋生,他便跟康定家商量,能不能请康家也参与到扩大经营中来。康定家果然对东方箭的想法感兴趣。

开张的第二天,"正宗北方老面馒头店"又让大家眼前一亮。卖包子、大馍的摊位移到了门脸的外面,依旧是两个摊位,东方父子俩忙着一边收钱一边用油纸包面点递给顾客。门脸里面多了一口热气腾腾的锅,旁边案桌上堆放着擀面、馄饨、饺子等食材,煤炉上的大锅里有稀饭,一脸盆五香蛋。屋里摆放着两张八仙桌,桌子四方各有一条长凳。一个清秀的女孩系着围裙,正给客人下面。一个清瘦的肩上搭着一条白毛巾的少年给客人端面条、送开水。每一位坐着吃的客人吃完后离开前,把钱给少年。当顾客走出门脸房时,少年会说："您慢走,欢迎下次再来！"听到少年说话,门口的少女也会笑着对那位客人说："您慢走,欢迎您下次再来。"顾客当然喜欢客气的店主,更喜欢漂亮的少女店主,心里美美的,想着天天来,天天看到这个少女。

1940年是生肖龙年，司成龙的本命年。已是十八军六十三团三营营长的他带兵驻扎在凤河庄，担任对河阳、沚津两镇日寇据点的防御工作。柳条湖事变第二年年初，随东北军退守卢沟桥一带，他心中憋屈着，东北军一再退让。敌人不费一枪一弹就占领了东北全境。全国的老百姓都在骂东北军是软蛋。卢沟桥事变后，随军退守淞沪一带，在那里，司成龙他们痛痛快快地与日寇鏖战了三个多月，狠狠地打击日寇的嚣张气焰，破灭了军国主义者所张扬的"三个月消灭中国"的狂言。但最终因没有后援以及武器装备落后等，败北，后撤。南京被占领后，司成龙所在的东北军就一直与日寇在鸠城一带进行拉锯战，牵制了日寇南下的主力，遏制了日寇扩张的野心。

　　龙年正月十九日夜，阴沉沉的天空下着毛毛细雨。有官兵发现，驻在九连丘、沚津和河阳等地区的日寇约五百人，正悄悄地向凤河庄地区移动。司成龙考虑到凤河庄外围有北丘山、横拥山和稻拥山，地势易守难攻，于是，他一面部署各连加强防御，一面电告团部，请求增援。

　　团部接电后，立马派二营五连连夜赶到附近的仁湾布防，以保证三营后方安全。但等到次日深夜两点五连到达时，他们才发现仁湾已让日军抢先一步占领了。因天黑，路又不好，当五连发现有埋伏时，部队已全部进入敌人的伏击圈，一场短兵相接的战斗就这样开始了。这一战直到拂晓，全连九十多位士兵阵亡了八十多人。

　　就在同一天晚上，一支装备精良、人数众多的日寇队伍，悄悄潜入凤河庄外围的北丘山阵地。北丘山守军发现后，一边顽强反击，一边等待增援。上山的道路已被日军的机枪封锁。最终,山头守军全部阵亡,北丘山阵地失守。

翌日天亮后,日军对横拥山的前沿阵地——葫芦湾发起三次大规模的进攻,三营官兵奋力击退,当场毙敌三十多人,守住了阵地。于是,狡猾的敌人改变了战术,只留少数人就地佯攻,大部分人悄悄地迂回到横拥山背后,使三营官兵腹背受敌。没坚持多长时间,守在横拥山葫芦湾和磨山嘴的两个排的战士全部牺牲了。

至此,凤河庄外围的北丘山、横拥山和稻拥山三个据点,就只剩下稻拥山一个了。

稻拥山是一座稻草堆似的孤山,山坡近乎峭壁而且两面临水,易守难攻。日寇对稻拥山始终没有发起过大规模的进攻,只是用大炮不停地朝山顶上猛烈轰击,企图削平这座山。整个山头被炸得硝烟滚滚,土石横飞。

北丘山失守后,营长司成龙领着十多个士兵向杨山嘴转移。杨山嘴地处横拥山尾部,与稻拥山相距近一里路。司成龙进村时,已是第二日上午七八点钟。司成龙人缘好,村民们都喜欢他。他到村民莫宏家要点吃的,莫宏母亲给他们几个官兵炒了鸡蛋。司成龙看到站在远处眼巴巴地盯着他们吃炒鸡蛋的莫宏儿子,喊他过来,搛一块鸡蛋给他吃。孩子包了一嘴鸡蛋,高兴地跑开了。饭还没吃完,他们就听到报告,日军从墙园方向过来了。他们放下碗筷,来不及打招呼就急急地离开了莫家。

司成龙带人立即向村后山上爬,快要爬到山顶时,不幸中了鬼子的机枪弹,因是小腿中枪,无法行走。勤务兵萧将把他拉进沟堑里包扎,其余的战士同冲上来的日军搏斗,但都阵亡了。此时,司成龙知道自己已经被包围,勤务兵要背他冲出包围圈。他对勤务兵说:"我们宁死也绝不能当俘虏,你快走吧!"勤务兵不愿意放下他走,他掏出怀表对勤务兵说:"只有活着出去,才能杀鬼子。我现在自己走不了,你带上我这个累赘,我俩都得死。你走,还有活的希望。把这只表带上,如果有机会见到我的弟弟司成虎,就告诉他:'宁可战死沙场,也不苟且偷生!'你快走吧!"勤务兵含泪接过怀表,转身向山头跑去。

战士们都后撤了,司成龙独自留下来断后。此时,他想到了在山海关被鬼子731部队抓去的爹司家豪,想到了在南京被鬼子抓去做慰安妇的娘令云雀,想到了他们被踩踏、被伤害、被侮辱的情景,怒火中烧。他面对数量众多的鬼子,瞄准鬼子,扣动扳机射击。双拳难敌四手,在身中数枪,生命垂危时,司成龙眼看要成为俘虏,他饮弹自尽,壮烈牺牲,殉年二十五岁。风呜咽,龙哀号。他牺牲时距离他的生日仅有几天时间了。

几个小时后,国民党援军赶到,经过一番战斗,日本鬼子全部撤走,至此,"稻拥山战斗"宣告结束。清理现场后统计,我抗日官兵阵亡三百余人。

营长司成龙壮烈牺牲的消息很快传到了鸠城,鸠城人民十分悲痛。有人号召大家一起来纪念这位爱国将领,全城百姓纷纷响应,把日子定于十几天后的农历二月初二龙抬头这一天,也就是司成龙生日这一天举行盛大纪念活动。

这一天,百姓早早地站在主要街道,他们胸前佩戴小白花,手举白色纸花或菊花,整齐地站在道路两旁。东方箭在前一天回了趟楚埠,把家人全部带到鸠城,来送一送自己的亲人——大英雄表哥司成龙。

"正宗北方老面馒头店"贴出告示:凡是东北军将士进店,一律免费。凡是穿着东北军装的军人进店吃面点,东方家遵守告示上的诺言,一律免费。老百姓从店前过,纷纷给东方家竖起大拇指。

送葬的队伍从东门进城,沿着主要街道,再经过南门、西门,最终从北门出城。

一声声惊天的锣声响过之后,一阵阵悲悯的唢呐声传来,而后一阵阵锣鼓声响起。道路两旁的住户门前的鞭炮接二连三地响起。鸠城人喜欢鸣炮为尊敬的人送行。棺木走到十字街头的"正宗北方老面馒头店"门脸前停下。萧将多看了一眼东方箭,长脸、细眼、高鼻梁,因为有人告诉他,这一户就是司成龙家亲戚开的店,免费给东北军将士提供面食,且这一户的姓氏很特别——东方。东方箭也多看了萧将一眼,目字脸、厚嘴唇、眼睛里有几分忧郁。

群众为司成龙撰写的一副副对联,白底黑字格外醒目,被高高举起。

……

东方箭还看到了随行的人群中有任怀刚。只见他每走几步,右手握拳高高举起,同时喊道:"驱逐日寇,还我山河!"其他人也跟着喊:"驱逐日寇,还我山河!"接下来任怀刚又喊道:"司氏成龙,民族脊梁!"其他人亦跟着喊道:"司氏成龙,民族脊梁!"

那声音惊天地,泣鬼神,连天上的云都沉下了脸,风也在呜咽。

东方箭想,表哥虽死犹荣,死得其所。如果能像表哥司成龙一样与日寇作战,哪怕战死疆场,能得到百姓拥戴,也是值得的。

第九章

如果能够每天见到康恋春，同时还能够挣到一些生活费，东方箭愿意永远地待在鸠城的十字街头那没有"脸"的门脸房里。哪怕寒风凛冽、寒气袭人，哪怕酷暑炎炎、汗流浃背，他都不在乎。

但东方箭所想的，并不是日本鬼子所想的。他们只想到让中国人永远做他们任意宰割的羔羊，希望将中华大地上取之不尽的资源据为己有。所以，他们的野心在不断扩大。

东方家开的"正宗北方老面馒头店"，不但为东北军将士免费提供饮食，而且现在扩大到了所有打鬼子的部队。尽管收入少了不少，但是东方家感觉到只要为抗日贡献了一份力量，就收获了一份希望。

任怀刚有时也来坐坐，他每次来都要和东方霆聊聊当下的形势。因此对于外面的情况，东方箭也是知道一些的。比如说3月底，汪某人在日本人的扶持下，在南京建立了伪国民政府，自封为代主席以及行政院院长，与重庆蒋某人的国民政府分庭抗礼。一个国家有了两个政府，老百姓就遭殃了。远的不说，就拿钞票来说，南京政府发行的是"中央储备银行"的钞票，为了区别重庆国民政府用的法币，就称作"新法币"。老百姓到了日伪控制区就要用新法币，到了重庆政府控制区就要用法币。任怀刚说,他亲眼见到一个拿错了钞票的人,被巡警殴打到吐血,说他是渗透的内奸,要拉去枪毙。

东方箭暗想,现在鸠城使用的还是法币,到了被迫使用新法币的时候,一定要分清楚,不然被打就惨了。他不由自主地颤抖起来。之后,每次收钱,都要多看上几眼,摩挲上几下,以免收错了。

任怀刚这次来与往常一样,是要采购一些食盐以及医治伤情的药材。他是通过一些朋友积少成多而采购的。他们一般利用晚上的时间交货,之后便悄悄地离开。在东方箭看来,他是一个挺神秘的人物,人家不说又不好多问。

没过多久,日寇的轰炸机又来了,"呼啦啦"一来就是五架,带着震耳的呼啸声,"乒乒乓乓"扔下无数颗炸弹。高大的建筑在爆炸声中瞬间坍塌,掀起了遮天蔽日的烟尘。惹了祸的敌机,丢下一堆烂摊子,像只得胜的公鸡拖着尾巴扬长而去。

日寇逼近的态势越来越猛烈,前来购买馒头的人越来越少,免费吃的军人几乎绝迹。一天上午,在结束了早晨的生意之后,望着剩下的那么多没有卖出的面品,康恋春对东方父子说:"明天起,我家准备搬到乡下去躲一躲,生意就不做了。"

"为什么?"东方箭觉得有点突然,问康恋春道。他多想和她在一起啊,哪怕只是每天见到就感觉十分满足了。现在,康恋春竟然提出生意不做了,到乡下去躲一躲,这当然出乎东方箭的意料。

"鬼子越逼越近,二叔已经安排奶奶和我们姐弟俩重新到凤凰山汤家庄避一避。等以后局势明朗后,再另作打算。"康恋春解释道。

鬼子,又是鬼子!东方箭感觉到可恶的鬼子无处不在。好好的生意不能做了,要到乡下避难,以后想见上康恋春一面都难,可恶的鬼子!东方箭在心里诅咒着鬼子,但又无能为力。

东方父子虽然舍不得他们姐弟离开,但是一家老小的安全谁也不敢打包票,所以也没有多说,只是说以后他们有空可以到楚埠码头找东方家。

东方父子第二天没有做新的面点了,他们将前一天的热一热,卖出去后,也收拾摊子离开了鸠城。父子俩将从康家借的用具还给了康家,余下的能带上的就收拾收拾带上,带不走的就卖给了那些逃难的人。

东方父子俩回到楚埠后没两天,日寇就跟着来了。那一天早晨,葫芦瓢拉响铜铃报警,人们又开始收拾衣物准备跑反了。几架飞机从鸠城方向飞过来,当时东方箭从浮桥上跑到了西岸,立刻躺进了土坡下凹窝里。只听见头顶上的呼啸声令人发怵,他仰头一看,上空一片密密麻麻的黑东西,斜着往下掉,心想,这玩意儿掉下来砸在身上,就没命了,幸好这些个黑东西没有垂直落下,而是斜着掷出去的,它们落在了街上以及河沿一带。炸弹挟着呼啸声而下,落地时发出震耳欲聋的爆炸声,遇到易燃物质就会引发大火。这次轰炸虽没有造成人员伤亡,但有几处建筑被摧毁了。人们听到警报声,来不及到后街野外去的,大多数跑到菜地里或躲在掩体下,除非中弹或者离炮弹太近,一般是不会有生命危险的。东方家因为老太太小脚走不了,所以大家谁也没跑出去,都趴在桌子下和床底下。其实这是很危险的,要是中了炮弹,即使不被炸死,也会因茅屋着火而烧死。

一阵轰炸之后,不久鬼子就会到来,这是狡猾的鬼子惯用的伎俩。这时,花千树夫妇抱着花昭亭来了,令荣华扛着担架跟在他们后面。这副担架是上次东方汝梅生产时,花千树买来的,之后就留下了它,没想到竟然在这个时候发挥了作用。花千树和令荣华用担架抬着东方令氏,东方霆和东方箭各挑着一副担子,汝梅背着孩子,其他人背着、扛着或提着一些衣物,向后街的田野去。只要躲进了树林里,他们就安全了。

鬼子摸进了楚埠街道,见到锁着的门就砸开,然后开始寻找有价值的东西。人们知道鬼子烧杀淫掠无所不为,都跑光了,值钱的东西也都随身带着,留下的也值不了多少钱。贼是不会跑空趟的,鬼子也一样。那些没有来得及带上的鸡鸭鹅或者猪牛羊就遭殃了。刺刀尖上戳着鸡鸭鹅,手里鞭子赶着猪牛羊,像是牲畜养殖场在搬迁。

到达树林里,东方令氏发现虎头拐杖落在家里,便念叨着:"便宜了可恨的鬼子,可惜了我的拐杖。"

面对穷凶极恶的鬼子,东方霆无能为力,只能劝老太太:"等安定下来,我再给您买一根拐杖。您放心,肯定买一根一模一样的拐杖。"

东方箭知道爹是一个孝子,老太太的事是天大的事。他想帮爹完成心愿。他把爹对老太太说的话听在耳朵里,记在了心上。他趁大家的注意力在老太太身上,悄悄地溜到旁边,再一溜烟沿着小道往家赶。等大家发现不见东方箭时,他已经到了万年街。

东方箭不敢走前街,专门走了后街。他猫着腰走小巷,这样就不容易被鬼子发现。他溜回家,抓到了奶奶的拐杖,拿着它正准备出门,瞧见一小队鬼子正朝自家方向来,他知道情况不妙,赶紧退回屋。家中没有可以掩身的地方,他便带着拐杖钻进了床档最里面。鬼子只要不伏在地上,是根本看不到最里面的。

鬼子直接进了他家。这让东方箭心一阵紧,心中仿佛有一只小兔子往嗓子眼外蹿。被鬼子堵在了屋里,真是背运,他也不知道鬼子接下来会做些什么,只感觉到心跳加速,眼皮在猛烈地跳。

或许是鬼子搜了一条街都没有找到一个人影的缘故,他们放松了警惕,没有在东方家进行二次搜索了。

东方箭躺在床底下,见鬼子没再来搜索,稍微安心了一点。他看到鬼子的腿在屋里不停地来回走动,估计他们分了工,有人在淘米,有人在用刺刀剥鸡皮、剖鸡肚子,看来他们想在这里烧饭。东方箭肚子不自觉地"咕咕"叫了起来。有几个鬼子把桌子搬到了门口,上面放着一张地图,在"叽里呱啦"地说着话。不久,东方箭闻到了饭香,肚子叫得更响了。他不时地吞咽口水。大概鬼子开始烧鸡了,东方箭听到"刺啦"的声响,鸡肉下锅了。这时,他看到一个鬼子把发面用的半盆碱水当作酱油倒进了锅里。不久,他闻到了一股鸡肉的香味,口水急迫地从嘴角涌出。鬼子们开饭了。他们一边吃一边呱啦着,好像吃的是山珍海味。东方箭感觉到一阵阵胃绞痛,真不知道鬼子用那碱水烧出来的鸡是怎么吃下去的。

鬼子吃好了,将锅碗瓢盆一股脑儿砸碎,每砸一下,仿佛都砸在东方箭的心上。等跑反回来,一家人用什么做饭、吃饭?这帮绝八代的鬼子!东方箭在心里骂着。鬼子临出门时,将锅灶旁的柴火点着了,然后扛着枪扬长而去。

东方箭赶紧从床底下钻出,用脸盆从水缸里舀水泼向着火点。在倒完了缸内所有的水后,火终于灭了。这也算是不幸中的万幸了。东方箭扛着奶奶的拐杖跑向逃难者歇脚的树林。

东方全家只知道大山区安全,所以一直向大南面的山区转移。当时他们既没有明确的方向,也不熟悉周围的地形和情况,昼夜兼程,只能盲目地朝大山方向移动,终于来到了凤凰山山脚下。一打听,方知道这里属于新卫管辖,这是凤凰山脉的一部分,叫鸡头岭。他们落脚休息的地方叫水湾村,离岳家湾、汤家庄有几十里路。南边紧靠着山路。村前有一条小街,它有一个好听的名字,叫桃源集。水湾村不大,但有个大油坊,老板姓汪,人称汪家油坊。他们得到了主人汪老板的同情,就在他家住下。房子很大,住没有问题。吃的呢,只要花一些钱买些米就行了,当地的群众有的是小菜。

在这里没住多久,鬼子又向这一带来"扫荡"了。一听说鬼子要来,村里人能跑的都跑了。东方令氏不想走了。东方霆是个孝子,也不能丢下老娘自己走。结果谁也别想走。大家只好躲在家中。东方令氏和东方霆坐在堂屋中间的凉床上,大门敞开着。其他大部分人趴在床底下发抖。只有近十岁的东方从武蹦来蹦去地说:"鬼子来了,我不怕。我给他们敬个礼,就行了。"看着这个不知道害怕的天真可爱的孩子,一家人含泪苦笑。

村子里没有动静,村子外常有叫喊声、枪炮声传来。在两个小时内,东方箭与东方从武多次悄悄地出门观察动静。在院墙的遮掩下,他们看到了板桥方向的小山头上站着不少鬼子。

突然一声炮响,一发炮弹从东方兄弟俩的头上飞过,呼啸声如同就在耳边。之后,炮弹落到了村外的河塘里,炸起的波浪有好几丈高,一条条小鱼被炸飞,像梭镖一样扎进了泥土里。有条小鱼落在了东方箭的头上,滑腻、腥臭。东方从武低声笑着说:"哥真幸运,能被天上掉下来的鱼砸中,从此以后就'年年有余'

了。"彼时,东方箭头皮发麻,哪有闲情跟弟弟说笑,狠狠地瞪了他一眼,拽着他赶紧往家跑。鬼子下山后从村外大路直接走了,幸亏没有进村,如果进村了,一家人可就遭殃了。看到鬼子远去,东方霆让一家人从床底下钻出来,再去通知住在隔壁的汪老头,却发现他已经上吊自杀了。

汪老头的丧事,是东方家为他操办的。毕竟是他们一家住在这里,所以当他们发现汪老头自杀了,东方霆就去村上找来村长甄仁贵查看现场。村长甄仁贵说:"这个汪老头一直胆子就小,平时连杀个鸡都是请人来帮忙的。既然他已经上吊死了,那么把他送上山埋了就行了。唉!这汪老头,这回可以把心放肚子里了。"

"汪老头有子女或者亲戚吗?能通知到他们吗?"东方霆考虑得还算周到,想到了汪家的后人或者旁亲,在送上山之前,通知他们来见个面。

"汪老头有三个儿子,先后都被抓去当壮丁了,一直没有音信。"村长甄仁贵边想边说着汪老头家亲人的情况,"汪老头有个妹妹,嫁给了一个杭州商人,在鸠城十字街开了一个绸缎铺。汪老头就是在妹婿的资助下才开了这个油坊。前年,日本鬼子轰炸鸠城,把他妹婿家的绸缎铺给炸了,他们一家就搬回了杭州。我们这里没有他们的联系方式。"

这世界还真是小。东方箭听说汪家妹婿在十字街开的绸缎铺被炸,便想到了自己家借卖馒头包子的门脸房。可能就是汪家妹婿家的,怪不得从来都没人来撵他们走。东方箭心里便想要好好报答汪家老头,他"扑通"跪倒在汪老头的尸体前,喊道:"爷爷,您安心去吧!"东方箭打心眼里把汪老头当作亲爷爷来看待。

村长甄仁贵很吃惊,感觉这个孩子太懂事了。他表扬了一番东方家仁义后,便去村子里张罗,安排人手准备给汪老头下葬。

第十章

　　三天后,汪老头被送上了山。东方家以及村中人返回村里时,发现东方令氏死了。

　　原来,那天村上所有人以及东方家大多数人去为汪老头送葬,汪家油坊里只剩下东方家婆媳俩带着幼儿花昭亭。突然来了一群蒙面持大刀的壮汉。他们打听到村子里今天有人出殡,也知道村子里的习俗,出殡那天全村出动,顶多几个妇孺守在家中,所以他们便对觊觎已久的汪家油坊来个突然袭击,想捞点钱财迅速撤离。

　　领头的是一个红头发、身材滚圆的家伙。他看到汪家只有这三个手无缚鸡之力的人的时候大笑起来,用刀尖指着东方令氏问道:"老东西,我们要钱不要命,赶快拿钱出来!"

　　东方令氏听着他声音感觉耳熟,但不敢确定,所以想多跟他说上几句话,听听他是谁,借此拖延时间,等待出殡的人回村。于是,她故意反驳那人道:"我一个糟老太太,土都埋到了脖子了,从哪里来的钱?"

　　"你这个老怪物,东方家就是你做主,钱都在你那里保管着。"红头发能清楚地知道她家姓氏、家庭情况,看来确实是熟人。

　　"我们是逃难到这里来的,不是来走亲访友的,身上带着钱不安全。再说了,我们哪儿有钱带?"老太太对那个红头发又一通反驳。

来人见老太太难对付,又把刀架在汤玉伶的脖子上威逼了一番,也是一无所获。他转而将刀口对着瘪了嘴傻了眼的不敢哭出来的花昭亭。花昭亭往汤玉伶这边缩着,最终哇哇地哭起来。汤玉伶一把揽过花昭亭,拍着他的脊背安慰说:"宝宝不怕,叔叔跟你闹着玩儿。"

"谁跟你闹着玩儿的?"红头发怒目圆睁,刀口贴在了花昭亭的脖子上,"拿钱来!"

汤玉伶只得从上衣口袋里摸出一张钞票,说:"我这里只有这一张了。山爷,您拿去喝酒吧。"

"就这一张钞票就想打发八爷?"旁边一个蒙面人插嘴道,"打发要饭的呢?"

一个"八爷",让汤玉伶知道眼前的这个红头发就是孙八斤。他即使拿到钱,也不会轻易放过祖孙仨的。

"快拿钱,不然就别怪我不客气了!"红头发说着,刀口在花昭亭娇嫩的脖子上拉出浅浅的一丝血痕。花昭亭哭得更厉害了。

汤玉伶立刻给红头发跪下了,把哭得直哽的花昭亭抱得更紧,说:"八爷,你放过孩子,有什么冲我来。"

"孙八斤,你个畜生!"东方令氏听到那个山贼称红头发"八爷",也判断出这人就是孙八斤,于是怒火中烧,絮叨起来,"想当年,你娘落难到山海关,要不是我们东方家接济你们母子,你哪能活到今天?估计你早就死了……"

"想当年,正是拜你们所赐,差一点让我成了炮灰。"孙八斤也是一肚子委屈,"老子看上了汝梅,你们不同意,要不然这个孩子就是我的种了,结果便宜了花千树这个狗杂种!"

"畜生,你还好意思提那件事。"老太太知道他是孙八斤,所以敢对他说狠话,"你差一点毁了我们家汝梅,你个畜生!"

几年前,孙八斤因欺辱汝梅,被任怀刚送到了官府。官府顾不上去耗时间审判,直接将他投入大牢。在牢房里,他被一群罪犯捉弄、殴打,如同生活在地狱里。监牢里,犯罪分子们心中有个不成文的准则,在他们最普遍的认知里,欺负女人的男人是最没有出息的,所以孙八斤在监牢里成为众矢之的是正常现象。不过半年不到,他时来运转。有一天,监狱长训话:"凡是愿意参军打仗的,都可以免除罪行。"所以,孙八斤等大部分罪犯成了军人。其实,后来他们才知道,原来是当地完不成抓壮丁的任务,便想到了用这些罪犯顶替一部分名额来换取政绩。更何况,监狱长不但省出了犯人的伙食费、管理费,而且还能赚到一大笔"壮丁"补助款,何乐而不为?

来到军营的孙八斤干什么事都冲在前,积极地表现自己,赢得了长官的信任。在一次急行军途中,他与另一名壮丁一道当了逃兵。后来他在大山里拉起了一支打家劫舍的队伍,大刀是他们的主要武器装备,所以被称作"大刀会"。"大刀会"劫富不济贫,劫官不为民,只为他们自己穿衣吃饭,逍遥快活。就这样的乌合之众,竟然从者众多,他们的地盘逐渐固定而且有日渐扩张的态势。一般情况下,"大刀会"不去国民党军、新四军、日军的地盘活动,但如果这三者占领了"大刀会"的地盘,"大刀会"会不惜一切代价夺回来。

身为老大的"八爷",被老太太骂作"畜生",当然在众兄弟面前下不了台。他便一不做,二不休,将"畜生"做到底。

"老不死的,我让你看看什么是畜生!"红头发孙八斤咬着牙说道。孙八斤举起大砍刀,用刀背狠狠地砍了东方令氏的脑袋一下,她立即晕了过去。他扔掉刀,一把夺过汤玉伶手中的孩子,像掷沙包一样投向东方令氏,孩子没来得及哭一声,就昏倒在东方令氏的怀里。汤玉伶想起身去夺孩子,孙八斤一脚将她踢翻在地。

被孙八斤糟蹋过的汤玉伶胡乱地套了件衣服,起身到床上抱起昏迷的花昭亭,拍了几下。他醒来,瞪着无神的眼睛看着外婆,然后就"哇哇"地哭了起来。汤玉伶知道他这是受到了惊吓,继续拍拍哄哄。汤玉伶再去看婆婆,发现她脸色乌青,早已经没了气息。

安葬了东方令氏的第二天,东方霆便带上一家人继续向南跑反。因为他听村长甄仁贵说,鬼子离水湾村不足十里了。村长甄仁贵正在动员所有能够行动的人赶快往大山里转移。东方家往陶家村方向逃。当他们爬上了一座小山时,大路上来了一队鬼子。鬼子好像发现了目标,开始分散隐蔽。这时,东方箭才看到穿着蓝色军装的新四军分散在山头上,半跪着用枪瞄准敌人。

东方家人猫着腰伏在山腰低矮处不敢动。这时,在东方箭右侧不远处的一名战士向鬼子开枪了。一个鬼子"嗷"的一声中弹倒地。新四军战士们的枪都响起来了,向着鬼子掩蔽的地方猛烈地射击。由于遇到新四军的伏击,日寇逐渐缩小了包围圈。他们用机枪向山头扫射,子弹像雨点一样飞过来。这下可把东方一家给吓坏了。他们立刻本能地弓着腰往山沟里爬去,并自发地躺下用箱子、被单挡住身体。只听那机枪"嗒嗒嗒"地吼叫,子弹"嗖嗖嗖"地从他们头上掠过。幸亏趴在山沟里,如人在山头上没有障碍物的地方,其后果就不堪设想了。他们在山沟里也不知爬了多长时间,硬是不敢站起来看一下外面战斗的场景。

东方箭猫腰正爬着,感觉到衣领被人抓住了,抬头一看,竟然是苏丁旺。茅房事件后,他被任怀刚送到了新四军部队当兵。好几年不见,他愈加成熟了,脸已经被硝烟熏黑,龇着一嘴的白牙。他问东方箭:"你二姐呢?"在这生死攸关的时候,他倒好,还惦记着汝兰。"在后面呢。"东方箭一直以来对苏丁旺就没好印象,但是看到他能够打鬼子,也算原谅他了。苏丁旺一面观察一面向东方箭背后移动,他要去找汝兰。此时,汝兰弓着腰,提着被子,十分狼狈地走在前面,令荣华和花千树用担架抬着汤玉伶走在后面。汤玉伶这几天吃不下饭,一吃便吐,所以没有力气走路,正好用抬东方令氏的担架抬上了汤玉伶。东方霆一手提着一只箱子。在他后面的是汝梅,她抱着娃娃。娃娃的脖子上缠着纱布,一些血迹渗出来,十分扎眼。

"汝兰,"苏丁旺看到她后,猫着腰过去,说,"终于见到你了,给你看我打鬼子。"说完,他伏在沟畔,瞄准鬼子,"吧嗒"一下,一颗子弹飞出去,下面一个鬼子应声倒下。汝兰向他投去迷离的目光。令荣华则剜了一眼苏丁旺。苏丁旺继续瞄准、射击,又一个鬼子倒下了。打了几枪之后,苏丁旺歪过头来对汝兰说:"等打完鬼子,你嫁给我。"汝兰没有回应他,眼睛望着鬼子的方向。她心里想,等哪一天真的把鬼子打走,没准自己还真的愿意嫁给他了。苏丁旺没有继续纠缠汝兰,而是对着鬼子瞄准、射击。汝兰装作无所谓的样子,继续沿着沟壑向南边走。忽然,她听到身后"啊"的一声,猛一回头,竟是苏丁旺倒在血泊中。她丢下手中的被子,不管不顾地扑过去,将苏丁旺抱在怀里,低头抽泣着对他说:"苏丁旺,苏丁旺,你醒醒。不是说好了等打走鬼子……就娶我吗?……怎么说话不算话了?……"躺在汝兰怀里的苏丁旺努力地睁开眼,一只手握着汝兰的手说:"抱紧我,我……很……"他想说"我很幸福",可是气力跟不上了,闭上了眼,垂下了手。汝兰抱紧了他,低下头,脸紧贴着他的脸,好像生怕他会冷。

狡猾的鬼子一面利用机枪的火力进行压制,另外分成几个小队对小山上的新四军形成围攻之势。

东方家加快了奔逃的速度,令荣华放下担架,回头硬是将苏丁旺从汝兰手中抢夺下来,拉汝兰起来,说:"人已经死了,活着的人要紧!"汝兰这才像木偶似的被他牵走了。

"一班,去十二点钟方向。二班,注意十点钟方向。三班,阻击九点钟方向的敌人……"一名新四军军官在大声指挥着队伍。

东方箭听出是司成虎的声音,原来他也加入了新四军。那一年,任怀刚送苏丁旺去参军,司成虎悄悄地跟着,最终也成了一名新四军战士。经过几年的锻炼,他成了一名作战指挥官。东方箭正准备喊表哥,突然被一个人拉住了。这人是任怀刚。他与另外几个农民模样的人挑着担子,上面盖着大毛巾,里面有盛满米饭、汤水的大脸盆,还有许多碗筷。原来他们是来给新四军战士送食物和水的。东方箭闻到了饭菜香,肚子不由得"叽里咕噜"地响起来。他看看日头偏西了,估计时间已经是下午两三点,战士们还饿着肚子在打仗。

任怀刚笑着对东方箭说:"你表哥很忙,你不能打搅他。而且这里非常危险,你们赶快沿着这条路向南走,尽快离开这里。"东方箭猜想,任怀刚一定是在为新四军服务,他购买的盐、咸菜、药品,也应该是战士们急需的。

任怀刚也跟东方家的其他人叮嘱着,让他们尽快离开这里。东方家人自然知道待在这里的凶险,一面表示感谢,一面加快了逃亡的脚步。

大概跑了半个小时,来到一座小山脚下。一家人又饥又渴,实在跑不动了,正准备坐下休息,只听得山上有人喊:"东方箭,你这是到哪里去?"一个身穿黄色军装的军人向他这边挥手喊着。他穿的是东北军的军服,旁边一些军人藏在树林或者草丛中。东方箭很得意,在这里竟然还有军人认识自己。稍稍走近一点看,目字脸、厚嘴唇、眼睛里有忧郁的神色,原来是司成龙的勤务兵萧将。那天,东方箭在鸠城"正宗北方老面馒头店"门前看到他手捧司成龙的遗像,一脸哀伤。而且他们特意停下了脚步,东方箭给每个战士发了两个馒头。战士们都知道,东方箭是司成龙的表弟,免费赠送东北军将士面点。而今,两人竟然在这荒郊野岭相遇,也是缘分,于是,他们互相走近了一些。过去的勤务兵萧将,现在已经当上排长了。原来,他们接到命令,在这里按兵不动,等新四军伏击鬼子有了结果后,再行动。

当萧将知道前面跟鬼子接上火的是司成龙的弟弟司成虎指挥的新四军时,他立即号令部队全速前进,前去支援。

第十一章

东方箭是家中的长子,他想撑起这个家,便与东方霆商量:"爹,明天我想去日本兵营里做劳役。"说完了,他看了一眼东方霆,转而直愣愣地盯着房顶上的一个大窟窿。

东方霆靠在墙上,闭着眼,摇着头。二姐汝兰不敢吱声,低头做着针线活。弟弟从武不懂事,依旧在屋子里窜来窜去,一时停不下来。

东方家是在得到任怀刚传来的消息后,才停止了继续向南逃难的脚步。

任怀刚告诉东方家,他们之前途中遭遇的那场战斗的结局是比较可喜的。因萧将带领国民党军人及时赶去加入抗击日寇的战斗,新四军被动的形势很快得到了扭转。两军互相支持、配合,将鬼子打得落花流水。鬼子们丢下了三十多具尸体后,拼命向北逃窜,最终龟缩到碉堡里,不敢出来。营长司成龙曾经的勤务兵萧将与司成龙的弟弟司成虎见了面,两人互行军礼。萧将郑重地将营长司成龙的怀表交给了他,向司成虎致敬后,还转达了他哥哥的遗言——宁可战死沙场,也不苟且偷生。

由于抗日民族统一战线发挥了作用,加上皖南地形复杂,日寇不敢轻易进犯皖南地区。日寇为了长期控制已经占领的地区,采取了"共荣"政策,运用保甲制,由汉奸来管理百姓。另外,日寇在战略要地、关键要道建起了碉堡等军事设施,来维护、巩固其统治地位。楚埠现在是被日寇占领了,为了笼络人心,日寇表面上已经不再烧杀抢掠了,但骨子里那掠夺的本性未改。逃难的百姓们为了有一口饭吃、有一间房住,都陆续回到了楚埠。

东方家这次跑反,将老太太永远地丢在了鸡头岭附近,这对东方霆的打击十分大,加上他妻子一直不能进食,眼看着人日渐消瘦了,东方霆心里就更加郁悒了。回到楚埠渡口,看到两间草房子已是一堆灰烬,一家人瘫坐在地上,哭了很久。这是他家用尽所有积蓄第二次盖成的房屋,从哪里还能找到钱盖住房?

经过东方家破败的住房旁的人,虽然给予了他们家一些同情的劝说,但是没有一个人有实际能力帮上一把。他们只能掬上一把同情泪之后,就摇头远去。

东方家再一次挤进了由金老板家的牲口圈改建的房子里。

"葫芦瓢"胡多耀带着伪镇公所的通知来到金家牲口圈,告诉东方家,为了防止住房被烧毁,上面要求所有新建的住房全部改为土墙或者砖墙盖瓦。胡多耀还告诉东方家,现在金老板金鸡鸣是"维持会"会长,有什么事情可以跟他说说,毕竟花千树跟金老板关系好。

本来就为盖房子的事情发愁的东方霆,现在听说要求盖成砖墙瓦房,该从哪里弄来这一大笔钱?汤玉伶用力抬起头来,露出神秘的笑容,对东方霆说:"我这里有一笔钱,你可以拿去盖房子。"

"你从哪里来的钱?"东方霆吃惊地问道。

"我平时攒的。"汤玉伶虚弱地喘着气说,"你每次打酒、买烟用多少钱,我就拿多少钱藏起来。我想,要是我和你一样抽烟喝酒的话,这些钱就都支出了。每到过年的时候,我就将这些零碎的小票子换成大票子藏在梳妆盒里。"汤玉伶把钥匙递给东方霆,这是她出嫁以来第一次将钥匙交给别人。东方霆打开梳妆盒,看到中间的两个小抽屉都装满了大额的钞票,眼睛都绿了。

汤玉伶说:"你看,这都是我积攒的——你抽烟喝酒花去的钱。"

东方霆高兴地抱了一下汤玉伶。

汤玉伶脸上绯红,撒娇般地说:"孩子们看着呢!"

东方霆数了一下,有好几百块,够买建房子的材料了。他拉开最下层的抽屉,发现里面躺着一枚上了铜锈的金鱼,拿在手里好奇地问汤玉伶:"这是什么时候买的?"

"这是小玩具,我小时候的护身符。"汤玉伶有气无力地解释道,然后又对东方霆说,"你给箭儿挂上,保佑他平安!"

在一旁的东方箭这才反应过来,怪不得娘到哪里都要把梳妆盒带上,原来它是"小金库"和"百宝箱"啊!

花千树、令荣华成了东方家建房的主要劳动力,东方箭、东方从武也帮着打打下手。他们和东方霆一道将北面屋子房基的砖搬运到南面屋子的地基处,再将这些砖加砌在原来的墙基上。高度不够,又从农村买来土基加上去。考虑到土基太重以及屋上瓦的重量,墙不宜砌高,差不多砌到正常个子不需要弯腰进门的高度就行了。再买来柱梁、檩椽、竹条、瓦片,没几天,房子就盖起来了,一家人的日子就可以红火起来。然而汤玉伶的身体却每况愈下。

葫芦瓢有一天来通知:所有人必须到镇公所广场集合,观看新戏。东方霆同葫芦瓢商量："贱内身体不好,能不能不去?"葫芦瓢说："金会长说了,不去参加的,视为'通共分子'。"东方霆知道他们所说的"通共",就是"杀头"的意思。他只好找来女婿花千树帮着把卧床不起的汤玉伶抬着去看戏。令荣华听说了,赶紧过来帮忙。一家人抬着病的,拖着小的,来到镇公所。这里人山人海,如过年时看灯一般热闹。镇公所广场的西面搭了一个舞台,不知道从哪里弄来了一个高音喇叭,放着苍蝇、蚊子般哼哼的歌曲。据说这是日本民歌。

一个大龅牙、牛卵眼、大背头、滚圆身材的家伙拿着一只话筒上场了。东方箭一看,这人不是皮三绝吗?他怎么到这里来了?只见皮三绝对着话筒干咳了三声,然后又"喂"了三声。听到喇叭里传出来的炸耳朵的声响,老百姓自然静了下来。

戏终于演完了,持枪站在镇公所广场四周的日本鬼子以及穿着黑警服的警察才收队回去,老百姓也才敢离去。

回到家时,汤玉伶只有出的气,没了入的气。东方霆知道情况不好,便喂她喝水,坐在她身边陪她最后一程。她有一阵清醒了,对东方霆说:"我走了以后,你把我和娘葬在一起。生前没能和娘沟通好,死后我们娘儿俩好好沟通一下……"后来,她让东方霆叫来东方箭,让其他人全部走开,对东方箭说:"以后,你有机会遇到任怀刚叔叔,就将你胸前挂的铜金鱼交给他,对他说'娘对不起他'!……"

"娘……"一声凄厉的叫声从房间中传出来,在房间外的人知道不好,拥进房间。只见东方箭伏在他娘的身上泣不成声。而汤玉伶双目紧闭,面色平静,像睡着了一样。

汤玉伶走后,东方霆按照她的遗愿将她葬到了鸡头岭附近的小山上,与她婆婆并排而卧,婆媳俩生前不能好好沟通,死后可以好好相处了。

送葬回到家的东方家人都像少了主心骨,整天无所事事。一天,一颗炸弹飞来,炸断了东方家房屋一根梁,所幸没有引起火灾,也没有伤到人。听说这是日军训练时操作失误,打了一个乌龙弹,偏偏打中了祸不单行的东方家。眼下,东方家里再也掏不出钱来维修了。东方箭觉得自己应该为这个家干点什么了,所以他提出去给日寇做劳工这个话题。

鬼子侵占楚埠不久,要在通往凤凰山的要道口——凤凰桥鸡头岭修筑防御工事,这就需要大批劳役给他们干活。人从哪里来?一是临时抓,抓到谁谁倒霉;二是派,这是主要来源。所谓派,就是伪保甲长按户口分摊,有劳力的去人不出钱,不愿出钱的就自己去干;没有劳力的人家不管你有钱没钱都要摊派,然后用收上来的钱雇用劳力去服役。有些人家自觉自愿地出卖劳力,可以增加点收入,伪保甲长当然乐见,他们不需要去抓人或者摊派了,只要入户收钱即可。东方箭就属于自觉自愿出卖劳力的,只要能为这个家庭挣到钱,即使是龙潭虎穴他也愿意去闯一闯。尽管为日寇建设防御工事是一件失去尊严的事情,但为了生存,也没办法了。

东方箭以为爹没有听清楚,又说了一遍:"爹,明天我去日本军营做劳工。"

"你一个人去,我不放心。"东方霆仍旧闭着眼说。他不敢睁眼,怕看到儿子那双刚毅、忧郁的眼睛。都是自己的颓唐、无能,致使一家人落到如此境地,竟然要靠未成年的儿子来支撑这个家,令他惭愧至极。

"您放心,我已经与康有强约好了。我俩一道,可以互相有个照应。"东方箭宽慰爹道。那一天在镇公所看戏的时候,东方箭偶然间看到了康恋春、康有强,一问才知道,他们是送山货来卖给楚埠收购点的,基本上几天要来一趟,后来他们便经常见面了。

东方霆睁开泪眼,说:"你要小心啊!"

"您放心。"东方箭很自信地说,"与日本人打交道只要机灵就行,您就相信您儿子吧。"

"那好,明天我送你去。"爹说完,右手手指插入头发里,狠狠地薅了一下。

"爹,"东方箭喊了一声,接着安排家中的事务道,"明天您将我的工钱领回来后,找几个人把塌了的房梁换掉,多余的钱买点粮食存着。"

第十二章

翌日,东方箭与爹一道去镇公所,那里已经聚集了或抓或派或自愿的劳工。在这里东方箭见到了康恋春和康有强,还看到了任怀刚、甄仁贵。

康氏姐弟虽然脸上仍然挂着哀伤,但是见到东方父子还是比较客气地打着招呼。康恋春对东方箭说:"请你多多照顾我的弟弟。"眼里满是柔情,弄得东方箭胸中的兔子似乎要跳到嗓子眼了,激动得语无伦次:"应该的……互相……我……照顾好你……自己……"

康恋春原本哀伤的脸露出了一丝含蓄的笑容,也许是意识到自己的笑不太合常理,赶紧用手帕捂住了嘴。

康有强对姐姐抬了一下下巴,说:"有东方箭哥哥在,姐姐放心!"

不久,爹领了东方箭做劳工的钞票,康恋春领了康有强做劳工的钞票。他们与东方箭、康有强挥挥手。两个人转身走了,留下了东方箭、康有强在劳工群中。两个半大孩子在一群穿着破烂的成年劳工里显得格外瘦小。东方霆、康恋春既不忍心,又不敢回头看,生怕东方箭、康有强徒增悲伤,所以他们快步离开了。

东方箭与这些劳工一道先到楚埠日本军营集合。然后,日本兵叫他们抬弹药到凤凰桥。东方箭和康有强合抬一箱,大家排队前行。东方箭与康有强一路上换了好几次肩。他俩肩膀都磨得生疼。途中休息,康有强悄悄地塞给东方箭一张纸条。东方箭敞开外衣,低下头抵在膝盖上装作休息的样子,将纸条在外衣下的两腿间打开。娟秀清逸的字扑面而来,这是康恋春写的。

箭哥:

　　近好!见字如面。

　　听弟弟说,你想邀他去做劳工来补贴家用。我恨自己不是男儿身。否则,我也加入你们的行列,挣钱养家。

　　虽然你岁数不大,但是在南京读书期间,我就知道你勇敢、正直、有担当。我还记得那年春天,娘组织我们班去春游。我因为看天上的风筝太投入,没注意脚下,掉进了河里。别的同学都着急得哭起来,只有你奋不顾身地飞奔过来,扑入河中,将我救起。你竭力把我推到岸边,自己却因冰冷的河水冻晕过去……那一件事,一直记挂在我心里,你是我心目中的英雄。

　　没有伞的孩子,必须学会在雨中奔跑。国家破败,家破人亡,我们每一个人都要学会生存。父辈挣下的家业被日寇糟蹋殆尽,只有靠我们这一代来创造。宝剑锋从磨砺出,梅花香自苦寒来。你一直是我心中的宝剑,所向披靡。挺过了今天的磨难,一定会迎来幸福的春天。我相信弟弟在你的影响下,将来一定会成为有出息的男子汉。

　　天渐凉了,要注意保暖。你们在外要注意安全,我在家等着你们平安归来。

　　保重!

爱你的——恋春

看完了康恋春的信,东方箭赶紧把信折好,插在鞋筒里。信上出现了"日寇"等字眼,若被鬼子或者汉奸查到了,都会被当作共产党给枪毙的。康恋春提到他曾经在放风筝时救她的事,让他想起那一晚上尿床时做的春梦,顿时觉得脸上火烧火燎的,身体里仿佛有一只小兔在左冲右突。

康有强见东方箭看完信,脸上泛了一层红晕,便问道:"我姐对你说了什么?"

"没什么。"东方箭压低嗓音回答,他不敢看康有强。

"莫不是我姐看上你了?"康有强眼睛放光,开玩笑地说,"那我得改口称你为'姐夫'了。"

东方箭捶了康有强一拳,没有吱声,不置可否,嘴角扯动了两下,一副高深莫测的模样。

任怀刚、甄仁贵两个人对东方箭和康有强比较关注,主动跟他们说话,询问他们两家的近况。二人鼓励他们只要坚持,一定会有出头之日的。后来,二人看东方箭他俩实在抬不动了,便提出交叉抬的建议,任怀刚与东方箭一副担子,甄仁贵与康有强一副担子。两个成年人尽量把捆绑箱子的绳子往后挪,让重心靠近他们自己这头,这样在前面抬的东方箭以及康有强就轻松一些。

好不容易到了凤凰桥,把弹药送到指定地点,他们正准备返回时,突然冒出个汉奸叫他们站队。汉奸趾高气扬地对劳工们说:"我现在用竹篙子把你们从中间分开,前面的人就可以回家,后面的人留下。"这哪里是给人分工,分明是给牲口分类。然而,在那种场景下,大家只有服从。东方箭希望成为竹篙子前面的人,这样便可回家与家人团圆。事与愿违,东方箭恰好站在竹篙子的后面,只有自认倒霉。站在东方箭身后的还有康有强、任怀刚、甄仁贵,也属于留下来的一部分。

当天晚上,某地主家的一间空房子里,地上铺着厚厚的一层稻草。汉奸就让他们睡在这里。已经是农历十月了,夜间天气寒冷。下面垫的是稻草,上面盖的是稻草,任怀刚戏称这是"金丝被条",皇帝才能享受到的待遇。他的笑话让大家哈哈大笑起来,身上无形中增加了热量。大家和衣而眠,夜里冷得蜷缩着身体。大家努力挤在一起,互相取暖。东方箭摸到任怀刚的旁边,悄悄地在他耳边告诉了他娘过世的消息,并且将铜金鱼摘下来塞给他,转告了娘的话。任怀刚听了之后,哽咽了半响,说:"是我对不起你娘!"而且,他坚持让东方箭将铜金鱼留下来,说,"这是你娘的遗物,是你的护身符,一定要好好保管。"后半夜,任怀刚低沉的叹息声以及抽噎声在众多的呼噜声中显得格格不入。

东方家逃难住在岳家湾任怀刚家时,有一次,汤玉伶帮任怀刚洗衣服,发现了那条和她珍藏的一模一样的铜金鱼,便知道任怀刚是她儿时定娃娃亲的对象。他的原名应该叫岳曙光。只是汤玉伶已经成家,两人不便挑明关系,只有将这份情深埋在心底。汤玉伶临死时,将铜金鱼这一信物交给东方箭,让他转交给任怀刚,是对那段缘分做个了结。

天亮时,东方箭看到任怀刚脸色阴沉,少了昨日的轻松、乐观,眼睛里充满了血丝,变得寡言少语,头发似乎也白了很多。

他们一日三餐吃的是糙米饭加酱板,这酱板还是日本货,赭黄色,味不佳。东方箭联想到日本鬼子曾在他家用发面的碱水当作酱油烧鸡吃,且吃得有滋有味,便得出一个结论:日本鬼子是糟吃糟长的牲畜。所以吃这种难以下咽的酱板也是正常。东方箭吃这种伙食还要起早摸黑干重活,身体实在承受不了。第二天一早,昨天留下的人与原来的一批合在一起共同干着扛木料上山的重活,把木料送上山顶构筑碉堡。这鸡头岭又高又陡,那木料又长又重,压在肩上,东方箭和康有强一路晃晃悠悠地艰难前行。他们把木料扛到山头上时,已是上气不接下气,大汗淋漓,满脸通红。鬼子看他俩年少体弱,就把他俩都留在山头上砍茅草。相对扛木料来说,这算是轻松的活计了。

鸡头岭山顶中心的最高处正在建筑碉堡,四周用铁蒺藜围起来,铁丝网内的茅草有半人高,鬼子叫他们把它们全部砍掉铲平。五六个劳工边砍边歇,旁边坐着两个鬼子在悠闲地抽着烟监督他们。任怀刚曾告诉过东方箭和康有强,给日本人干活不要太卖力气,装装样子就行,如果有机会,一定要逃走。趁鬼子不注意,东方箭悄悄地告诉康有强,在山的南边不远处有一个村庄叫水湾村,甄仁贵就是那个村的村长。村外有一处小丘陵,丘陵的坡上有两座新起的坟茔,那就是他奶奶和娘的坟。

这两个鬼子不知是大烟的烟瘾发作了,还是因为有别的什么事,匆匆地离开了山顶。过了一会儿,劳工中胆大点的任怀刚对大家说:"我们赶快跑。"说完,任怀刚、甄仁贵迅速翻过铁丝网跑下山。任怀刚一边跑一边回头向东方箭招手,意思是你赶快跑,但又不敢大声喊,怕惊动了鬼子。东方箭犹豫着。任怀刚他俩只好先走了。又过了一会儿,那两个鬼子还没有回来。看看四周没什么动静,又有两个劳工翻网逃走了。后来,这山头上就剩下东方箭和康有强两个年龄最小的了。周围显得阴森冷清,他们感到更加害怕。这时,鬼子仍然没上来。他俩商量:要跑就赶快,不跑,鬼子来了也不会饶了我们。于是,他们鼓足勇气,一咬牙翻过铁丝网就往山下蹿。其实哪里是蹿,满山都是丛生的荆棘和荒草,还有那尖端突出的石头,往下一跳就是几米,不是掉在刺里就是落在乱草或石块上,衣服被刮破,膀子、大腿被划出一道道血痕。他俩边跳边停下来观察动静,既看不到路又摸不着方向,如盲人瞎马一般只顾逃命也就顾不得其他了。

他们卧在山腰时突然听到了鬼子的叫喊声,原来是山顶上的鬼子用望远镜发现了他们,并大喊大叫地指挥追下来的那个鬼子。他俩仔细一听,追他们的那个家伙"嗖嗖"地直往下跳,就像在他们头顶上不远处。"很可能我们被鬼子发现了踪迹,"东方箭对康有强说,"你向西就地藏起来,我向南来引开鬼子。"说完,东方箭蹿起身,向水湾村方向奔去。他知道那个方向可以通向楚埠,而且他对那一带也比较熟悉,不会迷路。

东方箭刚跑到山脚下,就被那鬼子看见了。"砰"的一声,鬼子对着他就是一枪。他就势一趴,身上没有疼痛感,再看看身上没有血,知道没有中弹,便爬起来又跑。子弹在他的身后呼啸着,他没命地奔跑。奔跑时,他刻意跑出"之"字形来,他知道子弹是直线的,不会拐弯,跑"之"字形子弹就很难打中他。再说,他奔跑的速度得益于小时候医生康定家要他跑步,而今跑过了鬼子的子弹。这真的应该感谢"神医"康定家的高招。山上的鬼子仍指挥着追他的那家伙。东方箭回头一看,鬼子仍然跟在他后面。奶奶和娘的坟就在附近的水湾村,他一边跑一边在心里喊"奶奶""娘",祈求她们显灵保佑。

他跑着跑着,突然一下子从高处掉下去了,如同滑入万丈深渊。深渊的底部是一片水田。他不能再跑了,靠在高坎子底下,半边身子侧睡在水里。前面十几米处就是这块田的田埂,高坎子上面是斑茅草。山顶上鬼子还在高声叫喊,指挥着追击东方箭的鬼子,大意是:"就在你的下面,就在你的下面!"而站在高坎上的——东方箭头上的那个鬼子被茂密的长斑茅草遮住了视线,嘴里叽里呱啦地咕哝,大意可能是:"唉,在哪里呀?跑哪儿去了?我明明看见他从这里掉下去的,怎么没影了?真是怪事!"然后他就根据在山上瞭望的鬼子的指示转到东方箭对面的田埂上,朝这边搜寻。这太危险了。东方箭紧张到了极点,他一清二楚地看见鬼子端着枪站在他对面的田埂上,鬼子却没能看见他,天啊,只隔十几米啊。东方箭的心悬到了嗓子眼,而鬼子一头雾水地站了几分钟后,无功而返。

东方箭知道,鬼子的枪法都很准,被抓的劳工在半路逃跑被一枪打死是常事,而他半躺在水田里要是被鬼子看见,鬼子绝不会下水来逮他。鬼子为了追他,已从山上跑下来,既累又恼火,肯定是一枪解决了事。东方箭捏着胸前的铜金鱼,祈祷奶奶和娘保佑自己。

过了很长一段时间,即使听不到一点动静了,他也不敢轻易爬起来。一直在冷水里睡到太阳落山,他才慢慢地爬出水田。那天恰好是月半,夕阳刚下去,圆月就露出了大脸,很亮很亮,照得大地如同白昼。他估计鬼子早就回营房了,山脚下是乱坟地,周围又没有人家,谁还在这儿待着?

他爬出水田后,看看四周,猫着腰顺着小路朝有灯光的村子走去,他摸进村子喊开一户人家的门,出来的是位老人。老人个头高瘦、皮肤黝黑、骨节突出,像是桃树干架构起来的。他面容很善良,告诉东方箭他叫孟凡卿。这里是孟村,并责怪他太冒险了,村子路口就有岗哨,晚上要是被汉奸看到就完了。老人给东方箭一点吃的,让他脱下衣服帮他洗了,还特意生了一个火缸,给他烘衣服。之后,老人安排他到厨房灶门口去睡觉。老人帮他铺好草,给了他一床被絮。这比"金丝被条"睡着舒服多了。

098

不久,疲惫的东方箭就呼呼大睡了。这一关总算闯过去了。晚上,东方箭梦见娘来关心他是否受伤了,询问他任怀刚现在怎么样了……

第二天早上,孟凡卿老人要上街卖烟叶子,分给东方箭一小部分叫他挑着和他一道上街去卖。孟凡卿对东方箭说,遇到盘问就说他们是父子,让东方箭自称孟青山。老人告诉东方箭,孟青山是自己唯一的儿子,被抓去当壮丁了,至今音信全无。东方箭心想,国民政府真是杀鸡取卵,连家中唯一有劳动力的男丁都抓走了,生计怎么维系？香火怎么延续？一个家庭没了香火的延续,哪来一个国家香火的延续？

岗哨看到两个穿着破烂的挑着烟叶的农民经过,乜斜了一眼,就转而看看下一位了,没有对他们俩进行盘问和查验证件。这样,东方箭闯过了岗哨盘查这一关。到了集上收购烟叶的地方,东方箭将担子交给孟凡卿老人,向他深深地鞠了一躬,转身走了。

一回到家,他喊了声"爹",一阵克制不住的心酸涌上心头,不由得哭起来了。男子汉有泪不轻弹,此刻却绷不住了。自己差一点死在外面不能回家,怎能不伤心呢？爹过来,抱着他的头哽咽着说："你是个好孩子。"他看到了家里的房顶已经维修好了,心里要好受不少,毕竟自己用生命换来家庭的温暖,是一件值得欣慰的事。

从鸡头岭回来的人告诉东方箭,凡是顺着大路往回跑的都被岗哨抓了回去,而且都挨了顿毒打。和任怀刚一道跑下山的几个人都被抓回去了,干了好几天活才被放回来。这让东方箭一阵揪心,毕竟他们帮助过他。东方箭在心里默默地祈祷——好人一生平安！东方箭最关注的是康有强,毕竟康恋春信任地将弟弟交给了他。凡是躲在山坡上树丛中不动的,晚上都悄悄地摸回楚埠了。当得知康有强是躲在树丛里后逃走的,并且毫发无损地回到了家时,东方箭心中的一块石头终于落地了。东方箭想,只要康有强没事,自己在康恋春心中的地位又提高了一点,因此感觉身体里增加了无限的能量,整天哼着小曲,干活时仿佛浑身都是劲。

第十三章

东方箭离开"鬼城"已经四年多了,一直没敢回去。这次他是不得已才回去的。

说是离开,其实是举家逃难,被迫离开的。说是"鬼城",其实并非真的"鬼城",这里原本是国民政府的统治中心,总统府所在地——南京。四年前,它被日本侵略者占领了。鬼子在这里烧杀抢掠,无恶不作。整个城市死人无数,空气中弥漫着瘆人的血腥味,充斥着冤魂的呐喊声。所以在东方箭的心里,这个曾经生活过六年的地方,现在就是一座"鬼城"。

快接近中华门了,东方箭听到任怀刚再次叮嘱他:"不要怕!要看我怎么做,你就跟着怎么做。千万不要东张西望,更不能插嘴,要装聋作哑。"

东方箭的心"怦怦"地乱跳着,自从上次从鸡头岭工事现场逃跑被鬼子的子弹追击之后,他每次做梦都梦见鬼子端着刺刀捅向自己,霎时鲜血喷溅,盖住了太阳……他经常被这样的噩梦惊醒。

东方箭远远地看到城门口有一支长长的队伍在进城。他们都是衣衫褴褛的百姓。城门口两边八字形站着十几个荷枪实弹的士兵,估计是在查"良民证",东方箭的心里又是一阵"扑通"乱跳。

来时路上,任怀刚对东方箭说:"我们是从国统区来的,只有国统区的'通行证'。而这里是日占区,用'良民证'才能通行。好在远看这两个证外观没有什么区别,所以你要见到日伪军在查证件的时候,就要早早地攥在手里,脸上要放松,装作是'良民'。否则,就会被他们作为新四军或是地下党严密地盘查,你说不清楚自己进城所要找的人,就会被关押,甚至枪毙。"东方箭就更加紧张了,感觉空袖筒棉袄里总是钻进寒风,后背的冷汗直冒。

四年前那个寒风凛冽的夜晚,东方箭一家八口爬上了一列没有顶棚的去往皖南山区的火车。那轮残月高挂天空,就像国家被蚕食后只剩下那一点点可以寄托的希望之光。翌日清晨,那列火车来到鸠城,遭到日机的轰炸。东方箭的四姐汝菊在车站广场上被炸飞,连尸首都找不到。四姐被炸死后,爹陷入失女之痛中不问家事,东方箭成了家中的顶梁柱,那年他才十二岁。后来,大姐出嫁,奶奶、娘先后离世,如今家中只剩下四个人了。又经历了几次跑反、几次盖房……几年的磨砺,已经把东方箭锻造成一个男子汉。春节刚过,任怀刚到东方家说起要去南京办事。这让东方箭脑洞大开,他想:自己可以跟着他去南京,将南京的房子卖掉,所得的钱带回来可以维持家庭好长一段时间的生活。当东方箭跟爹商量的时候,爹的鼻息中带着酒气,瞪着惺忪的眼,一言不发。自从娘、妻子去世以后,东方霆就整天抱着酒杯坐在小桌子前喝酒,有没有菜无关紧要,只要有酒就行。东方箭对爹说:"一路上有任叔叔照顾着,而且到了南京还有叔叔、表哥在那里,没事的,您放心。"

东方霆知道自己没有解决当前困境的办法和能力,只好默许了儿子的安排。不知道弟弟东方旭在南京过得怎么样,让儿子东方箭去看看,也就放心了。

就这样,任怀刚带着东方箭出门了。他们坐船由凤河向下游到达中江,再沿古驿道进入南京。一路上,为了打发寂寞的时光,任怀刚给东方箭讲他小时候的见闻,讲现在中国人民的苦难来自"三座大山"。这"三座大山"是帝国主义、封建主义、官僚资本主义。日本、德国、英国等帝国主义列强,想瓜分我们大中华。军阀割据、地主盘剥、家族势力等封建主义思想束缚着人民的思想行动。官僚与资本家合伙,在工厂压榨工人的剩余价值,在市场操纵价格、囤积居奇,搜刮民脂民膏。老百姓越是做苦做累,越是穷困潦倒。什么时候推翻了这"三座大山",什么时候穷苦百姓就能当家做主人,就能过上幸福的生活了。

"那我们什么时候才能赶走日本鬼子?"东方箭向任怀刚发问道,"什么时候才能掀翻'三座大山'?"

"不会太远了。去年八九月份由中国共产党领导的八路军、新四军在正太线组织了'百团大战',把日本鬼子打得满地找牙……"任怀刚说到这里,脸上露出了兴奋的笑容。

东方箭也觉得解恨,哈哈大笑起来。忽然,他觉得有点不妥,看看周边没人,这才放心了。他警觉地低声对任怀刚说:"说'共产党'是要杀头的!"

"那是因为日本鬼子怕共产党,国民党怕共产党,官僚资本主义怕共产党。"

"他们为什么怕共产党?难道共产党跟人不一样?"

任怀刚"扑哧"一笑:"共产党与普通人没有什么两样。只是他们的意志更加坚定,他们是为老百姓谋幸福的,专门要推翻'三座大山'的,所以鬼子、国民政府、资本家才害怕共产党。"

接下来,任怀刚还跟东方箭讲了目前共产党的实力还比较弱小,不能马上推翻"三座大山",但是在共产党领导下的革命根据地,打土豪分田地,老百姓已经感受到了自给自足的幸福。他们现在生活在国统区,还得忍受着"三座大山"的压迫,这是黎明前最黑暗的时候。中国共产党为了人民的幸福,多少仁人志士带领人民同"三座大山"做斗争,李大钊、赵一曼等抛头颅洒热血,前赴后继在所不惜。还有一些隐藏在敌人内部的地下工作者,他们冒着随时暴露的危险,积极为共产党传递情报。另有一些人,他们混迹于普通人中,宣传发动群众,号召人民团结起来。"一根筷子轻轻被折断,十根筷子牢牢抱成团。""人心齐,泰山移。"只有团结一切可以团结的力量,形成合力才能推翻"三座大山"。

"你表哥司成龙是条硬汉。"任怀刚和东方箭说起了表哥的事,"只是他忠诚的是国民政府,他们只知道保存自己的实力,不能积极抗日,只知道维护少数官僚的利益,不顾百姓的死活。"

"可是老百姓对表哥十分敬重。"东方箭想到了鸠城纪念大表哥司成龙的隆重场面,回应任怀刚道。

"凡是为老百姓办实事的,老百姓都敬重他们。"任怀刚肯定了东方箭的说法,继续说着自己的观点,"新四军在皖南地区打日本鬼子,维护老百姓的利益,受到了老百姓的拥护。但是国民政府却在今年年初突然发动了对皖南新四军的'围剿'。九千多人的队伍,最终只有两千多人突围……"说着说着,任怀刚说不下去了,眼里噙满了泪水。

"那我表哥司成虎呢?"东方箭听说新四军遭到国民党军的"围剿",十分着急地问二表哥司成虎的生死。

"目前还没有他的消息,如果成功突围的话,他们会到江北,也有一部分留下来打游击。以后有消息,我会及时告诉你的。"任怀刚沉思后接着说,"国民党军与日本鬼子交战,不堪一击;与自家兄弟内斗,下手狠毒。这样的政府还有什么希望?"说完后,他长长地叹了一口气,脸色凝重,半晌没有说话。

后来,任怀刚悄悄地交代东方箭,为了避免引来不必要的麻烦,今后与人交往中,要谨言慎行。只要在心中知道共产党会给我们带来幸福就行了。

东方箭默默地记下了任怀刚的话。两人的交流十分自然,在外人看来,像是父子在聊天。他们一路风餐露宿,一路谈天说地,几天后终于来到了南京。

再走近城门一些,东方箭发现鬼子在给每一位进城的人打预防针,估计是预防瘟疫,看来日本鬼子也是怕死的。小时候,东方箭打过针,不过是在屁股上。医生用蘸了酒精的棉球在屁股上擦一擦,然后迅速地插入针头。有点痛,他会哇哇大哭。那时,每次都是娘陪着东方箭去看康医生,娘就抱着他的头。埋在娘的怀里,他感觉到了娘怀抱的柔软和温暖,自然就止住了哭声。现在一家人全指望着他早一点回去,对于扎针这样的小小痛苦,他必须忍受,否则这一路上风餐露宿的辛苦就全白费了。东方箭在心里这么想,虽然他看到别人扎针的时候,身体紧缩的样子,像扎在了他的身上,他也一阵紧缩。

站在城门左侧的是日本宪兵,穿着黄色的军服,如果不是说着叽里咕噜的话,还以为他们是中国人呢。站在城门右侧的是穿着黑色警服的伪警察,对进城的人们像吆喝牲口般吆喝道:"胳膊露出来,打预防针了。这是'皇军'的惠民政策……"他们像播放机似的,循环播放。老百姓们低着头,像一群待宰的羔羊,一个个脱去袖子露出瘦弱肌黄的胳膊,等待几个戴口罩、穿白衣的医生在自己的臂上扎一针。

任怀刚站在东方箭的前面。东方箭看任怀刚脱衣袖,自己就脱衣袖;任怀刚摸出通行证紧紧攥着,自己就摸出通行证紧紧攥着……然后,他模仿任怀刚用左手拇指指腹按在右胳膊的针眼上,右手臂弯曲高高举起紧攥着的那张"通行证",低着头向鬼子以及伪警察深深地鞠上一躬。幸好通行证和良民证十分相似,同时进城的人比较多,伪警察查不过来,否则,东方箭真不知道如何才能过关。

进城后,任怀刚要去办事,与东方箭暂时分手了。东方箭因为曾在南京生活过六七年,所以进城以后比较熟悉方位。根据记忆,他坐上了一辆去下关的公交车。上车后,他看大家都拿出"良民证"攥在手里,估计是等待查验。东方箭也掏出证件捏在手里。

车行中途,果然路旁有穿黑色警服的人示意停车,硕大的头颅上戴着一顶小帽子,十分滑稽。他堵在车门口,空气仿佛一丝都不流动。车内人立马噤声。他大声地朝车内喝道:"查证了,把证拿出来!"人们纷纷举起手中的证,朝他晃晃。东方箭全身的肌肉绷紧了,但是他装作积极配合的样子,也高举着那张证朝车厢前的胖警察晃晃。胖警察随意地瞄了一眼,见大家这么配合,想必大家都是"良民",便甩手下车了。东方箭见他下车了,紧张的心才松弛下来,瘦削的脸上的肌肉也放松下来。

接近浦镇老宅的桂花巷时,东方箭的心跳得乱了节奏。马上就要见到叔叔了,他不知道怎么跟叔叔说自家的事情。他远远地看见巷子口的一把红伞,伞下有一位没有下肢的人坐在轮椅上正在专心补鞋。

"叔叔。"东方箭对着那人喊了一声。那人没有抬头,随口问道:"补鞋吗?"

"叔叔,是我。"东方箭又喊了一声。

那人这才抬起头来看眼前这个瘦高个儿,只见他身穿一件打补丁的蓝布棉袄,一条膝盖处有补丁的灰色棉裤。卷发长脸,细眉细眼,眼窝凹陷,鼻梁高挺,一副二十岁左右的少年模样,这是他大哥小时候的模样。他猛然放下了手中的活计,恍惚记起了什么,脱口而出:"你是箭儿!怎么你一个人来南京?你爹呢?"

早在1931年的时候,眼前的叔叔东方旭被日寇的炮弹击中,伤了双腿,后来他们一家逃难来到了南京。在浦镇这里安顿下来后,谁能想到日本人又一次撵到南京来轰炸?他们一家在1937年冬的一个夜晚再一次逃难去皖南。临行时,叔叔自愿留下来看护宅子。这几年,叔叔是怎么过的?东方箭眼前呈现出一幅画面:每天早晨,叔叔背着工具箱,双手摇动着轮椅的把手,带动着轮子向前"走"。叔叔"走"到巷子口,放下工具箱,撑起一把大红伞,等待别人前来修补脸盆、茶缸、鞋、伞等。每天就这样在风雨里坚守,在尘埃中苟活。

东方箭听见叔叔问到爹就用手背擦起眼泪来了,鼻涕流出来也顾不上抹去,哽咽着说不出话来。

"奶奶好吗?你娘,你姐姐,你弟弟,他们好吗?"叔叔迫不及待地一口气问了他想问的几个人。

四年前,眼前的这个孩子可以平视东方旭,现在东方旭必须仰起头才能与之对视。那时东方箭抱着东方旭的脖子,恳求奶奶带走叔叔,奶奶眼睛一闭,不言语了;他恳求爹带走叔叔,爹将嘴唇咬出血来,也不吭声了……叔叔哄着他:"我要在这里看家,还有事要处理,处理好了就赶去与你们团聚。"东方箭当时信以为真,后来在皖南,他就希望能够早一点见到叔叔,可是一直到现在,叔叔也没有兑现他的话,看来叔叔那时用的是缓兵之计。

"你爹没有一同来?奶奶还好吗?"叔叔等到东方箭心情平复了,收住了哭泣,示意他坐到自己的身旁,递给他一个搪瓷缸让他喝口水之后,又询问起来。

情绪平复后的东方箭异常冷静地与叔叔交流起来。

得知侄女被鬼子的炸弹炸飞、娘与嫂子受到土匪的伤害而先后离世后,东方旭眼睛冲着马路对面的日军指挥所瞪了很久。他的眼里充满了血丝,晶莹的液体在眼眶里打转,鼻翼翕动了几下,他忍住了鼻涕。

"你能一个人来南京,真是长大了。"东方旭鼻塞了,哽咽了。

夜幕降临了,东方箭协助叔叔将东西带回四年前在浦镇的家。东方箭抚摸着轮椅靠背横档上的小太阳,这是几年前他特意刻下的,由它代替自己陪伴叔叔。而今,它蒙上了岁月的沧桑,木色灰暗,不再夺目。房子的三间正房一间厨房租给别家居住,东方箭的叔叔东方旭住在西墙外一个八九平方米的窝棚里。窝棚陈设十分简陋,集卧室、厨房、餐厅、工作室于一体。一张小床是卧室,一张小桌子、两把小凳子是餐厅,一煤炉一锅一碗是厨房,一个工具箱就是工作室。地面十分潮湿,一不小心就会滑倒。

"你这一次来不单单是为了看我吧?"东方旭很冷静地问东方箭道。

东方箭不好意思开口说卖房子的事情,叔叔做手艺的收入不高,靠房子的出租还能补贴一下家用,如果卖了房子,他住哪里?……所以,他愣住了,嗫嚅了半天,几次话到了喉咙口,又吞了回去。

东方旭说:"箭儿,自家人有话你就直说吧,我们东方家人都是直爽性格。"

于是,东方箭便告诉了叔叔实情。

东方旭嘴角抽动了两下,说:"这不是什么大事,我明天来找人处理这个事。这几天,你就在这里好好歇着。兵荒马乱的,不要到街上去了。"

叔侄二人正说着话,门外有人敲门。敲门的节奏很奇怪,"梆、梆、梆,梆——梆——",跟武兆芳老师学过音乐的东方箭知道这"三短两长"的声音是一种节奏。连续几个"三短两长"的敲击声后,东方旭让东方箭去开门。接着,他迎进来一位戴礼帽、眼镜,穿长衫的高个子先生,那位先生对着东方旭说:"红伞一顶,这边风景独好!"

东方旭故意装作不清楚对方说什么,问了一句:"先生是补鞋,还是擦鞋?"

"红伞一顶,春江水暖鸭先知。"

"先生是补盆,还是补碗?"

"红伞一顶,天生我材必有用。"

"我是纽扣,先生您是……?"东方旭仰头望着来人,激动地问道。

"同志,我是钥匙。"那人露出笑脸道。

"同志,我终于找到组织了!"东方旭一边示意钥匙坐下,一边说,"我千盼万盼党组织来联系我,终于等来了组织。"说完,他让东方箭到门口看着外面的动静。

"我这一次来就是将我党在浦镇被破坏的地下组织重新梳

理一下，重新布局，以便高效、安全地开展工作。今后，我们的联系都要单线联系。你那个巷口的红伞鞋摊就是一个联络点，你要每天坚守岗位，风雨无阻。一是要监视日伪军的动态，二是及时传递党的信息。"钥匙布置工作言简意赅。

"日本军国主义的野心太大，最终注定会是失败的。汪伪政府、国民政府不顾民生，大肆掠夺，最终也是要以失败而告终的。只有我们共产党领导的为人民谋未来的政府才能最终胜利，让劳苦大众当家做主。这一天很快就会到来。"

在门口张望的东方箭猛然推门进来，神色慌张地说："有几个持枪的黑头鬼子过来了。"

鬼子一来，堵住大门，里面的人很难逃脱。见钥匙有点焦躁，东方旭说："不要紧，你有'良民证'。将鞋脱了，我来帮你补鞋。只是我这侄儿没有'良民证'，比较麻烦了。"

东方箭对叔叔说："不要紧，我有办法。"说完，他就很机灵地从后窗爬了出去。他人瘦，行动又利索，一眨眼的工夫就不见了踪影。

鬼子"砰砰"地拍打着隔壁正屋的大门，大呼着："查'良民证'，查'良民证'……"每拍打一下，就好像拍打在东方旭与钥匙的心头。他们提心吊胆地等着鬼子过来查证。

鬼子"咚咚咚"的脚步声靠近了。"嗒嗒嗒……"东方旭更加卖力地摇着补鞋机。

突然，这几个鬼子大呼"赶紧去抓共产党"，东方旭与钥匙紧张得手心冒汗。但是，出乎他们意料的是，听得门外的脚步声不是靠近了，而是像潮水一样远去了。鬼子竟然撤退了！他俩十分惊讶。

鬼子走后，东方箭不知道何时从哪里溜了出来。钥匙也赶紧告辞,东方箭笑着将他送到街上,告诉他:"鬼子今晚不会再来了。"

原来,东方箭从后窗爬出去后,翻过了几道院墙,隔着街道用弹弓向鬼子的指挥所射了几颗石头,指挥所的几块玻璃应声而碎。鬼子以为遇到共产党游击队的突袭,顿时恐慌了,吹响了警哨。而桂花巷这边在查证的鬼子一听到街上的警哨,赶紧去抓人抢着立功,所以他们才这么快离开这里。于是东方箭又原路返回。

三天后,东方箭告别了叔叔,穿上那件经过叔叔改良的极其"贵重"的棉袄走出了中华门。

前夜,叔叔在煤油灯下,将东方箭棉衣的背后一块拆开,将卖房的钱放入,再一针一线地密密缝上。叔叔嘱咐东方箭,一定要时刻记住放钱的位置在哪里,路上要小心,避免让别人触碰到那里。

房子是东方旭委托表侄令富贵卖出去的。令富贵在浦镇靠拉黄包车为生,几乎每天都要路过桂花巷。有时他还特意将黄包车停在巷子口等客人,闲时便与表叔聊上一会儿。正因为跑东跑西接触的人多,消息相对灵通得多。这不,第二天便找到了买主,由东方旭与买主协商价格,签订协议,一手交钱,一手交房契。

而与此同时,令富贵请东方箭去浦镇饭店吃南京烤鸭去了。两个老表多年不见,理应好好庆祝一下,但当谈到了近几年家人的变故,各自又是一番泪流满面。令富贵的爷爷令思贤、爹令云鹏被日本人抓走了。令富贵的姑姑令云雀和表妹东方汝竹以及苏小欣被日本人抓去当慰安妇了。听说三姐汝竹被日本鬼子抓去当了慰安妇,东方箭衔在嘴里的一块鸭肉吐了出来,伏在桌子上压抑着哭。他们谈话以及哭泣都不敢声音太大,怕被暗探、汉奸听到了,会去向伪警察或者日本鬼子报告。令富贵也知道了东方箭的四姐汝菊被日本鬼子炸死的消息,对东方箭说:"这些仇,我们要牢记在心中,终有一天会报的!"东方箭哭了一阵后,抹抹眼泪,歇了哭,对表哥说:"等我长大后,一定要报这个仇!"

令富贵对着东方箭耳语:"报仇是迟早的事情,首先自己要有这个能力。如果现在与鬼子硬碰硬,就是'以卵击石'。只有大家团结起来,形成合力,才能斗得过鬼子。另外,和鬼子以及反动政府等'三座大山'做斗争,要讲究策略。比如八路军对付敌人的游击战术是'敌进我退,敌驻我扰,敌疲我打,敌退我追',就很有效,打得鬼子一听说'八路军',就闻风丧胆。对待资本家就要采用罢工的方式,来提出增加工资、减少工作时间等合理要求。对待地主恶霸,就要分他们的田地,让老百姓有土地可以耕种。这样一来,工农兵齐心协力,就能推翻'三座大山'。"

在东方箭听来,表哥令富贵和任怀刚一样,不但个人能力强,处理事情也很果断,而且对国家形势的判断也十分到位。东方箭感觉他们身上都有一股神秘的力量,而且都说"三座大山""人民要形成合力"等,他们应该不会是……东方箭不敢说出他的猜想,生怕被别人知道了,会告密。

离开叔叔前,东方箭曾一再要求叔叔与他一道回皖南,可是叔叔坚持说:"我还有重要的事要办,暂时不能离开。我在南京等你们回来。"

东方箭眼睛模糊了,他不知道叔叔还有什么重要的事情要做。有事,只是一个借口?四年前一家人离他而去,为什么残忍到骨肉分离也不管不顾？让他独自一人在"鬼城"生活，一个正常人生活都很艰难，何况一个残疾人？现在自己又将这里的房子卖掉，这明显是在断叔叔的后路啊！人类呀！为了自己的生存，可以不顾骨肉血亲，这是什么世道呀？

出中华门时，鬼子没有盘查。有了救命钱的东方箭浑身得劲，想着可以坐车、乘船、步行……一路向皖南，清风拂面，脚步也格外轻快。

猛一抬头，他看见不远处的大树底下一个熟悉的身影正向他挥手。东方箭笑了。

第十四章

东方箭看到的不是别人,正是和他一道来南京办事的任怀刚。

来时任怀刚和东方箭入城分手后,便装作去其他地方,先走了。其实,他一直悄悄地跟在东方箭后面。毕竟这个孩子是汤玉伶的孩子,死了娘的孩子没人疼,爹又是一个酒鬼,心也太大了,竟然让一个孩子独自到南京来卖房子。任怀刚为什么不送佛送到西,将东方箭送到东方旭的手中,而是中途离开呢?一是因为东方箭确实需要历练,二是任怀刚要去执行秘密任务。等到他看到东方箭在桂花巷口见到叔叔,任怀刚便悄然离去。

由于叛徒的出卖,南京的地下组织曾在年前遭到严重破坏,群龙无首,南京的党组织一直处于静默状态,部分地区甚至处于"休眠"状态。上级一直在考虑组建、恢复组织,启用部分潜伏的人员。这次任怀刚就是奉命前来唤醒"休眠"的组织,唤醒部分"休眠"的潜伏人员的。与东方箭叔叔联络的那个大个子钥匙,就是"休眠"者之一。任怀刚那几天都是住在苏益寿、涂媚娘夫妇开的棉花店里。棉花店是一个交通站,苏益寿夫妇都是任怀刚在南京开展地下组织工作时发展的地下党成员。白天,任怀刚或在店里待着,或在街上转转,晚上便出来协助新架构的南京党组织领导联络基层组织。

夫妇俩听说儿子苏丁旺死在抗日的战场,哭了很长时间。苏益寿蹲在墙角,一直抽闷烟。最终,还是涂媚娘擦干了眼泪,对任怀刚说:"我对不起这个孩子,在山海关就离开了他。在下关见过一面之后,就要躲着他……"

任怀刚安慰她说:"你生了一个好儿子,他勇敢地在战场杀敌,就是英雄,你应该为有这样一个英雄的儿子而感到高兴。"那时,地下组织被叛徒告密,夫妇俩走得急,没法带走两个孩子。等时局稍稳后,再去寻找,兄妹俩已不知踪迹。再后来,偶遇苏丁旺时只能躲着他,因组织又一次遭遇突变。夫妇俩每一次与儿女的别离都是迫不得已。

"小日本,血海深仇,我一定要报!"涂媚娘所说的仇,还有她的女儿苏小欣被日本人掳去当了慰安妇,至今生死未卜。

"我们做好当下党交给的任务,只要我们齐心协力就会战胜鬼子的。"任怀刚激励涂媚娘他们,"共产党领导、指挥的百团大战,打得鬼子满地找牙。从这次战役的情况来看,我们党领导的军队有信心有能力打败敌人,只是时机未到。我们还要广泛发动群众,形成统一战线,最终一定会取得抗日战争的胜利!"

涂媚娘夫妇对此深信不疑,默默地点头。

令富贵在送情报到棉花店来的时候,任怀刚没有当面直接问他东方箭的情况,而是从后门出去,走到很远的地方,等着令富贵拉着黄包车过来,装作偶遇的模样:"令兄弟,在忙?"

"不忙,"令富贵不便告诉任怀刚他从棉花店接头来,随口对任怀刚撒谎道,"刚刚送了一个客人到码头。这不,现在车空了。你坐吗?"

"坐!"任怀刚转身弯腰跳上了黄包车。

他们一路上聊了些近况,因此任怀刚知道了东方箭家的老房子卖掉了多少钱,东方箭准备哪一天回江南。所以,他此时在中华门外等着东方箭。

东方箭回程有了任怀刚陪伴,就不用担心棉袄里的钱会被人惦记了。为了省钱,他们不坐火车,不坐轮船,而是抄小路,走近路。虽然人辛苦一点,但是这样一来可以避开鬼子的盘查点,还可以有更多的时间在一起交流。

不知道任怀刚从哪里知道那么多的东西,他告诉东方箭,德意日帝国去年签订了军事轴心国协定,要求互相配合,对付英美法苏等同盟国。日本在与苏联的战争失败后,目标转向了东南亚一带,想从东南亚打通运输石油等资源的通道。美国却在这时候通过冻结日本的相关资金,要求美国运输企业不要帮日本运送物资等,使得原本资源就匮乏的日本变得更加匮乏,估计下一步日本要么撕破脸与美国开战,强行打通运输通道,要么加紧对我国战略物资进行掠夺。听着任怀刚的分析,东方箭感觉到了他确实有大智慧,胜过爹东方霆千百倍,不由得在内心里为他竖起了大拇指。东方箭摸着胸前的铜金鱼,想着娘与任怀刚小时候的事,这个差一点就成了自己爹的人。如果他真的是自己爹,这个家会不会有另一种结局?然而,时光不会倒流,没有人能够回到从前。

他们到达河阳的时候,任怀刚告诉东方箭,这里是汪伪政府与国民政府统治交界的地方,可以在这里将新法币换成法币。在小旅馆里,任怀刚帮东方箭拆开棉衣放钱的那一块布片,打开数一数。东方箭的眼泪下来了,明明表哥令富贵告诉他,卖房的钱是新法币 1500 元,结果从棉袄里的棉絮中掏出了 1800 元。卖房子的钱 1500 元,东方箭是知道的,而四年来出租房子积攒下来的 300 元钱,叔叔没有告诉他,悄悄地放到了里面。叔叔将房子租出去,自己住在矮小透风的披厦里,攒下的租房钱还留给东方箭家,真是可敬!

看到东方箭落泪,任怀刚自然要询问一句,当得知是叔叔多放的钱时,感慨道:"我们这一代人多付出一些不要紧,哪怕掉了脑袋也不后悔,就想让你们这一代人能过上好日子。"

东方箭无语哽咽。阳光射穿了乌云,射穿了窗户,照到了东方箭的破棉衣上,让那几十张钞票显得格外耀眼。

任怀刚拿着1800元新法币出门不久,带回来3600元法币。新法币与法币的兑换比例是1∶2。他又将法币装入棉絮中,重新缝上拆下来的布片。缝得十分仔细,和东方旭缝得一样细致,针脚密密麻麻,看不出来是出自一个大男人的手。他爹东方霆的那双粗大的手掌拿工具行,打人也行,拿针线是肯定不行的。

东方箭带着巨款回到家,棉衣还是二姐汝兰拆的。拿出钱之后,东方霆一手捏着钱,另一只手在唇边沾了一下唾沫,开始一张一张地数起来。数了一遍,还不放心,又数了一遍,才笑眯眯揣到口袋里,拍了两下才放心了。他猛地想起来,掏出两张10元的,对着汝兰喊:"汝兰,快去买点菜回来,好好地犒劳一下我家的大功臣!"汝兰还在低着头缝着拆下来的布片,高声地回应了一声"哦"后,仍然低头干着活。她不缝好衣服,东方箭就只能窝在被窝里。

晚上吃饭的时候,东方霆邀了一大桌人坐在一起喝酒。大姐一家三口,听说东方箭从南京回来了,特意来看看。大姐急切地问了东方箭一大堆问题:"叔叔过得怎么样?二表哥令富贵过得怎么样?在路上没有遇到什么危险吧?怎么没有看到任叔叔一道来?"东方箭慢慢跟她讲清每一个细节才让她放心。至于为什么任怀刚没一道来,东方箭虽然也请他一道下船,但是他说回去有事,下次再来。船到了楚埠,任怀刚看着东方箭下了船,还叮嘱道:"马上就回家,不要在路上耽搁。"东方箭当然知道"不要耽搁"是什么意思。任怀刚仍然坐那条船沿凤河上溯去了凤凰山。今天来喝酒的还有穿着黑色警服的葫芦瓢以及穿着褪了色的蓝色工作服的大表哥令荣华。

一大桌子菜,都是汝梅和汝兰她俩整的。香味扑鼻,把葫芦瓢馋得咽了好几次口水,单等东方霆喊上席就座喝酒。

吃着喝着,话题便说到了汝兰身上。葫芦瓢说话已经口齿不清了:"东方老哥,我说句不该说的话,男大当婚,女大当嫁,你看你家汝兰也不小了,我呢,也不小了……你要不嫌弃我的话,我跟汝兰就凑合着过吧……"

东方霆以为自己听错了,瞪着充血的眼睛看着葫芦瓢,张着嘴没有说出话来。

"我是说……你把汝兰……嫁给……我……"葫芦瓢看出东方霆没有听明白,手在胸口一拍,停留在黑色的警服上,好像是在告诉东方霆,他是警察,嫁给一个警察很有面子。

"胡说什么?"东方霆把手中的筷子拍在了桌子上,"酒喝多了吧!"

在旁边逗孩子玩的汝梅、汝兰,听到拍桌子声,才朝坐在桌子旁的人看去。

"我说的是真心话……"葫芦瓢的脸由红变青,由青变紫,由紫变黑,"我想……娶……汝兰……"

"谁想嫁给你呀!"汝兰哭着跑到房间里去了,汝梅赶紧把花昭亭塞给了东方箭,追她去了房里。

令荣华抬手在葫芦瓢右脸上印了五个红指印,又在他左脸上来了一下,正准备再来一轮的时候,葫芦瓢捂住了脸,说:"你敢打警察？你这是想造反！"

"老子打的就是你！"令荣华站起来,揪住葫芦瓢警服的领子,说,"老子今天就打警察了,你能把老子怎么样？"

"打警察了！打警察了！"葫芦瓢跳着脚,大声喊起来。

"松开！"东方霆对令荣华喊道,"松开他！"

令荣华早就想揍这个家伙了,一天到晚在表叔家瞟吃望喝的,就因为把两块房基给了东方家,以为他自己是功臣,以为自己是太上皇了。总是想打表妹的主意,也不看看自己长成什么样,自己多大年纪了,整天癞蛤蟆想吃天鹅肉。今天他偷偷地捏了一把表妹,还得意地淫笑。令荣华远远地看到了,当时就想揍他,一直忍到现在。实在不能再忍了,这种人就是欠揍的货。既然表叔东方霆说了要放开他,那只有放开他。但是,马上放了这货,他定会不依不饶。就这样放了这货,不能为表妹出气,委实心有不甘。于是,令荣华提起他扔出门外,没了动静。

东方霆心道不好,赶紧起身出门去看。他走近葫芦瓢身旁,没听到呻吟声,猜想一定昏厥过去了,对着葫芦瓢喊道:"胡兄弟,醒醒！"葫芦瓢还是没有反应。东方霆便对着屋里喊:"箭儿,快拿灯来。"屋里东方箭应声。不久,他举着明晃晃的火把出来了。

火把凑到了近前,左半身落地的葫芦瓢猛然翻身,整个背着地。只见他左半边脸上全是泥沙。东方箭看到想笑又不敢笑。葫芦瓢紧闭着眼,呼吸微弱。东方霆弯下腰关切地问:"胡兄弟,没事吧？"葫芦瓢这才勉强睁开眼,一边哼哼"我这是在哪儿？哎哟！疼死我了",一边用右手在左胳膊肘上按揉着。东方霆立即伸手去摸他的左胳膊,还没有碰到它,他便大声喊:"疼死我了！"

"胡兄弟,我送你去诊所看看。"东方霆想尽快送走他,省得给自己惹来麻烦。

葫芦瓢没有应声,右手在脖子里掏着,东方霆以为他想起身,便蹲下来想去搬他的右边身子。哪知道葫芦瓢将他推开,吹响了警哨。原来,他竟然掏出了警哨,三长两短的警哨声在万年街上空响起。楚埠码头日寇碉堡里的探照灯立即射过来,将东方家全部罩在一片白炽光下。街上"哐哐哐"的脚步声越来越近。东方家人知道,此时不能有任何举动,否则,探照灯下面黑洞洞的枪口会喷出火舌将所有人吞噬。

"举起手来!"街上巡逻的警察一阵风似的赶来,将这一群本就不敢动弹的人围作一圈并举枪对着他们。东方家人只好举起手来,等候处理。

一个肥硕矮胖的警察正步上前,看到花千树在场,立即命令其他警察:"花拳师在这里,你们也敢用枪对着?还不快把枪放下!"花千树认识这人,他是警察局巡逻小队的队长,叫龙兴雨。一条伤疤从左额一直拖到左耳坠,让人看了都要惧他三分。

警察们听了队长的话,这才把枪放下。花千树把高举的手放下,其他人也跟着把手放下。

躺在地上的葫芦瓢见到龙队长来,就像小孩委屈时见到了大人,有了依靠便有了底气。他哀号着:"龙队,你可来了!就是他说'老子打的就是警察'!"他用手指着令荣华,向被他称作龙队的肥矮胖警察告状,之后转而指着自己的脸以及左边胳膊说,"你看我,被他打得动不了了……"

龙队抬眼望了一下令荣华,龙队认识他,知道他住在金会长家的牲口圈内,也知道他是以做泥水匠为生。但为了给葫芦瓢挣回面子,也为了给自己在兄弟们面前树立起一个敢于为大家出头的形象,他举起手中的警棍。警棍落在令荣华肩上,发出"当"的一声闷响。令荣华只是稍微晃动了一下而已,仍旧直挺挺地站立在那里。龙队又一次举起警棍,带着风声向令荣华袭来。只是这一次,风声在半路上就停止了叫嚣,警棍被一只大手顺势接住。

"龙队,得饶人处且饶人。"花千树对龙队说。他握着警棍的中部,龙队抽不走警棍。龙队见是花千树出面交涉,便做了个顺水人情,呵呵一笑:"既然花拳师说情,我还有什么话说?"

花千树松了手。龙队顺势将警棍抽回,挂在了腰间的皮带上。

"承蒙龙队看得起兄弟!"花千树双手握拳胸前向龙队打拱,龙队也赶忙回礼。

第十五章

在以水运为主要运输方式的年代,码头是水路交通的汇集点,在生意人看来是很好的市口。东方箭在鸠城做过卖馒头的生意,知道市口对于做生意的重要性。当时一家人看中的就是渡口进出方便这一点,东方家才选中了在码头附近盖房。一直以来,这个好市口没有发挥出应有的作用。

每天天不亮就有赶集的人将农副产品往街上送,街上人到河对岸的寺庙里烧香或是走村串户卖商品,都要从这个渡口过。渡口只有一个艄公,他不急不慌地摇着橹,时光就如河水一样在慢慢流淌。等渡的人也不着急,坐在渡口的台阶上聊天说事。偶尔也有北乡的人挑着农产品,在渡口这边脱手了,也就可以早早回家。

东方箭看到南来北往的匆匆过客,就想到了一个主意。他没有做任何铺垫,直截了当地问东方霆:"爹,上次我卖房子的钱,还有没有剩余?"

"不都用在了该用的地方了吗?"爹见他问钱的事,很不高兴,喷着酒气地回了东方箭一句。

"买花生、红薯、甘蔗的钱,有没有?"爹是个花钱大手大脚的人,守不住钱。东方箭心中没底,试探性地问道。

"你简直是疯了。"爹很不高兴地说,"买米、买油盐的钱都不够,哪还有钱买那些零嘴吃?"

"爹,您误会了。"东方箭解释道,"我是想买一点花生、红薯、甘蔗回来,到渡口做做小生意。"

一听说要做小生意,爹的脸色好看多了,说出了难处:"我们从来没有做过生意,怎么做呢?"做小买卖,爹是一窍不通,尽管在鸠城开过馒头店,但那也是靠手艺吃饭。他这个当过监工的人,靠手艺吃饭行,靠自己谋生难。

"小本生意应该不难做。"东方箭胸有成竹地说,"我已经观察了很长一段时间。街上的花生米、烤红薯、甘蔗等小吃好卖,那在渡口也一定好卖。一来人们图个方便,二来坐在那儿等渡船时无事可干,可以嗑嗑瓜子、尝尝花生米消磨时光。"东方箭大概是因为天真幼稚,好奇好动脑,对什么都有兴趣,认为做什么都有成功的希望。

"也好,做点小生意贴补家用。"爹见儿子这么执着,也心动了,说,"我这里还有几块钱,你明天上午可以拿去进点货,下午我们就开张。"

"还要等到明天吗?"东方箭已经迫不及待了,"我现在就去进货,明天早上就开张。"

东方箭从南京带回卖房钱的当晚,东方家就支出了900多元。晚餐买菜买酒花了20元。一餐吃出了一个大纰漏——令荣华打了葫芦瓢。为了这事,花千树给警察局局长金鸡鸣送烟酒花了300元,另外还包了一个500元的红包。葫芦瓢住院预交了100元。

第二天一早,警察就上门来让东方家去医院给胡多耀交住院费,说每天至少要预交200元,还得每餐送饭到看守所给令荣华。

给令荣华送完早餐,汝兰顺路到了金鸡鸣的办公室,询问像令荣华这样的情况会怎么处理。金鸡鸣很热情地接待了她,让女秘书为她泡茶。女秘书带上门出去后,金鸡鸣亲自端着水杯递给她,她慌忙接过水杯。他请她坐到他身边,手有意无意地摸在她的大腿上,汝兰慌张地挪开。

金鸡鸣告诉她令荣华的事情很难办,这是一起严重的袭警案件,性质极其恶劣。如果不把这起袭警案作为典型案例来处理,不足以平警愤,不足以震慑老百姓。只有严惩,才能杀一儆百,形成敬警、拥警、爱警的好风尚。

汝兰问维持会会长兼警察局局长的金鸡鸣:"那会怎么处置他?"这个"他"当然是指令荣华。

"这个事情我们正在商量,弄不好,我们要上报给皇军处理。"金鸡鸣故意吓她,看到她脸色煞白,又安慰她说,"你放心,我会尽力偏向你们东方家的。"说着说着,他便往汝兰身边靠,汝兰像被针刺了一样转过脸去。金鸡鸣嘿嘿一笑,拉下脸说:"结果如何,全看你的诚意了。你如果有诚意,晚上就来办公室听回话吧。"

汝兰逃出金鸡鸣的办公室,深深地呼吸了几口新鲜空气。然后,她一路小跑到了大姐家。上午,汝兰从金鸡鸣的办公室出来,就去跟姐姐汝梅说今晚金鸡鸣要在办公室见她,商量事情。汝梅及时把这个消息告诉了花千树。花千树知道金鸡鸣的为人,也知道他老婆不在家,想作怪,所以赶去凤凰山与任怀刚一道找到金师娘的娘家。他们给金师娘送上一对镯子——这一对镯子是花了500元买的——告诉她令荣华打伤葫芦瓢的事,请她务必赶回来在金会长面前说说好话。所以,她一到家就打电话给金鸡鸣,让他马上回去。她这一通电话,既解救了汝兰,也间接地做了一件有功德的事。

金鸡鸣费尽心思才弄到一个黄花大闺女,怎么肯轻易放弃?他嘴上答应马上回去,事实上,他放下话筒,又饿狼般扑到沙发上惊魂未定的汝兰身上。

啪的一声,办公室内的灯被击碎了。一个身影闪身进门,金鸡鸣还没来得及抬头,就被打晕在地。那人拉着汝兰便往外面跑。

第二天,头上包着纱布的金鸡鸣把花千树叫到办公室,要求东方家赔偿胡多耀的误工费、护工费、营养费共计600元,签订一个"两不找"的协议。前提是花千树、令荣华要加入警察队伍。如果他们是警察,这个案子就是警察内部的事情,而不是老百姓袭击警察的犯罪性质了。性质不一样,结果就不一样。只有这样处理,才能服众。

东方家为了一个葫芦瓢花费了2000多元。花千树觉得再住在金鸡鸣家的牲口圈里,就有点不妥了。原先他与金鸡鸣之间是朋友关系,而今自己加入警察队伍,成了金鸡鸣的下属,他们就成了上下级的关系。朋友是不分高低贵贱的,可以平等相处,而一旦成了朋友的下属,身份就自然低了一等,不能再以朋友相称、相处了。花千树在后街找了一块地皮,与令荣华合盖了三间屋子,花家一间半,令家一间半。两个人同时搬出了金家牲口圈。东方霆还是比较舍得,花千树、令荣华他俩盖房子,他支援了他们每人500元。

汝兰经历了这一番变故,也想通了,愿意嫁给外貌并不英俊的令荣华。

东方霆巴不得汝兰早一点成婚,自己能少操点心。所以,在令荣华的房子盖好后,东方霆便草草地将汝兰嫁了出去。

东方箭带上两只竹篮,喊上从武一道上街进货去了。临晚,他们满载而归:一捆甘蔗,一篮子花生米、鸡蛋,一篮子红薯、葵花籽。晚上,厨房里喷香,小小厨房被爹东方霆弄得像变魔术一样云遮雾罩。

每一个好酒的人都是一个美食家。每一个美食家又都是一个魔术师,能变出五花八门的食物来。钢精锅里煨的是五香蛋,外锅炒完葵花籽炒花生米,里锅烀的是红薯,这些都是东方霆的杰作。从武围着灶台转,馋得口水直流。

东方箭告诫从武:"不准吃,这是我们家最后的希望了。要想吃,可以,但是……"

本来从武很高兴,今天跟大哥一道上街买回来这么多好吃的,本以为可以大快朵颐了,哪里知道是白忙活一场,现在听到可以有条件地吃,便张大嘴巴听大哥讲需要什么条件。

"我们必须明天一早到渡口去卖,卖得多,才可以尝一尝。"东方箭说出了自己的想法。从武觉得只要有吃的就行,东方箭的条件他一口答应了。第二天一早,渡口就多了东方家两个孩子提着篮子叫卖的身影。

做小生意,让陷入困境中的东方家稍微缓过来一些。

深秋与初冬是做小生意最好的季节。庄稼收上来了,农田的忙碌告一段落。农产品的交换,生活物资的购置,都是靠人来完成的。有人的地方,就有生活,就有生意可做。

此时,夜字圩一带的农民要到皖南凤凰山祠山庙去进香还愿,一批接着一批,络绎不绝。去时,他们一律吃素,因此山芋供不应求。当然,也有虔诚者,他们把嘴巴穿上了长针,不吃任何东西,以示还愿的虔诚和对长辈的孝心。更有甚者,上身不穿衣服,将长针穿进了两臂或胸前的肌肉里。锃亮的针在阳光的照耀下格外刺眼。东方箭不敢想象,当时这些针是怎么穿刺的。他曾好奇地问他们疼不疼,他们都说不疼,真是不可思议。敬香的人回来时,又是另一种情况了。长针已经拔掉,衣服穿上了,一路谈笑风生。经济条件好一点的,就几个人合起来下馆子开荤,来个酒肉穿肠过;贫困的农民就只好买点大饼、馒头之类的充饥。于是,东方箭卖山芋的生意就特别好,一天要烀好几大锅。

凡是平时能够当零食吃的土特产品,东方箭几乎都卖过。他对所卖的物品,如枣子、柿饼、红薯等的生熟和酸甜等性质了如指掌,该进什么货都是他拿主意,守摊子卖东西就更得靠他了。

在渡口,东方箭摆摊子积累了一些经验。他的适应能力也很强,性格外向,见人就熟,话题很多,人缘也很好。因接触的人杂,他的北方口音很快就改了,他不但学会了本地话,而且湖北腔、桐城调也都能说一点,认识的人也越来越多。等船时,过往客人往他的凳子上一坐,就和他闲聊。一河两岸的人都称这个北方的少年为"小侉子"。做生意的时间长了,经验也就多了,人也变得油嘴滑舌了。而且东方箭会看人做生意,不管什么人,往自己摊子前一站,东方箭就知道他买还是不买,生意能否做得成,也能看得出。连是否可以缺斤少两,一般来说,判断准确性在百分之八九十。

生意不大,利润蛮高,全家几口的生活都解决了。东方箭尝到了赚钱的甜头,为自己能养活几口人而感到自豪,干劲倍增,也就想拓展生意路子,争取多赚几个钱。他在澡堂里洗澡时发现,每个澡堂都有提篮叫卖的。这篮子就是一个口较大的不深的圆底篮子,里面装着茶干、酥糖、花生米、杠子糖等小食品,因为以花生米为主,所以被称为花生篮子。人们提着它到各个浴室转悠叫卖,其中有年长者,也有青少年。有些人喜欢在浴室里买包花生米和两块四方的茶干,边吃边喝。有些亲友或熟人相遇,就互相买、互相送,特别是给对方的孩子买得多。有时孩子自己要着吃,甚至是哭着要。在公共场合,家长也不好意思发火,只好买给他们吃。有了经验,东方箭瞅准了机会,就提着篮子向孩子们靠拢,还故意在他们面前吃喝几声,或者多站一会儿,买卖基本上也就做成了,这就是生意经。

  提篮叫卖的生意还挺不错的。弟弟东方从武也提篮钻到澡堂子里去叫卖。他比东方箭机灵多了,有时比东方箭卖得还多呢。提篮叫卖虽然可以赚几个钱贴补生活,但也有苦衷,每天要在开澡堂时去,直到晚上八九点钟放水才回来,尤其是腊月底洗年澡的那两天,为了多赚钱,还必须半夜起床去卖。

第十六章

这一年春节期间,农村没人上街买卖东西,万年街上也很少有人走动,大部分商店都关门歇业。大部分店门上都贴着"生意兴隆通四海,财源广进达三江"的对联,对联被顽童扯起,像是一张张招魂幡飘着;有的店门上还贴了几张财神,龇牙咧嘴的财神在寒风中哆哆嗦嗦地颤抖。街道上冷冷清清,偶尔有条野狗经过,会有好几条看门狗群聚而吠,算是给街道增添了一些活气。

商店即使开门,也没什么生意可做。大年初四那天,三个鬼子下乡去搞东西。他们到达河西的一个村子,走近一户农家,闻到了一股诱人的香味,就闯了进去。一进门,他们就看到堂屋里摆了一桌子菜,有美酒,有鱼肉。鬼子眼睛盯着那些装着鸡鸭鱼肉的碗碟,馋得嘴巴直流口水。主人看出了他们的心思,满脸堆笑地站起来让座,邀请道:"太君,请坐,米西米西地……"意思就是请他们坐下来吃喝。那几个鬼子本来肚子里就在唱空城计了,这一邀请正中下怀。于是,几个家伙把枪靠在一边,毫不客气地大大咧咧地坐下了。主人为他们斟酒,鬼子大吃大喝起来。正当他们喝得晕乎乎的时候,突然进来几个游击队队员。鬼子一下慌了手脚,忙不迭地拿起枪拼命地向外跑,有的夺门而出,有的翻院墙走。游击队员们瞄准了翻墙的那个家伙的屁股就是一枪。"啪——"一枪击中,"扑通"一声,鬼子被击倒在地,伸了两下腿,翻了翻白眼,就一命呜呼了。

两个逃出去的家伙拼命往楚埠方向跑,快到渡船口时,大声叫唤艄公将渡船快点划过来,唯恐后面的游击队员追上来。他俩过了河,不敢耽搁,跌跌撞撞往营地跑去。跑回军营的那两个鬼子,迅速把情况向上级报告了。不久后东方箭便看到一支鬼子的队伍迅速过河,奔向那户喝酒的主人家。

后来,东方箭听任怀刚说,鬼子没有抓到游击队队员,也没有找到那户的户主,便抢光了那户有用的物资,然后一把火将那个农户家给烧了。鬼子们怕回去交不了差,在路上遇到一个晚归的雇工,杀了,带回人头,说他就是杀害"皇军"的凶手。这一帮鬼子,只要有一点借口,就会草菅人命。

当天晚上,鬼子军营里先是传出一阵枪响,老百姓躲在家里不敢出来,不知道军营里发生了什么事情。老百姓认为躲在家里是最安全的。不久,军营里火光冲天,没有呼救声,没有泼水声,却有丝竹声传来。一阵阵浓烟笼罩了整个楚埠。烧了约一个小时,火才渐渐熄灭。

当日本兵全副武装,不论是白天还是晚上在街上巡逻时,皮鞋发出的那种响声,真叫人心惊胆战。其实,鬼子们的内心还是胆怯的,他们故意耀武扬威地弄出气势来,是为了虚张声势,通过吓唬别人来给自己壮胆而已。他们特别害怕"板凳腿"——既怕"板凳腿"白天化装成卖东西的农民,又怕"板凳腿"半夜里在街上摸他们的岗哨。

有时,新四军游击队摸到日本军营附近放几枪,引诱鬼子乱开火,使得鬼子连觉也睡不安稳。有的地方的游击队晚上看到落单的鬼子或者汉奸在街上走时,就悄悄地靠近他们,用绳子往他们脖子上一套,背起来就走,鬼子和汉奸立刻就上了西天。有时,游击队的便衣队员用大口袋装点石灰粉,故意敞开口袋让鬼子检查。鬼子一弯腰伸头,正好趁机往鬼子头上一套。鬼子即使不被新四军打死,也会被石灰呛死。平时,只要有人说一句"'板凳腿'上街了",鬼子和汉奸立刻就会惊慌失措起来。他们荷枪实弹地在街上寻找,怎么可能认出谁是游击队员呢?街上的群众其实有人能认出"板凳腿",但绝不会向鬼子告密。就算有时汉奸认出来了,绝大多数情况下他们也假装不认识,他们还要为自己留条后路呢。只有那些铁杆汉奸才会乱咬人。正因为如此,所以一两个鬼子是不敢随便外出的,晚上就更甭提了,这些家伙离开集体,心就虚了。除了他们的营地,周围都是中国人,新四军游击队和普通老百姓一样,他们永远也分不清,怎么能不害怕呢?少数鬼子到农村去,那就更不敢轻举妄动,而且倍加小心。

游击队员白天住在亲友家,完成任务以后,他们便悄悄回去了。在竹栅栏竖起来不久,就有一个铁杆汉奸被新四军游击队便衣杀死在竹栅栏内。

警察局里的那些日寇的狗腿子无非是配合鬼子欺压同胞,或者是在各个路口为他们站岗放哨,当鬼子的看家狗。

某天早晨,令荣华穿着警服,手提着灰桶和瓦刀,从渡口岗哨经过,恰好被好事的鬼子瘦猴班长看见了,他立刻喊住令荣华。瘦猴班长用简单的汉语边说边比画着,大意是说:"你这个的干活,不行的啦。"

令荣华脾气上来了,当场就回敬他一句:"有什么不行的?"

说完转身就走。

那个瘦猴班长一把将令荣华拽了回来,凶狠地对他说:"你这个……"指着他的警服说,"干活的……这个……"又指了指灰桶,"干活的……不行的啦!"

令荣华不买他的账,又反驳他一句:"有什么不行的?"

他正准备要走,却被瘦猴班长当胸打了一拳。这一拳可把伪警察令荣华激怒了,他放下灰桶,也照着鬼子班长胸口打了一拳。这一拳扫了瘦猴班长的面子,于是,他又向令荣华打来一拳。令荣华不甘示弱,丝毫不让地和他对打起来。那瘦猴觉得自己不是他的对手,立刻叫嚣着让哨卡里的人一起上。令荣华一个人,当然抵不过这几个家伙的围攻。好汉不吃眼前亏,他拎起灰桶就跑。鬼子们有许多事还要由警察去落实,所以不想将事端扩大。见令荣华跑走,鬼子也没追,只是站在那里跺着脚指着令荣华远去的方向"叽里呱啦"骂上一通。

等渡船过河的人都在围观,他们不敢拉架,但是个个从心底里钦佩令荣华的勇气,认为他也算是一个有骨气的中国人。

令荣华回到警察局,气愤地脱下警服,扔掉大盖帽,不干警察了,回家专门干泥瓦匠的活计。汝兰十分支持丈夫的做法,她说:"这个汉奸的差事,你不能干,会被人家戳一辈子脊梁骨的。"东方家的人都认为令荣华的选择是对的。之前,花千树因为当街拳打抢夺从武花生篮子的何其正及其走狗,被迫脱下了警服。东方家人不但不为此感到惋惜,反而庆幸他脱了那层"黑皮"。

可是,不久令荣华又穿上了警服,在街上协助鬼子巡逻。东方箭看到他都不想理他,认为他没有骨气。但是,令荣华却没有觉察到东方箭的变化,还主动喊他:"小箭,做生意啊!"他这是在没话找话,明明看到东方箭在小货摊的前面站着,不是做生意,还是干吗?所以,东方箭只是鼻孔朝他,脸上挂着霜,没言语。哪知令荣华竟然凑到跟前来,耳语道:"我真不想干这个狗一样的差事,是任怀刚劝我干的。"东方箭的脸上才有了暖色,点点头,表示理解。东方箭想,既然是任怀刚劝说的,那一定有他的道理。任怀刚很痛恨汉奸,还亲自处置过汉奸,既然劝说二姐夫继续当这个"汉奸",一定在布局一盘很大的棋。东方箭也就从心里原谅了二姐夫的"背叛"。

那天,东方箭去渡口摆摊子,他突然发现遍地都是警帽,到处都是,感到很奇怪。再仔细一看,他发现原本站岗的"黑皮"鬼子,现在全换成了"黄皮"鬼子。听说"黑皮"鬼子全部跑到周王村投靠国民党县政府去了,老百姓把这种做法叫作"反正"。果真如此,倒是一件好事。是什么原因使他们忽然弃暗投明的呢?是他们不愿受日本鬼子的窝囊气呢,还是他们真的醒悟,有了爱国良知,抑或是国统区派人过来策反呢?……总之,当时局势复杂,东方箭等普通老百姓是看不透的。

谁知,未过多久,这批人又回来了。他们中的一部分人也和令荣华一样再次穿上了警服。后来,听一个关系不错的人说,他们都是听了任怀刚的劝说,才心甘情愿做汉奸的。他学着任怀刚的话说:"各条战线都要有人为老百姓办实事,只要你一心为百姓办事,暗地里为新四军游击队传递信息,将来是不会被人民当作汉奸处置的。"那模样一本正经,语气也掷地有声,学着学着,倒把东方箭给逗乐了。

再一次与任怀刚见面的时候,东方箭主动提出来要参加新四军游击队,理由是自己的射击水平天生就很好。结果,他的念头被任怀刚掐灭了。

"不是面对面杀鬼子才是英雄。我们有多少人潜伏在鬼子的内部,每天过着提心吊胆的生活,他们也想痛痛快快地跟鬼子真刀真枪地干一把。我们怎样才能获取到鬼子的最新信息?一条信息可以挽救成千上万人的生命。他们留在鬼子内部的作用不比在战场上差,那里是没有硝烟的战场。"任怀刚对东方箭说道,"你整天与鬼子见面,搞好了关系,让我们的战士能够来去平安,这就比在战场上打死一两个鬼子的作用要大多了。并且,你还能利用做生意做掩护,帮我们传递信息,就是在与鬼子做斗争。所以,你现在保护好自己,顺利地完成党交给你的任务,就是英雄了。"

经任怀刚这么一说,东方箭如醍醐灌顶,从此以后,他做事说话更加小心谨慎了。

春节期间是农闲,走亲访友成了这一时期的主要事务,即便是在日本侵略者的恐怖统治下,也割不断亲情。

康有强奉三叔康定邦之命,专程从徽州来楚埠,想让东方箭陪同他一道去汤家庄看望祖母。东方箭很长时间没有见到康恋春了,心里十分惦记,但为了生计,又走不开。好在当下来往渡口的人并不多,小生意也不好做,所以他向爹东方霆打了招呼。东方霆知道东方箭与康恋春之间的关系,也希望他们能够成为一对,自然支持他去。

康氏兄弟三人对娘都很孝顺。日寇占领鸠城之前,老大康定国随单位去了湖北武汉,即在第五战区邮电部门工作。老三康定邦随单位去了徽州邮电局工作。为了让康有强将来有一份工作,老大康定国让老三康定邦带一带他。老大、老三离娘都很远,不能早晚侍奉,只有老二康定家在身边。原本他在鸠城邮政局上班,但是因为染上了抽鸦片的恶习,所以被开除了。原本一个"神医",后来又是国家工作人员,却因为两个儿子的意外死亡而精神委顿,变成了既无职业又不能耕作的废人。在没有生活来源的时候,他到凤凰山上挖点草药,晒干之后,有时一瘸一拐地自己送到集上的药店里,有时委托别人送去,挣点油盐钱。

老二康定家的这种困境都在老三康定邦的预料之中,所以他叫康有强带上十元钞票以缓解康定家的困境。当时这十元钱可不简单,能抵拿工资的人半个月的收入;东方箭做小生意,一天也挣不到一元钱。从楚埠出发时,康有强怕钱被人发现,就把它放在了竹筒底下,里面灌满了咸菜,背在身上。当他们走到丁店时,游击队员叫住了他们,盘问他们从哪里来、到哪里去、干什么、带了什么东西等等。游击队员一眼就看出了他们的破绽。这么远来看奶奶,就带一竹筒咸菜吗?于是,游击队员将他们俩叫到一旁,检查了身上没有携带钱物之类的,便将竹筒里的咸菜倒出来,钞票自然就露了馅。其中一名游击队员叫铁柱,长得尖嘴猴腮的,与"铁柱"半毛钱不沾。铁柱坚持认为钱的来路不明,要没收。这时,东方箭才把花千树、任怀刚、司成虎给搬出来,游击队员立即向上级汇报。新四军游击队丁店的负责人茅定毓被请了出来,他又详细地询问了一下花千树、任怀刚、司成虎和他俩各是什么关系,听到这几个人曾经和东方箭并肩作战过,就放他俩走,而且十元钱也如数归还了。

游击队负责人告诉东方箭:"我们游击队是有纪律要求的,不随便拿群众一针一线。因为有许多汉奸、土匪冒充老百姓,在山下干了伤天害理的事情,逃到山上来避难。他们避难的时候还不安分,往往还要祸害百姓,所以我们对过往的人员一律严查。你们既然是真正走亲戚的,就大胆地去吧。"

他们见到了奶奶。奶奶脸上开了一朵皱纹花,拉着两个小青年的手仔细瞅。瞅了半天后,她说:"我宝宝累了吧?我宝宝长高了。"她还是那个习惯,喜欢把孙子叫作"宝宝"。康恋春也很高兴,打水给他们洗脸,特意先把脸盆递给东方箭,并看着他,自己一个劲儿地笑。康有强白了她一眼,她才意识到自己有点失态,赶紧去厨房做饭。

阳光暖暖地照着大地,一扫寒冬的凛冽,照在了东方箭和康恋春的心上,暖暖的。常绿的松柏在清风中呼呼作响,似乎在鼓励他们再亲近一些。苍翠的竹林低着头看着这一对年轻人,希望他们早成眷属。

他们俩手牵着手,走在阳光、松柏、翠竹、清风的祝福中。早晨他们告别了奶奶、二叔、康有强,就轻松地出门了。不知道康有强是为了陪奶奶,还是避免做电灯泡,他说要留下来陪陪奶奶。康恋春因为要买一些针线,所以和东方箭一道回楚埠。当他们走到丁店附近的时候,突然枪声大作,他们听到了子弹壳落地的"叮当"声。前面有枪声响起,后面也有枪声响起,似乎把他们夹在了中间地带,看来双方都把他俩当作了可疑的人。他们弯下腰,仔细向前前后后看,什么也没看到。东方箭拉着康恋春的手,猫着腰往前走,恰好不远处有一座小土地庙,他俩立刻就钻进了庙里,靠在庙内香案前半坐下。背后不时"啪啪"地射来子弹,就落在庙前几丈远的水田里,"扑扑"溅起的水花他们都能看得一清二楚。在这种情况下,他们不敢出去探看。他将她拥在怀里,紧紧扣住她的两只手,静静地等待。他听到她"扑通、扑通"的心跳声,感觉到她的身体在颤抖,她的手心潮湿。东方箭贴胸的那条铜金鱼随着他的心跳而跳跃,他希望它能代娘来护佑自己以及恋春平安躲过这一劫。他们不敢讲话,生怕引来不知道是哪方的军队,又怕后面的军队上来乱抓人……只能提心吊胆地等。日头在心脏的狂跳中渐渐滑向西边。过了不知多长时间,枪声停了,心跳的速度也慢慢正常了。东方箭松开康恋春,发现她的脸红扑扑的,像抹了很多胭脂。

他抓起她的手,纤细的玉葱似的手指布满汗液。他轻轻地捧起她的手,将她的每个指腹送到眼前仔细地看。康恋春大眼睛忽闪忽闪地望着他,不知道他在看什么。他看完了她的一只手的指腹,又换了她的另一只手看。都看完了,他才冒出一句:"都是'簸箕',怪不得手这么灵巧。"原来东方箭是在看她手上的螺纹。

"那你有多少个'箩筐'?"康恋春好奇地问。

"我全是'箩筐'。"东方箭眨眨眼睛说。

"骗人!"康恋春不相信。东方箭将手递过去给康恋春看。她仔细地一个一个地掰着看,果然是十个"箩筐",便说:"难怪是个挣钱的好手,都是'箩筐'哦!"

"我俩配对正好是'十全十美(没)'。"

"谁跟你'十全十美'?你想得美吧!"

两个人互相打闹着,刚才的恐惧全部云消雾散。东方箭笑着站起身来,腿都麻木了,再试探性地出庙张望,什么活物也没见到。于是,东方箭回头拉康恋春,他们要抓紧时间往回走。

丁店是偏远的山村,属于三不管地区。日本鬼子只占领了城镇军事重地以及交通要道口,没有命令是不敢轻易下乡上山的,所以他们对这些穷乡僻壤是无法管理的。国民党管不了,也不敢来管;只有共产党领导的新四军游击队转来转去,昼伏夜出。这三方的军队常发生冲突,小打小闹是常事。今天不知道是哪两方发生枪战,却让他俩遭了殃,夹在了其中,最终侥幸脱险。现在,他们也算是从枪林弹雨中走过来的战友了,枪战让他俩的心贴在了一起。

皎洁的月光照在林间,寂静的山路上只听见他们俩"沙沙"的脚步声,偶尔传来一两声野猫的嚎叫,十分瘆人。两人走得十分疲乏,康恋春早就挽上了他的胳膊,身体的重量有一半落在了他身上。他挺直腰杆,迈开大长腿前行。

因为遭遇枪战,耽误了他们赶到集上住宿。看来只能寄希望于路上遇到好心人家,留宿一晚了。运气不错,不久,他们看到林间有灯光。屋主人是一对老年夫妇。老太婆很热心地招呼他们:"两个新人回娘家迷路了吧?"康恋春红了脸,想解释。东方箭捏了捏她的手,让她别说。老爹爹泡一碗锅巴给他们充饥。老太婆在凉床上铺了被子,让他们歇息。康恋春虽难为情,但也不好说什么。

第十七章

远山如黛,近水如练,凤河比太阳醒得早。在晨雾的笼罩中,杨柳开始吐露尖尖的嫩芽,在对着如镜的河水梳妆;晨燕穿梭于柳枝间,不时掠过水面;麻鸭早知道河水已暖,像在竞赛般地寻找美食。渡口运货的船只早就惊醒了凤河。摆渡的艄公不紧不慢地摇着橹,时光在橹上流淌,阳光在橹上升起。

东方箭起来得很早。他在为康恋春、任怀刚、花千树等人准备早餐。昨天是正月十五,楚埠街上闹腾了一天。鬼子为了营造一个安乐祥和的节日氛围,要求所有的灯堂全部组队上街表演。鸠城派来了大批的记者带着照相机来拍照。白天锣鼓喧天、鞭炮震天,马灯气势磅礴,采茶灯袅袅婷婷,舞狮队腾挪蹦跳,让人赏心悦目;晚上烟花腾空,灯火通明,游人如织,车水马龙,好不热闹!各式花灯尽显风采,东方箭和康恋春还猜中了好几个灯谜,获得了手帕、鞋垫等小礼物。通体光亮的板龙灯一会儿盘成饼状,一会儿如蛟龙出海,舞出了龙的威严。小鬼子很是得意,认为他们的"东亚共荣圈"是多么"和谐""幸福"。当他们大多数沉浸在"幸福"中时,后半夜岗哨中的值班人员却永远地"幸福"了——游击队送他们去了极乐世界。

江南农村有个习俗:过了正月十五,一切回归正常,康恋春要回去了。东方霆看到儿子东方箭和康恋春整天待在一起,

"叽叽咕咕"有说不完的话。男大当婚,女大当嫁。两人都已经十八九岁了,谈婚论嫁也是理所当然的。所以东方家请了任怀刚、花千树两人当媒人,去凤凰山汤家庄的康家提亲。康定国在外工作,他娘康钱氏健在,向她求这门亲,在礼数上是一样的。

任怀刚和花千树走在前面,他俩边走边小声说着一些事情。东方箭和康恋春手牵手走在后面,小声说着他俩的秘密。康恋春不时发出"咯咯咯"的银铃般的笑声,脸颊上泛起红晕。

清风拂面,唤醒了江南所有美好事物的气息,空气中传来的是新鲜泥土的芳香、生命勃发的味道,让人心旷神怡。东方箭嗅到了康恋春的体香。

一行四人步履轻盈,感觉路途变得很短。

到了康家,奶奶看到来了一家人当然高兴,喊他们几个:"宝宝,回来啦!"这声宝宝,也包括康恋春在内,这是奶奶的习惯,看到人,不管是哪个辈分,也不分男女,统一的称呼都是"宝宝"。当康恋春问到二叔时,奶奶泪水滑下:"在床上躺着。"大家进去一看,康定家头上包着纱布,那只瘸脚上也裹着纱布,正躺在床上哼哼呢。

原来,康有强走后不久,大刀会的几个小喽啰找上门,开口就要十元钱。康定家当然没有。结果,小喽啰就下手打。奶奶给他们跪下都不行。他们说:"康定家撒谎。有人亲眼看到两个青年人送来十元钱,现在又说没有,这是拿我们八爷不当回事。今天,要么拿出十元钱来,要么拿命来!"最终,奶奶拿出了那张十元的钞票。大刀会的人觉得还不够这次出山的代价,又顺便携了家中所有的粮食,才一个呼哨走了。这几天,家里就靠汤松枝他们家送点粮食来充饥。

东方箭听完了奶奶的诉说,十分气愤,心里想:这个遭天杀的孙八斤,早晚会暴尸荒野。任怀刚和花千树听说之后,安慰康家人:"我们迟早会收拾了这帮土匪。"

得知任怀刚、花千树是受东方家委托,前来提亲的,奶奶当然很高兴,说:"只要两个宝宝好,我们没意见。恋春的爹不在身边,我让定家写封信给她爹,跟她爹说说这事。从小恋春就在我身边长大,箭儿也是我看着长大的,我看好他们。她爹应该也没意见。"

得到奶奶的答复,大家自然都很满意。午饭后,东方箭他们就要返程。康恋春将他们送到村口,看他们远去了,还站在树下。东方箭几次回头,她还站在那里挥手。

途经丁店,任怀刚和花千树要去看一下新四军丁店负责人茅定毓。见面后,任怀刚发现茅定毓眼圈发黑,精神比较萎靡,一个劲地吸烟。他们曾在一起开过会,革命分工不同,所以惺惺相惜,多问了几句。茅定毓看看任怀刚带来的两人,欲言又止,他不放心这另外两个人。任怀刚说:"都是并肩战斗的战友,但说无妨。"茅定毓才告诉他们,前天晚上,新四军在丁店前面的一个梅坝村阻击了前往鸡头岭的鬼子,一场恶仗打到昨天早上鬼子败退才结束。新四军一部分战士就地休息,一部分战士准备早餐。突然,大刀队的一群人挥舞着大刀杀过来,像蝗虫一样铺天盖地。毫无防备的新四军战士匆忙去拿枪支,敌人已经近在咫尺。近距离作战,枪支的作用远没有大刀来得快捷。战士们被砍得死的死、伤的伤。有一部分战士还在睡梦中就被砍死了,有一部分落到水里,保住了性命。这一场突如其来的事件,造成了十八人牺牲,三十三人受伤,这个血海深仇一定要报。

"为什么大刀会要袭击新四军?"任怀刚问道,"你们跟他们有什么过节儿吗?"

"我们新四军一向为百姓打鬼子,没有与大刀会结下梁子。"茅定毓说,"据村民们说,大刀会就是当地的地头蛇,谁到了他们的地盘,他们就干谁。"

"那你们到梅坝阻击鬼子的消息,怎么被大刀会知道的?"东方箭忍不住,向茅定毓询问道,"而且你们在梅坝也应该有人值岗,那一天是谁在值岗?"

上次被游击队员查出十元钱时,东方箭的脑海里就对那个叫铁柱的人有了深刻的印象。那天,铁柱的眼睛一直盯着竹筒,眼光像铆在了上面。是不是他透露了消息,大刀会才派人去康家抢劫?

经东方箭一提醒,茅定毓有了思路。当天值岗的是两个人:玉锁与铁柱。玉锁当时内急,便蹲到旁边的草丛里,猛然间,一重物砸在头上,他哼都没来得及哼一声,就瘫倒在地。战斗结束后,队员们找到他,他还光着屁股。铁柱自述,他正在岗哨位置上,猛然被一重物击打而晕厥过去。被救时,他歪在玉锁的身上。他额头上有一块瘀青,身上的衣服却干干净净,没有一丝泥土灰尘。

当晚,茅定毓发布了紧急命令,定于明天一早杀到梅坝除掉大刀会,为死去的将士报仇。因为事发突然,内奸肯定会在今晚传递信息的。藏在丁店后山的任怀刚等三人果然在半夜抓住了内奸铁柱。原来,茅定毓和任怀刚他们经过商议,决定设下一个计策,引蛇出洞,果然铁柱现了形。经审问,他们知道了大刀会的老巢在梅坝的西南面梅溪庄。新四军趁夜色急行,在天亮以前包围了梅溪庄,消灭了大刀会的大部分成员,只可惜让大刀会的匪首孙八斤给跑了。

东方箭这一次凤凰山之行,收获满满。与康恋春的婚事得到了老太太的认可,还帮助新四军找出了内奸,为新四军、老百姓清除了一个毒瘤。唯一遗憾的是让孙八斤逃跑了,这是东方箭的一个心结。

凤河两岸水网密集,圩口众多。这里土地肥沃,盛产水稻、小麦、油菜等粮油作物,水产品有鱼鳖虾蟹之类的,是著名的"鱼米之乡"。再往凤河深处就是凤凰山脉,丘壑连绵,松竹相依。日寇曾多次来凤河周边骚扰,结果总是惨败而归。再加上这里不是通向大中城市的关键通道,所以日寇放弃了在这里驻扎的想法,依靠伪政府的伪保长进行管辖。每到收获的季节,会派出队伍前来"维持治安"。

豆麦飘香的时节,布谷鸟声声催促——"布谷布谷,割麦插禾"。在乡村的这个季节里,油菜籽已经收了,送往油坊压榨出新鲜的香油来,香飘十里。蚕豆、豌豆粒粒饱满,煮着吃、炒着吃,口口生香。天气晴好,麦子割倒,打场,晾晒后,送往面粉厂,带回来白雪般的面粉,做成香气扑鼻的馒头、包子、饺子,整个村子都卧在香气里。

日伪军的鼻子极其灵敏,他们早就嗅到了这诱人的香味,便要求乡保安队每天下乡去"维持治安"。所谓的维持治安,就是在乡公所"维持会"的人上门抢夺乡民的粮食时,保安队对乡民的反抗进行镇压。而保安队的队员都是本乡的人,难免遇到被抢夺的人是自家亲戚。他们被乡民骂成"汉奸""畜生",还不敢回嘴,因为骂人的人有可能就是他们的姨或舅。但是,只要他们穿上了那身"黑皮",就得听日伪军的指挥。

保安队队员们心里憋屈,保安队队长龙兴雨也心知肚明。任怀刚也看得明白,认为这是绝好的机会,于是他来到了保安队找龙兴雨。

任怀刚见到愁眉苦脸的龙兴雨,笑着说:"大队长,丰收时节,你们保安队又肥了呀!"其实,任怀刚是话里有话,讽刺挖苦他们抢夺了老百姓不少财物。

龙兴雨苦笑道:"每天做这个被人戳脊梁骨的事,我已经做够了。"

龙兴雨之所以能够毫无顾忌地与任怀刚说话,是因为任怀刚曾经救过龙兴雨家那一对落水的宝贝儿子。因为这份救命之恩,龙兴雨常常请任怀刚来家中喝酒叙情,故而,他们之间友情甚笃,已经达到了无话不谈的地步。

"是的,人在做,天在看!"任怀刚开始做龙兴雨的思想工作,"天作孽,犹可违;自作孽,不可活。日本的战线从中国、朝鲜,一直延伸到东南亚各国。日本鬼子战线拉长,兵力有限,疲于奔命,难以应对。几年前,它又袭击美国的珍珠港,多了一个敌对国,这是作死的节奏。今年4月,美国对日本发动了冲绳战役,80天就向冲绳投放了30多万吨的弹药,平均到每个驻冲绳的日军头上就有3吨多的弹药。都说日本兵是宁可剖腹自杀也不投降,但是那里有近万名日军当了俘虏,据说其中有8000多是被炮火摧毁了意志,主动投降的……他们的'尾巴'长不了了。"

"他们现在大肆搜刮,就是为了达到本地物资给养本地日伪军的目的。"龙兴雨无力地说,脸上的刀疤越发灰暗了。

"那我们就要断掉本地的物资给养链,让鬼子在这里无法安身。"任怀刚斩钉截铁地说,"不做他们的走狗,不为他们卖命,免得背上'汉奸'的骂名,要不然将来都会被清算的。"

"那我该怎么办?"龙兴雨挠着头皮,忐忑不安地说。脸上的刀疤一跳一跳的,似乎它想要挣脱脸皮而远遁。

任怀刚认为时机已经成熟,遂抛出自己的观点:"投靠新四军,用工农革命的武装对抗日伪军的武装。"

楚埠一带最知名的人物是皮三绝,人称"三开分子",又叫"三面红"。他既和国民党有联系,又和共产党有来往,还和鬼子、汉奸打得火热。东方箭不止一次看到皮三绝亲自护送各种货物过岗哨。不管你有多少,也不管你挑的是什么货,不管你从什么地方来,到什么地方去,只要由他护送到岗哨,打个招呼就过去了。途中经过新四军游击队控制的地盘,或者到国统区管辖的范围,他都能一路到底,畅通无阻。据说,皮三绝没工夫带队的时候,只要派人打个招呼,也照样通过。有一次,东方箭亲眼看到国民党52师部队的几个化了装的干部,他们身穿长大褂,脚蹬皮鞋,鼻梁上架着一副墨镜,还带了几个挑夫挑着货。皮三绝到岗上对伪警说:"这几位是上海来的朋友,那边的,让他们过去。"那边,是指国统区。就这样,他们大摇大摆地、顺顺当当地过去了。到了河那边,就是国统区和游击队控制的地区了。那时正处于国共合作时期,各种物资三方各有所需,而国民党又对日伪暗送秋波,私下互相勾结,利用皮三绝这种人牵线搭桥,也就很正常了,因此造就了皮三绝这样"三面红"的人物。当然,货主会给他一些好处来打通关节也是无疑的。

任怀刚、花千树、司成虎等人在东方箭家开碰头会。东方箭一般在外望风,不去听他们开会的内容。这一天,正好东方霆没喝酒,头脑清醒,便代替东方箭在渡口守一会儿摊子,望望风。东方箭去帮着烧点开水,给大家续续水。偶然间,他听任怀刚叹息道:"这次运送的物资是前线急需的,所以我们必须确保安然无恙。只是,我找了皮三绝,他狮子大开口,说物资越珍贵,他所承担的责任越重,要求收取的报酬越高。"

"这次要多少?"司成虎问道。

"他要成本的30%,黑了心的!"任怀刚捏了一下拳头,重重地砸在桌子上,水杯在桌面上跳动了两下。

"简直是强盗!"花千树眼里冒火,牙关紧咬,像是要咬住皮三绝。

大家都不吱声,因为大家都想不到还能有谁比皮三绝更安全、更便宜。

东方箭见大家都没了主意,便试探性问道:"能让我去试试吗?"

"你能干什么?"花千树、司成虎几乎是异口同声地反问道。

"你有什么好主意?"任怀刚制止了两人,鼓励东方箭说,"你可以说来听听。"

在得到任怀刚的允许后,东方箭说自己可以找金师娘,让她帮忙开路条。

东方箭去找金师娘,心中是有底气的。那一年大雪覆盖整个江南大地,天气奇冷,凤河上结了厚厚的冰。人们来往两岸,就从冰面上过。金家儿子金满堂依仗自己学过几天拳脚,想在孩子们面前表现一下自己的功夫,在冰面上逞能翻筋斗。翻着翻着,"咔嚓"一声,他像一颗炮弹一样,一头扎进了冰窟窿里。在一旁看呆的孩子们像被捅的蜂窝一下子炸开了,大声哭喊:"金满堂落水了! 金满堂落水了! ……"在码头、岗哨上的"黑皮"鬼子、黄皮鬼子听到了孩子们的呼救,只当是一阵风吹过,并不在意。而东方箭听到呼喊声后,忍着老寒腿的剧痛,一瘸一拐地小跑起来。多年来,他在风霜雨雪中站渡口,两条腿被冻坏了,一到天冷,就感觉格外疼痛。他快速奔向了那个窟窿,一头扎进去,摸了一阵没有摸到,冒出水面换了一口气,再下水去摸。最终,东方箭将昏迷的金满堂托出了水面。这时,"黑皮"鬼子和"黄皮"鬼子才陆续聚拢过来,有好几个人伸手去拉金满堂。然后,他们一溜烟地将金满堂送到了医院。而东方箭慢慢爬上了冰面,自己走回了家,换了衣服,在床上抖了很长时间,身体里才有了一些热气。此后,金师娘对东方箭特别好,多次送来人参、燕窝等补品。东方箭一点没有吃,那些补品都被东方霆泡酒喝了。

这次,东方箭上门来求金师娘。她二话没说,就去金会长的书房,找来空白路条,盖上金鸡鸣的大印,交给东方箭,东方箭再把路条交给任怀刚。

凭着路条,任怀刚带着几个挑夫挑着满满几担货物大摇大摆地经过岗哨。站岗的鬼子看到路条,望都没望一眼货物,就放行了。

第十八章

1945年8月中旬,是中国人民值得欢庆的日子。听说日本鬼子投降了,全国各地都沸腾了,大家欢呼雀跃,爆竹齐鸣,载歌载舞。背上少了一重压迫的人们高兴极了。

小日本吃了两颗原子弹之后,乖乖地举起了投降之旗。至此,德意日轴心国彻底垮台了,反法西斯战争终于取得了彻底胜利。日寇对中国人民犯下难以饶恕的滔天罪行罄竹难书。东条英机们走上绞刑架是罪有应得、咎由自取。这是第二次世界大战反法西斯同盟国的伟大胜利,怎不叫人纵情欢呼、热烈庆祝呢?

这个大好消息,由于信息不灵通,楚埠的一般老百姓还不知道,不过有些异样的迹象、氛围已经很快显示出来了。

东方箭那天出摊,发现鬼子的岗哨忽然撤了,也不在街上巡逻了。东方箭心里就很纳闷,接下来他发现,上街的鬼子也不那么神气了。东方箭想,难道是鬼子良心发现,自觉收敛了?午间回家吃饭,东方箭与康恋春说起日本鬼子的表现,康恋春让东方箭不要瞎操心,把自己的生意做好就行了。

又一天上午,鬼子到渡口准备过河。渡船刚刚撑离码头,要是在以前,艄公必须掉头接上鬼子,否则鬼子会开枪扫射的,老百姓也不敢反抗。而今,艄公当作没听见,依旧摇着橹向河西渡口去,任鬼子怎么喊也没有人理睬他。老百姓望着鬼子焦急的样子,都呵呵地笑。鬼子只好乖乖地等待下一趟了。看来,鬼子也是有耐心的,不像原先人们所见的那般暴躁、急不可耐。

听令荣华说,鬼子到伪镇公所派夫子,连伪军也不买他们的账了。鬼子一个夫子也没派到,只好灰溜溜地走了。老百姓发现鬼子竟然没有携带武器就出军营,也算是破天荒了。

东方箭的生意竟然在某天变得特别好做。早晨,刚出摊,就有人要求买下他所有的零食。东方箭以为这一人家要办喜事,要用的零食多,也没有在意,便挑着空担子回家,让康恋春和爹赶快协助自己炒花生米、瓜子等,自己忙着装糕点、红枣、茶干等。一家人很高兴地忙碌着,卖出去的货物至少能挣到一两元钱。还没到晌午,他再一次将摊位摆在了码头,有几个老客户来买他的物品,都不是一角两角的小生意,全都是五元、十元地购买。

东方箭好奇地问他们:"以前没见过你们舍得吃这么多钱的零食,今天怎么特别舍得?发大财啦?"

"你家货真价实,童叟无欺。"对方没有直接回答他,而是拣好听的话回应他。

东方箭以为他们是在赞赏自己为人地道,做生意也地道,还得意地说:"那是,我可是在这里做了好多年的生意了,一直货真价实,童叟无欺。"

大家买好了东西,提着大包小包回去了。还没到吃午饭的时间,东方箭的第二批物品就卖完了。他准备吃过午饭再去备齐今天的第三批物品。这可是他结婚以来生意最好的一天,看来真的是喜气能够改变家运。他在心里自鸣得意。吃午饭的时候,他还一个劲地夸康恋春炒的花生、瓜子好,销量猛增。一家人听说他生意好,都很高兴,饭吃起来都比往常香。

可是等到东方箭带着跟平时一样多的钞票到商行里去补货的时候才发现,每一样物品价格都是原先的几倍,甚至十几倍。一样的钞票,原来能够买到一个星期的货,现在半天的货都买不到。东方箭这才反应过来,怪不得今天这些买零食的人像是在抢似的买他的东西,原来因为实在是太便宜了。商行的老板告诉东方箭,东西的价格每天都在涨。因为日本鬼子投降了,新法币不值钱了,大家都在把新法币兑换成实物。家里有钞票的,赶紧去买东西吧。东方箭跑着回去,告诉家人新法币不值钱的事。一面让康恋春去两个姐姐家告诉她们赶紧把钞票用出去,换成东西放在家里比什么都好;一面拿出家中所有的钞票,去商行买东西。然而商行却限制购买了,说现在卖出一样东西就是损失。谁抓着这些钞票,就是抓着废纸。

因为进货量很小,加上每天货源都在涨价,卖一天,等于亏一天。所以,东方箭也停止了做小生意,准备等待物价稳定之后再说。

这几天,鬼子的营房内火光冲天,连续烧了几天。南风吹拂,整个楚埠都被烟尘所笼罩。正好东方箭的夜咳病犯了,整夜咳。康恋春急得没有办法,只好陪他坐着,一会儿给他捶背,一会儿为他倒热水。两人说好了天明就去看医生,结果天一亮,他又不咳了。他舍不得钱,对康恋春说:"我这不是好了吗?"听不到他咳一声,康恋春也就不再坚持去看医生。谁知道,到了半夜,咳嗽又缠上了东方箭。东方霆认为,这是房子不吉利,对东方箭说准备将房子卖出去。之前,东方霆从薛半仙那里得到了改化的方式,是在朝凤河方向的大门前砌一面照壁挡住煞神,门头上镶照妖镜、插三叉钉阻止煞神,照壁、照妖镜、三叉钉好像发挥了一阵子作用。然而,这阵子煞神又落户在这座房子里了。东方霆动了卖房的念头,就开始疑神疑鬼起来。

听任怀刚说,鬼子除了按规定应交出的武器弹药外,其他不需要的,或者带不走的东西,全部烧掉,绝不留给中国人。鬼子的这些东西,都是从中国人民手中掠夺的,眼看着中国人缺衣少食,他们宁肯烧掉,也不拿出来分给需要的人。这些丧尽天良的鬼子!东方箭在心里诅咒着鬼子。

这个阶段日寇在待命遣返,不敢轻举妄动。按规定或者按理说,日本天皇既然宣布了无条件投降,那我们中国军队就应该理直气壮地接管他们。然而,国民党军52师派来的一部分军队却坐在河西岸不动,不知是等待命令还是不敢过河。待了很长时间后,萧将率领了一小批人过河来了,萧将现在是国民党军队的连长了。他们在街上转了一圈,没有遇着日军抵抗,之后朝天开枪,像放双响一样,"噼里啪啦"一阵响。东方箭不明白他们打那一阵子枪,是表示庆祝,还是表示震慑,是庆祝他们收复了失地,还是对躲在军营里的鬼子进行震慑,只有国民党军们自己知道。然后,东方箭看见停在河西的军队才陆续渡河过来。看来,河东的军人打枪是发信号给对岸的军人,他们可以放心过河了。

老百姓看到这种情况才算明白了,鬼子真的投降了。国民党军52师进驻鬼子营地,收缴了鬼子全部的武器弹药。日本兵排着队走向楚埠车站,前、后、中间都有荷枪实弹的中国士兵押送。八年前,这一幕应该是相反的。谁也没想到,原先趾高气扬的鬼子,而今成了被押送遣返的俘虏。

日寇投降以后,蒋介石下令将战俘全部遣返。那时,楚埠街道的墙上到处贴着反对遣返战俘的宣传单,要求就地枪决战俘。不知是怎么回事,国民党政府没有回应。而且,墙上的宣传单一夜间全部被国民党军队的军人揭下。这事也就没人敢再提了。

东方箭是坚决拥护宣传单上内容的,因为他受害太深,他一家不远千里逃难至江南,叔叔东方旭被日本鬼子炸断腿,四姐东方汝菊被炸死,奶奶、娘间接死于日本人之手,三姐东方汝竹被糟蹋……如此血海深仇,东方箭恨不得把他们全部杀光。张贴标语是任怀刚带领东方箭他们做的。标语被撕后,任怀刚告诫东方箭他们,现在还是国共合作的阶段,不能与国民政府、国军产生新的矛盾。我们且看他们怎么做,再等等新的指示。所以东方箭只有将那强烈希望枪毙日寇的呼声深深地埋在心底。

东方箭虽不相信世事轮回的宿命,但从自己经历中悟出了一个道理:世上自有公道,得势之时不要猖狂过分,终有山穷水尽报应时;失势之时也不必沮丧悲观,终有拨云见日之时。

第十九章

当万年街上的第一缕桂花香钻入人们鼻子的时候,糕饼店里也飘出了同样的桂花香味。太阳失去了之前的炽热,变得柔和起来,被阳光照耀的万物似乎在一夜间成熟起来了。果子的香味一天比一天浓醇,叶子的颜色一天比一天厚重,人的心情也变得一天比一天更有激情。

人们在镇公所前面搭了一个舞台,舞台上拉着横幅。广场的四周插满了五颜六色的道旗,许多人举着五颜六色的三角旗来到这里。不认识字的人以为又是要组织大家听戏。识字的人告诉他们,这是要公审汉奸。东方箭一家人也来到了镇公所广场,看到"楚埠镇公审汉奸大会"的横幅,知道一直以来横行霸道、为虎作伥的汉奸的好日子到头了。

"乡亲们,日本人占我国土,掠我资源,欺我百姓,我们同仇敌忾,众志成城,齐心协力,最终打败了他们,把他们打回了老家。"萧将穿戴整齐,全副武装地站在舞台的中央,用扩音喇叭向楚埠镇的老百姓喊道,"日本人可恶,他们烧杀抢掠,无恶不作。但是,比日本人更可恶的是汉奸。他们帮着日本人欺压百姓,欺男霸女,坏事做绝。他们以为日本人是他们的靠山,甘当走狗就可以为所欲为,残害同胞。我们今天在这里公审汉奸,就是为了让大家有仇的报仇,有冤的申冤。"

"打倒汉奸！打倒走狗！"义愤填膺的百姓掀起了一阵阵声浪，"严惩汉奸！枪毙汉奸！"

等百姓喊完了口号，萧将摆摆手让大家安静下来，说："把他们带上来。"几个军人押着双手被绑在后面的几个汉奸上了台，他们胸前挂着一块硬纸板，上面写了几个黑色的字——"汉奸×××"，黑字上压着一个大大的红色的×。他们都低着头，不敢看人。平时在办公室里两腿跷在桌子上、在街上趾高气扬的金鸡鸣、皮三绝……他们今天像泄了气的皮球一样耷拉着肩膀；平时口若悬河极力为鬼子服务的皮千钧、胡多耀……今天嘴巴像被缝上了无形的线线，紧闭着，一言不发；平时穿金戴银，穿旗袍、高跟鞋，拎坤包的皮裘氏、金师娘也被绑着，他们的两条腿直哆嗦……金鸡鸣的儿子金满堂泪水挂在脸颊上，身体紧紧地贴在金师娘身边，手紧紧地抓着她的手。一名国民党士兵走过来，要强行拉开金满堂。金满堂瞪着他，死死地不肯松手。两人形成了对峙状态。萧将看到了这场景，对士兵说："松开他，不要为难孩子！"

"下面公审开始，是苦主的一条一条地说。"萧将面对众人，鼓励大家上台来揭发，"你们不要怕，日本鬼子都滚回小岛去了，汉奸们的靠山倒了，你们不要怕。只要是苦主，就上来揭发，我为你们做主！"

他的话音刚落，就见侯三跳了上去，对着金鸡鸣先是扇了两个耳光，用手指着他说："你这个丧尽天良的狗腿子！我老婆在禹王宫里仅仅是端茶递菜的服务员，你为了讨好日本主子，让她趴在地上学狗爬、学狗叫……"说到悲愤处，他泣不成声，"她没回家……直接就跳了凤河……可怜我小儿，从那时起……就没了妈……"

人们听了候三的哭诉,向台上扔石头、泥块、菜叶,去砸金鸡鸣,义愤填膺地喊着:"打死他,枪毙他……"

"我来说说葫芦瓢,"还没等候三下来,彭四就登上了台,一脚踹在胡多耀的胸口,胡多耀一屁股坐在地上不得起来,彭四不管不顾,只管对着大伙儿说,"这个葫芦瓢,坏到狗都不吃。一次鬼子来逼派夫子,明明他知道我家儿子未成年,非要对鬼子说我儿子只是个子矮,其实已经成年了。鬼子认为我家撒谎,一枪托剾在我儿子背上,至今我儿子还瘫痪在床上……可怜我儿子,将来怎么生活……"彭四"呜呜"地哭着,停不下来。萧将让他先下去,说:"等会儿,有冤报冤,有仇报仇。你先下去,让别人接着控诉他们。"彭四只好抹了一下眼泪,回头又踹了葫芦瓢一脚,下去了。

莫五拖着瘸腿,扶着栏杆上了台,指着皮三绝就骂道:"你这个绝三代的畜生!我女儿萱儿才十三岁的人呢,就被你骗去,说只要做做轻松的事情,就可以抵两三个人的劳工。我女儿心疼我,知道我腿不行,便答应了跟你走。哪知道你把她骗到了你家,陪鬼子喝酒……酒后,被好几个鬼子糟蹋了……晚上回来,她走不了路,你找了两个民夫把她抬回来,说是萱儿不小心摔了一跤……后来,我才知道原来是……萱儿觉得没法见人,我就把她送到乡下姑子家去了……你这个遭天杀的……"

一直在听台上人控诉汉奸恶行的汝竹,两行泪早落到了前襟上,原来自己遭遇的事情别人也遭遇过。她不敢想象过去的画面,只要一想到,就感觉自己如同被当众扒光了,周围的人眼睛都盯着自己……她默默地从人群中走开,不能再听下去,再听下去,自己就要崩溃了。她抱着头,捂住耳朵,不让一个字蹦进耳朵。其实,人们的眼睛都盯着台上,不断听着有人上台诉说,有些事情他们还是头一次听说,他们哪顾得上台下的汝竹?

"大家说得都很好,把自己的苦水都倒出来了。"萧将见好几十人都说了被抓上台的汉奸干出的没有人性的事,就是没人说台上的那两个女人,便引导大家,"现在你们再说说皮裘氏、田月娥。"

东方箭这才看到金师娘的胸前写着"田月娥"三个字,田月娥原来就是金师娘。她可是一个好人啊!于是,东方箭跳上台,刚想开口,台下有人喊:"东方箭也是汉奸,整天跟日本鬼子混在一起。他的两个姐夫都干过伪警察,也是汉奸,要一起打倒。"

"要说东方箭是汉奸,我不同意。"萧将义正词严地对台下的人说,"他与小鬼子周旋,纯粹是为了帮助两岸的百姓。你们中许多人都得到过他帮助的。半夜里,去喊鬼子拉开栅栏让你们过河,他自己的腿却冻坏了,这样的人怎么可能是汉奸?"

"是的,东方箭不是汉奸!"有人在人群中大声说道。

"可是伪警察花千树、令荣华算不算汉奸?他们是汉奸金鸡鸣的帮凶,是日本人的狗腿子。"一个人再次提到东方箭的两个姐夫的事。

"我认为铁杆的伪警察肯定是汉奸,"萧将顿了一下,说道,"但是'反正'的伪警察,不能算作汉奸。只要他们悔过,没有做过恶,而且能够及时回头的都不算汉奸。我们在改编这些伪警察的时候,首恶必须严惩,骨干分子也严惩,其他人员视情况处理。你们所说的这两人,他们的情况我都听说了,两个人当时都是被逼当了伪警察的,而且他们都敢于和鬼子斗争。他们痛打鬼子、汉奸的事,你们不是不知道,所以他们不但不能算作汉奸,而且还是我们的英雄。"

那两个提出花千树、令荣华是"汉奸"的人,听军队领导这样一说,也就无话可说了。

萧将把扩音器递给东方箭。东方箭接过扩音喇叭,向萧将说了声"谢谢"之后,便对着大家说:"萧长官让我们说说这两个女人,我就说说我的看法。我认为皮裘氏应该看作汉奸。皮三绝将莫萱儿骗到家陪日本人喝酒,皮裘氏在家招待日本人,日本人在她家里糟蹋姑娘,她不可能不知道这种伤天害理的事。在自己家里发生的事,你阻止不了日本人,难道还阻止不了自家家人?听说,皮千钧、皮三绝俩都参与了糟蹋莫萱儿。这说明她就是帮凶之一。下面,我再说说金师娘,不,说说田月娥。"

康恋春一听丈夫东方箭在说金师娘,心"扑通、扑通"地乱跳,她知道金师娘的为人很好。

其实,不仅是康恋春担心东方箭乱说,东方霆以及他的两个女儿女婿也都担心他说错了,金师娘对东方家是有恩的呀!他们只能干着急而没办法,因为东方箭在台上,箭在弦上,是无法阻止的了。他们屏住呼吸,竖起耳朵来听。

"我认为田月娥不能当作汉奸来对待。"东方箭首先说明了自己的观点,他一说出来,东方一家都松了一口气,只听他接着说,"金鸡鸣甘愿做鬼子的狗腿子,为虎作伥,作恶多端,不但自己糟蹋几十名良家妇女,而且还将几十名良家妇女送入鬼子的虎口。他不但帮着鬼子搜刮民脂民膏,而且自己还从中获利。而田月娥就不一样了,她与人为善,与人方便。我就知道几件事:赵六家的孩子生病了,没钱看,快要死了,被她撞见,她把孩子送到医院,还垫付了医药费;钱七家的女孩要卖身葬父,她认她为干女儿,出钱出力帮她葬了父亲;黎九被日本人殴打,她看到了,说是自己的亲戚,将其救下……她与金鸡鸣不同,所以我认为她不能被看作汉奸。"

听完了他的讲话,台下好几个人说:"东方箭说得对,这几件事我们都知道。我们支持东方箭的观点,不能把田月娥当作汉奸!"

"是的,不能看作汉奸!"更多的人附和起来。

汝竹一路小跑,往家赶。

转过自家大门前的照壁,她猛然看到家中的门是敞开的。她与爹走的时候,明明门是锁着的,怎么弄开了?难道有人先回来了?

"爹!"汝竹试探地在门口喊了一声,里面没人应声,她以为一定是自己记错了,门没锁好就急着去镇公所了。她刚走进门,一把刀就架在了脖子上,一个戴着面罩的人压低声音喝道:"不要喊!喊,我就动刀子!"她看到那人是红头发,再听声音,就判断出他是孙八斤。她只好瞪大惊恐的眼,一动不动。另一个戴着面罩的人说:"八爷,就她一个。我来办。"那人说完,就开始动手捉汝竹的手,要将她捆起来。说时迟,那时快,一只狗飞奔进门,跳起来咬住了孙八斤持刀的胳膊。"当啷"一声,刀落地了。原来是"奸臣"紧跟在汝竹后面,看到了她有危险,过来救她。

孙八斤听说今天要公审汉奸,知道楚埠街上人喜欢看热闹,届时肯定人都聚集到镇公所去了,十户十空,自己公然入户,找一些自己需要的物资,来补充一下之前被新四军围剿所造成的损失。他也听说,东方家娶了新娘,家中一定有值钱的东西。最起码新娘家陪嫁的那一只箱子一定是聚宝箱,把它提溜回凤凰山,就是赚了。于是他便带上随从潜伏在街道外,等大家都集中到广场了,才溜进东方家。东方家门前的照壁正好挡住了人们的视线,大大方便了孙八斤,他可以放心大胆地搜罗。这不,刚刚找到那只陪嫁的箱子,这个娘儿们就进门了。对付一个娘儿们,他还绰绰有余。但真是出鬼了,正要下手,这又来了一条狗。

汝竹大声叫喊起来:"救命啊!救命啊!"声音虽然很大,但是镇公所那"打死他,枪毙他"的声音更大。所以,她的声音是传不到镇公所那边的,就像当年她们被鬼子掳去关在仓库里,求救声是传不到外面去的。"奸臣"松开孙八斤,又去咬另一个蒙面人。两人见占不到便宜了,赶紧提着康恋春家陪嫁的那只装着贵重嫁妆的箱子往河边跑。

两个男人一条线跑,不一会儿就会被狗追上。孙八斤提议分开跑。他以为分开跑,狗会不知道撵哪一个。"奸臣"很聪明,它只撵那个提溜着箱子的人。本来提溜着箱子就跑不快,加上有狗在后面撵,就更加心慌了。"奸臣"扑上去,咬住了孙八斤的腿,他在跌倒之前,使劲将手中的箱子扔了出去。"咣当"一声,箱子一角落地,一块漆被蹭掉,露出了原木的本色。另一个匪徒跑过来,提着箱子就跑。"奸臣"放下了孙八斤,又去追那人。孙八斤一瘸一拐,不敢恋战,向河中扑去。另一个匪徒得到启示,也向河边跑去。"奸臣"再一次追上他,咬住他的腿。他疼得扔出了箱子。"奸臣"丢下他,扑向箱子。与此同时,孙八斤也扑向了箱子。他认为,在水中,狗不一定是他的对手。哪知这狗向他直扑过去,吓得他赶紧潜入水中。狗衔住了箱子的把手,四脚踩着水,将箱子朝岸边推。这时,一股股殷红的血从"奸臣"的胯下向外蔓延,染红了它的周边。但它没有停止向岸边推进的脚步,终于将箱子推到了岸边。原来孙八斤见水面上斗不过狗,便改为水下进攻,用刀子一直在捅狗的腹部,想阻止它向岸边靠近。

"抓土匪,抓土匪!"汝竹一直在喊。终于,公审大会结束了,一部分人听到有土匪来,刚刚打完汉奸,这里又来了土匪,这还了得!一窝蜂都过来了。孙八斤看到人们拥过来,与另一个匪徒掉转身向河西划去。

"奸臣"因失血过多,昏倒在河滩上。东方箭奔来之后,抱着它像抱着一个孩子,用手按住它的伤口,希望血不要再流了。"奸臣"感觉到了温暖,睁开了眼,瞪得大大的……最终,它闭上了眼,眼角滑出一串泪珠。东方箭大声喊:"奸臣,奸臣……山猫,山猫……"回应他的只有凤河的呜咽、杨柳的震颤、乌云的阴郁。

萧将让人将恶行轻一点的几十个汉奸用绳子绑着,一条线牵着游街。

罪大恶极的几个汉奸被拉到了北面的小山坳里枪毙了。金家财产被抄没充公,金师娘田月娥带着儿子金满堂回了凤凰山娘家。

东方霆下定决心要卖掉这间房子。他认为这间房子盖了三次,用尽了家中所有的积蓄。最主要的,还是女儿汝竹在这里得了重病。

东方霆相信偏方能够治大病,曾带汝竹去找住在汤家庄的康定家医生,请他看看这孩子的病如何才能治好。

东方霆从凤凰山回来,就开始在渡口张贴卖房子的告示。最终,他如愿以偿地卖掉了房子。

"呜——"一声清脆、响亮的汽笛声撕开了黎明前的寂静,一列火车"哐当、哐当……"迈着强健有力的脚步,向北驶去。东方的太阳刚刚探出头,第一缕阳光便照在了江南广袤的大地上,照在了这列奔向光明的火车上,照在了去寻找幸福未来的乘客心里。

火车从楚埠始发,车上的座位没有坐满。东方箭与两个姐夫花千树、令荣华坐在东面靠窗口的地方看着窗外。他们每个人脚边都有一只箱子。东方箭脚边的那只新箱子是康恋春的陪嫁之一,有一拐角的漆脱落,裸出了原木本色——那是被孙八斤摔坏的。

路边的黑色电线杆快速向车后飞去,让人目眩。远望,可以减轻眼睛的压力。一条条清澈的河流将田地分割成许多不规则的形状,像一位裁剪大师在为大地制作一件五彩的衣裳。发黄的棉花叶中一朵朵洁白的棉花似星星闪耀,金色的稻浪送来阵阵稻香,金黄的向日葵捧着一张张笑脸面对阳光,朴实的高粱红了脸低头向大地表白……眼前全是一抹抹暖色调,正如人们抗战胜利后喜悦的心情。

西面靠窗口的康恋春和两个姐姐汝梅、汝兰逗着花昭亭玩。"一二三四五,上山打老虎。老虎不在家,碰到王大妈。王大妈数一数,一二三四五……"康恋春歪着头掰着手指头教着花昭亭念儿歌。花昭亭乐意跟舅妈康恋春学着唱儿歌玩,他俩嘻嘻哈哈的笑声迅速弥漫了整个车厢。东方箭他们也不时将头扭过来看花昭亭。

"花昭亭有六七岁了吧?"康恋春问大姐汝梅道,"到了读书的年纪了。"说到这里,她想起了娘在南京教书,她与东方箭同学时期的一些事,脸上不自觉地浮现了红晕。

"鬼子一投降,估计世道能够稳定下来。只要学校开办,我们就送他去读书。不读书,将来怎么生存?"汝梅从自身经历知道,在这个世道,不管是乱世,还是和平年代,能够读点书的都能够找到生存之道。康家的老大康定国、老三康定邦之所以能够有个比较轻松、体面的职业,就因为读的书多。而老二康定家因为读书少,干什么都不上路,还抽鸦片……

"到了鸠城,肯定有学校开办的。"康恋春打断了汝梅的思路,安慰道,"鸠城是江南这一带的大城市,肯定会很快走上正轨的。"

"别光说我家昭亭呀,"汝梅转移了话题,对汝兰、康恋春说,"你们两个得加把劲,给昭亭生两个弟弟妹妹来,不然他还没有玩伴呢!"

汝兰、康恋春立即红了脸,低声说:"这事,急不得……"

三个女人捂着嘴笑得弯了腰,花昭亭瞪大眼看着她们,被她们笑得直翻白眼,非要拉着康恋春,让她教他唱儿歌。于是,康恋春就教他绕口令:"一二三四五六七,七六五四三二一。七个阿姨摘水果,七个篮子手中提,七种水果摆七样。苹果桃子石榴柿子、李子栗子梨……"花昭亭跟在她后面一句一句地念,几遍以后,竟然能够与舅妈拍着手对上词了。"咯咯"的笑声填满了车厢。

因为花千树、令荣华他们两家也准备到大城市去发展,而且他们都是有手艺的人,去那更能找到适合他们的事情,于是,他们也卖掉了房子一道去鸠城。

三家的东西太多,要一节车厢才能装得下。要包一节车厢也太贵了,所以家具等东西全部走凤河水路抵达鸠城的东门。

汝竹不喜欢人多,便与爹东方霆一道坐船运家具。其他人则坐车。东方箭他们上午就能到鸠城,将租好的住房收拾好,等待下午才能到达码头的爹和三姐。

第二十章

没有爆竹热烈的脆响,没有竹竿节节高的寓意,没有亲友送来的祝福,东方家又一次搬家了。日本人侵略中国的这十四年,是东方家颠沛流离的十四年。东方箭已不记得这是第多少次搬家了,好在而今搬到了鸠城,希望这能是最后的"家"。

父子俩租赁了两间门脸房,选择在东门济川大桥西头南侧。这里来往的人流量比较大,估计生意比较好做。为了让两间门脸房发挥更大效益,他们在两间房屋的后面搭建了两间茅草披厦。对于搭建房屋,家里有大师傅令荣华,其他人也多次参与搭建房屋,基本上都是行家里手。两天时间完工,第三天早晨"正宗北方老面馒头店"再次面世。因为一家人有过在十字街开店的经验,所以一切井井有条。店名是康恋春书写的,她的字比东方箭的要娟秀、流畅得多。

一条案板、两架煤炉、三口铁锅、四张木桌、五套蒸笼,就是全部的家当。开店所需物品到位,按照一般馒头店的布局摆放。不需要刻意设计,重在方便自家人操作,方便客人就餐。自家人看看能开张了,一挂小爆竹点燃,"噼里啪啦"一炸,周边人探出头看看,知道这里开了一家馒头店就行了。家里四个人,四个人都是员工。他们各有分工:东方霆负责做馒头、包子,汝竹负责擀面、包饺子,康恋春负责煮饺子、下面,东方箭负责在门口售卖、收钱。

为了给新开张的馒头店撑门面,住在菜市场附近的花千树一家三口、令荣华夫妇每天一大早赶过来装模作样地坐在桌子旁慢慢品尝。人不多的时候,他们稳稳地坐在那里,点东西慢慢品;客人多的时候,他们就充当服务员,端汤碗、送包子之类的,还真像那么回事。也许是因为新开张的店,也许是因为有四个年轻的女人在店里,前来吃面食的人比较多,坐在那里谈天说地,好不热闹!如此一来生意还算能够应付。

后来,客源渐渐稳定了,花千树、令荣华两人来得少一些。花千树每天在屠宰场屠宰牲口,有时候菜市场的摊位上忙不过来,他还要去那个摊位上帮着卖。令荣华一开始也帮着花千树屠宰牲口,后来看到了鸠城治安大队在招收警察,便报名参加,竟然被录用了。一到时间,令荣华必须去治安大队点卯。

汝梅将家务弄好,便带着花昭亭来馒头店帮忙。汝兰通常比汝梅要早一点到。俗语说"人多好做田",人多,事情就做得快。一家人在一起说说笑笑,做起事来既轻松,又快捷。汝竹的情绪波动比较大。东方霆看在眼里,急在心里。一般在人不多的情况下,东方霆会带汝竹出去一阵子,大家也不好问去了哪里。东方霆比较相信算命先生,或许去了薛半仙那儿。算命这玩意,你信则有,不信则无。所以,看穿不说穿,这是一般人对待相信算命先生的人的世俗态度。

开店一个月左右,有天,东方箭发现自己不但腿关节、胳膊关节疼痛,甚至全身其他各处的关节都疼痛,连每个手指头、脚指头弯曲的关节都疼。跟康恋春说了后,她也不知道该怎么办,便让他躺在店后面的草屋里,用几个热手巾给他敷在膝盖、手腕、胳膊肘、脚踝等处。东方箭只感觉到稍微有点缓解,但是效果并不是很好。后来,发展到晚上睡觉不能翻身,白天上厕所最受罪了,拄着棍子都蹲不下去。东方箭猜想,自己的这个病有可能与在楚埠码头渡口受寒风侵袭有关,估计是那时埋下的隐患现在发作了。也有可能是那一年跳下冰窟救金满堂时冻坏了关节……

一个熟客没见到东方箭,便问:"你们家东方箭夫妇怎么没出来?是不是晚上睡得太迟了,早晨爬不起来?年轻人就是瞌睡大。"

"他今天突然每个关节都疼痛,都不能下床了。"东方霆对那个熟人说,"他媳妇在给他敷热毛巾缓解疼痛。"

熟人知道自己的玩笑开得有点过分,红了脸。之后,他拍拍脑袋,想起了什么似的,对东方霆说:"我家邻居有一次也犯了这样的病,拖了好几天。邻居实在疼得没办法,便去了天主教医院。还真是神奇,几天就看好了。你家东方箭可以送去给医生看看。"

康恋春便雇了一辆人力车拉着东方箭向天主教医院去。鸠城的街道是石板铺成的,石板经年风霜加上车马碾压,变得高低不平。车子在路上十分颠簸,人坐在车上被颠得要散架。东方箭疼得冷汗直冒,康恋春为了跟上车夫的速度,一路小跑,不时用手帕帮东方箭擦汗。东方箭忍着疼痛,苦笑着看向急得一脸汗的康恋春。她都顾不上给自己擦汗,光想到给东方箭擦汗了。结婚以来,东方箭没有给她一天幸福,反而让她着急,真是有愧。人力车夫看到小夫妻如此恩爱,特意放慢了脚步,笑着对他们说:"就凭你老婆这样的照顾,你的病立马就会好八分了。"小夫妻俩听了,都不好意思,脸上自然泛起了红晕。

外籍医生叫约翰逊,是个白胡子老人,灰色的眼珠在老花镜后面闪烁。他根据东方箭的描述,在东方箭的各个关节处捏了捏。尽管东方箭忍着不发出声音,但是他的皱眉以及肌肉的抽搐,都被约翰逊捕捉到了。他用不是很流畅的汉语告诉东方箭:"这是急性关节炎,需要打针。"

"打针吧。"东方箭对约翰逊医生说。其实,他内心里想,只要不疼痛就行,至于是用药还是打针,就按照医生的意思办。

护士在东方箭的臀部打了两针。约翰逊让他坐在一旁观察半个小时。没有其他病人来看医生,大家都闲坐着。约翰逊医生对东方箭问道:"有个叫东方汝竹的是你什么人?"

"有事吗?"东方箭不知道为什么约翰逊好好地问到姐姐,所以比较警惕地发问。

"没事的,我只是随便问问而已。"约翰逊回答道,"因为'东方'这个复姓占中国的人口比例很小,人数很少。而恰恰最近你们都来我们医院就诊,所以,我只是好奇地问问。"

"她是我的三姐。"东方箭也回应了约翰逊,"她看什么病?"

"这个是她的隐私,尽管你们是姐弟,我也不能告诉你。"约翰逊还真古板,竟然以隐私为由不肯讲出姐姐的病情,他笑着对东方箭说,"她在你父亲的陪同下,来过几次。现在看来,治疗的效果比较好。你们要多鼓励她,让她开心。心情好了,病自然就让位给了好心情,它就逃走了。"这老头说话还挺幽默的。

约翰逊看了一下手表,让东方箭站起身来走两步。奇迹发生了,东方箭能行动自如,而且一点都不疼了。东方箭笑着对约翰逊医生说:"感谢您妙手回春!"

约翰逊说:"不客气,这是我们医生应该做的。"

匆匆从外面走进来的康恋春,见到丈夫东方箭能够轻松地站起来,激动地向约翰逊深深地鞠了一躬,说道:"感谢您,太感谢您了!"

"不客气!"约翰逊对着康恋春点着头说,"回去后,要多注意休息。不要长时间在阴暗潮湿的地方待着,容易生病。"

小夫妻俩手牵着手告别了约翰逊,回家的路仿佛平坦了许多,清风拂面,阳光和煦,一切都和来时不一样。东方箭发现康恋春的手心有冷汗,便抓起她娇小的手看。曾经,这是一双能写会画、会弹琴的纤纤素手,而今变成了布满厚实老茧的手。何时才能让她脱离苦海?但愿这个馒头店能够红红火火地开下去,赚更多的钱,在鸠城买间房子,建一个自己的窝。

"今天看病用了多少钱?"东方箭想起来康恋春去医院交费处交费的时间太长了,便问道。

"没多少钱。"康恋春说话吞吞吐吐,脸色由白变红。她猛然把左手从东方箭的手中抽回来,右手不自然地搭在了左手腕上。

这时,东方箭才意识到康恋春撒谎了。他抓住了她的手腕,发现她左手腕上的玉手镯不见了,再看她右手腕上的手镯还在发出幽幽的绿光,急切地问她:"你怎么把手镯卖了一只?"

康恋春咬着嘴唇,眼泪被眼睫毛给网住了。

"爹那里不是还有卖房子的钱吗?"东方箭心疼地说,"镯子成对,才有价值。你这急卖,也卖不上价格。"

康恋春终于忍不住"呜呜"地哭起来,睫毛没有兜得住泪水,泪水扑簌簌地往下落。

东方箭知道不该说镯子值不值钱的事。康恋春这也是焦急之下,才卖了镯子给自己看病呀!这是他们结婚时金师娘送的,是具有极其重要的纪念意义的物件。康恋春也是舍不得卖掉它的。不懂得如何表达歉意的东方箭,自知说错了话。他赶紧一手搭在她左边肩膀上,一手搭在她右边肩膀上,把她往自己的怀里拉。康恋春倔强地挣开他的手。

"对不起!我知道你是因为着急,才去卖镯子的。卖就卖了,以后我们挣钱再买。"东方箭哄康恋春道,"要不,回去我找爹要那卖房的钱,回来赎回那只手镯!"东方箭原本劝慰的话,结果引发了康恋春强烈的回击:"你知道什么?爹那儿哪还有钱?"

"爹的钱呢?"东方箭很吃惊地问道。

"都给汝竹姐治病用光了。"康恋春哭着说道,"一个星期要来打两针,一针要好几千……"

"什么病,要这样治?"

"花柳病……"康恋春一不做,二不休,和盘说出来了,"她不是被日本人糟蹋时感染上了花柳病吗?"

东方箭这才想起来,爹带着汝竹曾经去过凤凰山汤家庄看过"神医"康定家。后来,回到楚埠,三姐就一直在吃中药,至今也没停过。怪不得,刚刚约翰逊还提到了东方汝竹来看病,而且对她的病讳莫如深,说是隐私。这确实是隐私。他相信康恋春说的,一针要好几千,自己的病打了两针,她就卖了一只手镯。一家人忙碌三四天才能挣到一千块,还不够自己打一针的。这神奇的针剂怎么就这么贵呢?

"我们慢慢挣……"东方箭一把抱住了康恋春的肩头,康恋春这回没有挣脱,东方箭感觉到了两人心跳的搏动一样有力,但是说出来的话却很缥缈、虚无,"我们一定会挣到很多钱的……到时候赎回镯子……"

第二十一章

东方箭与康恋春两人登上鸠城东门城墙向南走。老朽的柳树枝上连个鸟都不愿落脚,枯瘦的济川河没有一只鸭子肯游弋。昏暗的太阳挂在没有云彩的天空,显得格外孤独。它照到人身上,却让人感觉不到一丝温暖。西北风虽不是很大,但刮得人皮肤生疼。

自从前几天发生了四个军人吃霸王餐事件之后,东方家的馒头店就此关门歇业。那天,几个军人被花千树踹倒后半天不得起身。正巧一辆军车经过,车上坐的是军营里的长官萧将。他看到了四个军人和东方箭都瘫倒在地,知道肯定是军人侵犯了老百姓的利益,被民间的高手修理了一番。为了保护军人的权益以及维护军威,他特意让手下将现场所有人押到军营一一审问,才弄明白了事情的前因后果,关了四个军人的禁闭,责令他们将打的白条账还上,然后送东方箭去医院看病。原本萧将与东方箭就熟悉,现在关系更近了一步。然而,花千树却认为,尽量不要和这些当兵的有任何瓜葛,更何况那几个军人吃了亏,肯定时刻记着仇的,不如趁机关门大吉。正好沽城有个朋友邀请他去那里做生意,于是他带着妻儿去了沽城。爹东方霆因为楚埠的矿山开业了,被请去做工,他便带着三姐汝竹到矿山当工程师去了。二姐汝兰在鸠城纺织厂当一名纺织女工,住在她丈夫令荣华在治安大队的宿舍。一家人说散就散了。店不开了,租那么大的地方浪费,更何况门面比普通住房贵得多。正巧康恋春的三叔康定邦调到了鸠城来,一家四口分到了三间宿舍,将在汤家庄的奶奶接了来,康有强也被安排在鸠城邮政局上班。东方家人散了,康家却聚了。为了让康恋春能够离娘家人近一些,东方箭便租了靠近邮政局宿舍的两小间房子。伤好了后,东方箭一直没有找到事情做,所以小夫妻俩没事就外出走走。

"东方箭、康恋春!"城墙上一个隘口处有人高声地叫着他俩的名字,那人问他们,"你们怎么在这里?"

俩人眼光循着声音扫到了一个人,他穿灰色短袄、深色棉裤,头戴一顶鸭舌帽,胸前挂着一只开口的小木箱,箱子底层放着香烟,竖起的盖子里面贴着香烟的招牌。这人是任怀刚。

东方箭家的遭遇让任怀刚气愤不已,他们还能依靠这样的军队打仗吗?还能指望这样的政府控制住经济吗?

东方箭问任怀刚怎么到了鸠城。任怀刚只是轻描淡写地说了两个字:"需要。"东方箭知道,任怀刚的事是神秘的,不宜问。其实,南方新四军北渡,留下了一些没有暴露的地下党、游击队依旧在与反动政府做斗争。为了保存实力,他们化整为零,各自谋生,伺机而动。这些话任怀刚不能说,也不便说。

"你现在以什么为生?"任怀刚关心地问东方箭。

东方箭不好意思地笑笑,说:"目前还没有找到事情做。"

"那你干脆跟着我卖香烟,赚点小钱,等以后找到事情了,就干别的去。"任怀刚说,"我的香烟,一部分是进来的,成本高,卖价比较高,赚得反而少;另一部分是自己制的,成本低,卖价低,赚得反而多。你在楚埠码头做过好多年的小生意,比我更懂生意经。估计,你一上手,生意就会超过我的。"说完,他大笑起来。

东方箭被任怀刚的热心感动了,笑着说:"那好!不过,我不会制香烟。"

"没关系,我会教你怎么制作的。"任怀刚对东方箭说,"晚上你到我住的地方去,我慢慢教你。你这么聪明,肯定一学就会的。"得到任怀刚的肯定,东方箭自然高兴。他默默地望着康恋春,意思是,你也要相信我。

"任叔叔,你可千万别夸他。"康恋春笑着对任怀刚说,"夸他,他会骄傲的。"

"能骄傲,说明他有资本。"任怀刚笑着离开了,准备去别的地方兜售他的香烟。

东方箭与康恋春手牵着手,继续向前走。城墙下的松柏苍翠欲滴,它凝聚了一年的精华,集中在冬天展示;竹叶在西风中飒飒作响,好像在鼓励人们寒冬是暂时的,苦难是暂时的,春天就在不远处。鸟儿叽叽喳喳地越过城墙飞翔,一会儿城内的飞出去看外面的世界,一会儿城外的飞进城内躲避寒冷。太阳似乎有了热量,东方箭心情格外舒畅,他牵着康恋春柔软的手,哼着儿时的歌谣,走向前。

东方箭在任怀刚的介绍下,去买了一架木机子、一些烟丝和烟纸,在他的手把手的教导下,卷出了土香烟。每天早晨,东方箭胸前挂着烟箱,去北门、西门一带转悠。因为东门、南门一带是任怀刚在售卖,东方箭不能与他抢生意,否则真像别人说的"教会了徒弟,饿死了师父"。然而,有时任怀刚还到北门、西门一带转悠。一开始,东方箭不理解,各人一块固定的区域不是好一些吗?后来,在一次无意间,他瞥见任怀刚与一个人嘀嘀咕咕说了好一阵,那人只是装模作样地递钱给他,其实手中是一张纸条,任怀刚迅速地将纸条塞到烟箱的最底层。然后,那人拿了一包土香烟揣进了腰包。东方箭觉得这人面熟,稍稍走近一看,原来是鸡头岭水湾村的村长甄仁贵。他们可是曾经一起给日本人当劳工的。看来,他们是在秘密传递一些消息。难怪任怀刚的信息如此灵通!东方箭不便说透,因为他确实不知道他们是不是在暗地里传递消息。

一天,外面下着倾盆大雨,生意肯定做不了,待在家里也实在烦闷,东方箭便穿上雨衣去任怀刚家。只见他伏在桌子上,画着地图。任怀刚还问了东方箭几个问题,如东门到渡口多少步?东门附近有几个岗哨?东门到北门车站多少步?东方箭被问得一头雾水。任怀刚看着东方箭说:"凡事都要用心去做。你看你每天走过这么多的地方,熟视无睹。当别人问起来时,你一无所知。我问你的这些问题,看似没有一点作用,但是,如果到了关键时刻,作用就大了。"

"有什么作用?"东方箭不懂就问。

"比如说,袭击某个岗哨,有哪几个方向可以进攻,有几条路径可以撤离,分别距离集合点有多远。如果事前不认真踩点,到时候就会陷入危险的境地。"

东方箭心里想,好好的要袭击岗哨干什么?他一个普通百姓,哪里想到任怀刚已经在为解放鸠城做前期准备工作了。

之后,东方箭便开始用心了,每天走过哪些街道,街道大概有多宽、多长,心中记得非常清楚,下次再去任怀刚家的时候,还可以提供给他做参考。任怀刚在那张手绘的地图上,画着简单的示意图,标着密密麻麻的数据。东方箭都看呆了。任怀刚告诫他:"千万不要跟任何人提起这件事,否则会惹祸上身。"东方箭当然知道其中的利害,会守口如瓶,甚至在康恋春面前都没有提过地图的事。

卖土香烟成本小,但利润也不是当初东方箭想象的那样高,且销路差。差的时候,连一顿饭钱都挣不到。一般情况下,东方箭中午都是在外面随便吃点东西,康恋春则去三叔家蹭饭。晚上,他们也不做饭。奶奶康钱氏对小夫妻俩说:"你们就在我这里吃。"奶奶说在她那里吃,其实就是在三叔家吃。奶奶的话,三叔一家是不敢违背的。就这样,他俩便顺理成章地在三叔家吃晚饭了。原本,东方箭是想付点伙食费的,也被奶奶一句话给解决了:"一家人的,付什么伙食费?"如果真要付伙食费的话,东方箭还真不知道从哪里弄到钱。

那天晚上,东方箭胸前挂着烟箱,去三叔康定邦家吃晚饭,远远地听到里面传来热热闹闹的声音,全是女人的声音。三个女人一台戏。推门一看,是康恋春过去的小姨,现在的继母武兆芬。东方箭之前见过她,于是热情地叫了声:"小姨,您来啦!"武兆芬很高兴地对他说:"越发帅了。"然后喊了一个扎着羊角辫、穿着皮衣的小女孩过来,对她说,"惜春,这是你东方箭哥哥,快叫'哥哥'。"女孩忽闪着大眼睛盯着东方箭看了一会儿,甜甜地喊道:"哥哥好!"东方箭知道这定是康恋春的同父异母的小妹康惜春。小女孩瘪瘪的嘴,脸颊上天然形成两个大酒窝,笑起来挺好看的,两只大而鼓的眼睛显得很有神。算起来,她应该有八九岁了。东方箭感觉自己看得女孩都不好意思了,连忙回应道:"小妹妹好!"

原来,武兆芬这一次是受到康定国的指派,携带女儿返回鸠城来探亲。前几年,日本鬼子在中华大地横行,人们不能自由通行,也遏制了康定国孝敬母亲的心。而今,鬼子投降了,康定国公务在身,不能亲自来,便派妻女利用春节期间代为看望老人。

"这燕窝是马来西亚的,这西洋参是美国的,这葡萄酒是法国的……这些都是滋补品,您吃了,可以延年益寿。"武兆芬拿出许多物品一一放在老太太眼前,介绍完再放到了她的面前。花花绿绿的各种形状的物品,码叠得很高很高。

老太太笑得合不拢嘴,问道:"这要不少钱吧?"

"不贵,都是您儿子的朋友从国外带回来的礼物。"武兆芬很轻松地说道。

"都是外国货,那一定花费不少。"老太太心疼钱。

"没关系的。只要您吃了对身体好,以后定国还会让人给您带。"武兆芬一味讨老太太高兴。这是她这次来的主要目的。

"哦哦!那就不要麻烦别人了。"老太太笑着说,"吃的、喝的,老三定邦都买给我,我这里不缺吃不缺喝的。"

武兆芬从她随身携带的箱子里拿出一件丝绸旗袍给三妯娌於斯琴,拿出一条丝绸的围巾给康恋春,捧出一些巧克力、糖果、饼干等给康忆春吃……那只箱子仿佛就是一个魔术箱,里面有取之不尽的物品。康忆春是康定邦、於斯琴的女儿,她很高兴地捧着小大娘给的零食,往於斯琴的手里送。於斯琴笑着代女儿向武兆芬表示感谢。一家人都徜徉在富足的氛围中。

在鸠城小住的这段时间,武兆芬知道了康恋春一家的生存状况。她十分同情地对康恋春说:"他年纪轻轻的,在街上摆个摊子不是办法,也没有前途。"

武兆芬说的"他",是指东方箭。康恋春无奈地摇摇头,她没有办法改变这样的生活状态,也无力改变当下的生活状况。

第二十二章

江南的梅雨季节很特别,整天见不着太阳,却能感受到太阳的热情。东方箭的心情就跟这个糟糕的天气一样糟糕。到南方十多年来,他一直都没能适应这种鬼天气。他总觉得还是北方好,要晴,就晴个通透;要雨,就下个酣畅。

东方箭和康恋春在汉口、沽城转了一圈,又回到了鸠城。这一趟行程,康恋春的肚皮越来越鼓,都能感受到孩子在"练拳脚功夫"了。与康恋春与日俱增的肚皮相反的则是东方箭,人显得瘦了。

见到亲人,最高兴的自然是康钱氏。"宝宝,你爹、你小娘、你妹还好吗?你大姐还好吗?"老太太抓住康恋春的手不放,眼光落在她的脸上收不回来,也觉得自己问得太多,便笑呵呵地转了话题,"回来就好!回来就好!"

老太太觉得长时间抓着康恋春的手,她也会累的,才松了手。得知康恋春有身孕了,老太太高兴得合不拢嘴。良久,她问孙女想吃点什么,是蜜枣、柿饼、麻花,还是发糕、酥糖。

当她说到酥糖时,康恋春这才想起来大姐汝梅让他们带回来的沽城的一些土特产,说要给奶奶尝尝。康恋春说:"这是大姐孝敬您老的。她找遍了沽城的大街小巷,才找到这些百年老字号的产品,都是我们鸠城没有的。您看,这是明心糖,这是桂花糕,这是盐水鸭……"她说一件,就拿一件出来,不一会儿桌子上就堆了一大堆花花绿绿的盒子。

老太太笑得合不拢嘴,就让康恋春拆开明心糖。康恋春打开外包装的盒子,抽出一根来,放在老太太的嘴里。老太太抿着明心糖,吮着,含混不清地说:"真甜,真甜!你也吃一根……"说着,老太太递一根放到康恋春的嘴里。康恋春嚼着,笑着,说:"真甜,真好吃!"

祖孙俩吃着笑着,快乐的空气在屋子里弥漫。欢乐的气氛把一身香水的三叔母於斯琴给招引来了,她笑着对祖孙几人问道:"吃什么好东西呢?"

"明心糖,汝梅大姐让我们带回来的明心糖。三婶,你也尝一根。"康恋春捧着明心糖盒子递到於斯琴面前。

"这是老太太的专属,我可不敢尝。"三叔母故意说不敢吃。

老太太发话道:"她大姐又没说只给我一个人吃。再说,这么多,我能吃得过来吗?斯琴,快来吃一根尝尝味道。哦,忆春上哪儿去了?也让她来吃一根。"

"忆春出去买菜了。这不,恋春姐姐回来了,她想露一手,给姐姐烧点好吃的。"於斯琴见老太太发话,让吃明心糖,便拈了一根放在嘴里,像叼了一根香烟,边嚼边说,"真好吃!怪不得是沽城的百年老字号。"

"这是我大姐夫花千树让我带给你的信。"东方箭在任怀刚家中见到了他,将藏在鞋筒里的信取出来。这信是东方箭在回鸬城的前一天,花千树交给他的,对他说:"信要藏好,不能落入警察、特务手里。你一定要亲手交到任怀刚的手中,不要跟任何人讲带信的事。"在坐船回鸬城的途中,东方箭的神经一直紧绷着,康恋春还以为他在为汉口、沽城的两次失败的生意而纠结,劝慰他说:"只要人好好的,我们可以从头再来。"一文钱难倒英雄汉。这句话,东方箭体会得太深了,他虽不是什么英雄,只是个穷汉子,但缺钱的滋味,他可尝够了。虽然他为钱而焦虑,但是他更为脚底下的那封信而焦虑。这封信是某天半夜,有人在连续叩了几组"三短两长"门响后,花千树悄悄地下楼去开门时接到的信息。"三短两长"的接头暗号,是东方箭在去浦镇卖房子时,偶遇地下党与叔叔东方旭接头时发现的,不过他都没有捅破。所以,当花千树将信交到他手里时,他就意识到这封信的重要程度,也没有告诉康恋春,怕她担心。

任怀刚拿到带着脚臭味的信封,笑着说:"你这是从哪里学到的?"

"我十几岁到南京卖房子,就把钱缝到棉袄里带着跑几百公里,鬼子、伪军搜了几遍都没有搜出来。今年,我又将钱缝在衣服里,坐船在江上漂了几百公里,连江匪都没有搜出来。更何况小小的一封信,还能藏不住?"东方箭在任怀刚面前得意地道。

"不要忘了,在河阳换钱后,还是我帮你缝的衣服。这充分说明,我缝衣的技术是一流的——天衣无缝,鬼子、汉奸怎么能够找得出来?"任怀刚也在东方箭面前显摆了一回。

两人捂着嘴悄悄地笑。

抽出信笺,任怀刚靠近豆油灯把信看了一遍,脸色变得凝重。又看了一遍,呼吸变得沉重。东方箭从小就学会了,有些事情不要去打听,有些事情不要去传播,所以他看到任怀刚看信后的表情,联想到大姐夫交代一定要亲手把信交到任怀刚手中时的庄重态度,知道事关重大,就更不会问了。

看完信,任怀刚将信封和信笺一道放在灯火上点着了,一阵黑烟飘过,一阵焦味伴着臭味袭来。任怀刚将它们放入铁桶里,让它慢慢燃尽,火光照在任怀刚坚毅的脸上。这一段时间以来,他的脸更加黑了,皱纹也明显增多了,眼睛里的忧郁多过光亮。

当得知东方箭外出转了一圈,跑了两个城市,做砸了两次买卖后,任怀刚安慰他:"这些都不是你的错,也不是你无能。这是世道的错。物价飞涨,进价超过卖价,这生意怎么做?各种税,各种费,各种捐,叫人家生意怎么做?我曾经做过这样的统计,我们的民营企业平均寿命在一年半,短的半年就关门歇业,长的能维持个三年半。至于康恋春舅舅的商行,完全是官府通过没收的物资来支撑的,否则不知哪一天就关门大吉了。官府腐败,官员吸人民的血,肥自己的腰。再说,你在沽城的地摊被贼人算计,被抢,也是因为老百姓没法活命了,才出此下策。你想想,哪一个人不想光明正大地通过劳动所得来过日子?谁想整天过着算计别人或被人算计的日子?都是被国民党反动政府逼的呀!"他深深地叹息,眼里满是忧郁。

东方箭说:"康恋春怀孕了,孩子再过几个月就要出世了。我如果还是这样一事无成,这日子可怎么过?总不能让孩子也跟着我们吃老白菜吧?"

"你有没有信心,我俩合伙做生意?"任怀刚真诚地对东方箭说,"我那土烟卷生意也不好做。穷人买不起,就自己卷烟抽;富人看不上眼,他们买雪茄和烟土抽。你要是有决心,我就不卖土烟卷了,我俩合伙干。"

"好的,我俩合伙干。"东方箭盯着他看,生怕一不留神,这个生意就跑掉了。

两个不是父子却胜似父子的人成了合伙人。说干就干,第二天,他们就开始在鸠城里收牛皮和土特产。一个星期后的凌晨两点,两人每人挑着一副担子往东门码头去。任怀刚在前面大步走着。他是老货郎,挑东西经验丰富。可怜的却是东方箭了,因为在鬼子横行期间多次夜间逃难而发现自己有夜盲症,根本看不见前面的路,只有循着任怀刚的脚步声跟着走,头重脚轻,四处碰壁,非常受罪。但是,为了康恋春的幸福,为了未出世的孩子,他只有拼了。任怀刚在前一天已经约好了一艘小船,讲好了价钱,船主在码头等着。他们跑了两趟,东方箭跌跌撞撞跟着跑,终于将买来的货物全部运上了船。船主划着小船沿着凤河向下游的长江口的城市——沽城去。

这次和任怀刚做生意得到了康恋春的鼎力支持,她拿出了另一只玉手镯交给东方箭说:"你拿去当做生意的本钱吧。"她说的时候,表面上显得很轻松,实际上她的心跳得厉害,脸色也变得红一阵白一阵的,这毕竟是她结婚的首饰,是纪念品。东方箭当然非常感谢地对康恋春说:"我会挣到钱的。"

之所以要在凌晨上货,是因为这时候人们都在睡觉,特别是那些税务老爷和警察都在睡觉,他们的货物就不用被迫缴纳天价的税款。而且船到岸时也是晚上,沽城的税务老爷、警察也都下班了,也可以省去了沽城那边天价的税。只有这样,才能有所收入,否则两人就白忙活了。

船到了沽城长街码头,他们将货物运到花千树家。他们在姐夫家落脚。第二天,两人便去卖货。几天后,货全部卖出去了,他俩又从沽城带了一些水瓶、牙膏、牙刷、香皂、花露水等日用品回鸠城销售。

两头跑,两头不落空,收获还挺可观的。首战告捷,东方箭向康恋春汇报了战果。康恋春鼓励他:"继续努力,你儿子等着你的好消息。"

为了显得自己很忙碌,东方箭这几天总是早起出门,晚上很迟才回。因为他和任怀刚合伙做生意最终还是失败了,自此他的生活又一次陷入困境。康恋春基本上就待在三叔康定邦家。东方箭一般到了饭点才逛到那里蹭饭吃,吃完饭,找个借口就走。

漫无目的地闲逛,是为寻找商机。逛着逛着,来到了土产公司,门口排着长龙,大车小车的,都装着黄麻。东方箭看到这种情况,感到奇怪,一打听,原来是贩卖黄麻很赚钱。前一段时间公司贴出收购黄麻的广告。广告一出,信息灵通的、会做生意的人,立刻行动起来。北门外滩上有块黄麻基地,楚埠的麻油坊也是黄麻产地,小贩子上门收购转卖,麻农亲自送货到鸠城。因此街上车水马龙,十分热闹。

黄麻产地的麻农不知情,售价较低。公司奉上级指示,收购价较高,故让人觉得贩卖黄麻有利可图。东方箭一下子动了心,恨不得马上就去贩运,然而身无分文,拿什么去买呢?于是他就想到了康恋春还有一枚备用的金戒指。他就劝她:"好老婆,你把戒指拿出来当掉,给我做黄麻生意的本钱。几天后,赚了钱,再赎回来还你。"可是,他好说歹说,她就是不肯,说:"你不是做生意的料,在汉口做生意赔光了,在沽城做生意赔了,跟任叔叔合伙做生意赔了……你就不是这块料,还是踏踏实实去工厂当工人吧。"

"汉口不是税费捐太高,把本给赔了吗?沽城不是给贼人算计,东西被抢了吗?和任叔叔做生意不是给孙八斤抢了吗?"东方箭一一解释给康恋春听,希望她再支持一下,好像这一次一定能爆发。

　　一个月前,东方箭、任怀刚坐着逆水而上的船回鸠城,船上装满了从沽城带回来的货物,如果这一次能将货物卖掉,两人就可以分到很多钱。东方箭盘算着,足够把康恋春的那只手镯给赎回来了。清风、明月、蛙鸣,一切都那么安详。船主人有一下没一下地慢慢向上游划。两人随着行船的节奏打着盹儿。忽然,河上一阵呼哨声,东方箭猛然醒来,他知道有可能遇到了江匪。他有过在武汉至安庆长江途中遭遇江匪的经历,所以有了很高的警惕性。一艘船快速靠近,几束手电筒光扫过来,直刺他俩的眼,两人赶紧遮住了脸。"我们是稽查队的,快快停船!"两人一听声音,就知道这人是孙八斤。孙八斤也认出他俩来。他尤其对任怀刚怀有刻骨仇恨。任怀刚"扑通"一声窜入水中,孙八斤用手电筒照着,胡乱地朝河水中打了几枪,一阵阵泡沫漂了上来。原来孙八斤觉得岸上已经没什么油水,便利用夜幕的掩护,来冒充稽查队在水上找财。白天是真稽查队的天下,晚上则是他"孙鬼"稽查队的天下。孙八斤看到了东方箭,得意地笑了,问道:"船上装的是什么?"

　　"日用品。"东方箭用简单的几个字应付了他。

　　"那刚才是谁跳到河里了?"孙八斤追问道。

　　"你看错了,没有谁,也许是水鬼吧。"东方箭糊弄他道。

　　"你当我是傻子?肯定是任怀刚。"

　　"不是,你弄错了。"

　　"你可知道,任怀刚是地下党,你跟地下党有交往,那就是死罪。信不信我把你交给警察?"

　　"都是老乡,何必把事情做绝?"

　　"那好,我就当没看见过你,你马上上岸走人。"

"那我的货物怎么办?"东方箭心里还惦记着他们的货物。

"你给老子有多远滚多远,不要让老子看见你。"孙八斤狂妄地说,"要不是看在你娘的分上,老子马上送你上西天。滚!"

对于一个亡命之徒,讲道理是徒劳的,更何况这人还是奸污娘的凶手,娘到死也不肯讲奶奶去世的原因,原来是孙八斤干的好事!东方箭含着眼泪站起身来,捏着拳头想去打孙八斤,还没等他站稳,屁股上便挨了一脚,东方箭一头就栽到了水里。

"哈哈哈……"一阵阵放肆的淫笑污染了凤河水,鱼儿被呛得跳出了水面,蛙儿被辣得哑了嗓子。

东方箭回来后,根本不想提在凤河上被孙八斤抢劫的事,但如今不得不解释丢失货物的缘由了。而今眼看着别人卖黄麻大把大把地赚钱,东方箭只能自己干着急,火气腾地升起,他抓住康恋春的手,强行从她手指上捋戒指。康恋春不肯给,用手抓东方箭的手。他手上立即起了几道血痕,康恋春又心疼起来,松了手,落泪了。东方箭此时就像是鸦片瘾上来了一样,顾忌不到任何事情,既不考虑她的心理感受,也不想着她身怀六甲。康恋春舍不得,是因为这可是他们唯一的家当了,这是她小娘给她应急的,以备不时之需。然而,东方箭简直就像疯了一样,捏住了康恋春的手指,捋下戒指,像获胜的将军一样一路狂奔,去了当铺。当了戒指,他立即赶到楚埠去收购黄麻。到了楚埠,他才发现黄麻开始涨价了。但是,东方箭盘算了一下,只要按照鸠城土产公司的收购价,运回去还是有赚头的。所以,他买了一板车黄麻,拖着就往回跑,几十里山路也不嫌累,因为他知道早一点到鸠城,就能早一点将黄麻卖出变现,然后还可以再跑一趟。

时间就是金钱,慢了,钱就被别人挣去了。

然而,当他火急火燎地赶到土产公司门口时,却发现关门了。公司贴出公告:暂不收麻,等待上级通知。但是,公司门口依然排着长龙,翘首以待。

苦苦等了一天一夜的黄麻贩子们,等到的是公司贴出了新通知。这回是公布了黄麻收购标准,并亮出了样品。这个消息如同晴天霹雳,五雷轰顶。人们一下子炸开了。有的人在公司门口又哭又闹,有的声称要上吊寻死,还有更多的人骂公司是骗子,责问他们为什么一开始收购时不公布黄麻的标准。但公司是政府的,再骂也没有用,他们只好自认倒霉。

事后,东方箭才听说土产公司的人因为不熟悉业务,看到这么多人来卖黄麻,心有疑虑,就去沽城请示了上级公司,这才把标准样品定了下来,实际上就等于在拒收,难怪这么长时间关门不收呢。

但怎么吵也不行,公司坚持符合标准的就收,否则就降价,这降价比他们从产地买来时的价格还要低。

这对东方箭来说,不啻用刀割他的肉,打击太大了。他把一板车黄麻卖了,也抵不上那枚戒指的五分之一的价值。这个日子可怎么过呀?

康恋春问垂头丧气地回到家的东方箭:"你赚的钱呢?不给你,你还要硬抢,你还我戒指呀。"她哭着,捶打着东方箭的肩膀。东方箭像木偶一样站立在那里,任由她捶打。

第二十三章

在凤河上被孙八斤劫去了一船货物,任怀刚和东方箭失去了做生意的所有本钱。

东方箭与康恋春为了省点租房钱,经任怀刚介绍,搬去了南市街的一个姓杜的菜农家。杜菜农和任怀刚是亲戚,他十分同情小夫妻俩的境遇,所以免费为他们提供住处,还经常送蔬菜给他俩。

长时间挣不到钱,东方家的米缸基本上能见底,所以通常每餐做饭时是一小把米,加上半篮子的花菜煮着吃,或者几根面条加花菜,一锅熟,往往只见菜叶不见米面,实在难以下咽。然而,饥饿难熬,不得不以此来填饱肚子。饿,使得他们非吃这些不可。

那天小夫妻俩正吃着花菜面,任怀刚进门来,看到了俩人面呈菜色,口中艰难地咽着菜。任怀刚心里非常难过,但又不能表现出难过的神色。

"让您见笑了!这几天手中实在拿不出买米的钱来,只能这样……"说着说着,东方箭都有一点想哭的感觉,一个大男人,连老婆都养不了。但是,他忍住了泪花,尴尬地噘了一下嘴。

康恋春却没忍住泪,东方箭看到她的几滴泪落在了没有一丝油星的汤上,溅起了小小的浪花,泛起了层层涟漪。东方箭掏出手帕,递给康恋春。她接过去后,转过身去拭泪。然后,她又转过脸来,红着眼对任怀刚说:"任叔叔,你们生意做不起来,可以去打工啊!"

"是的,我这次来,就是想跟东方箭商量去打工的事。"任怀刚十分肯定地回答她。康恋春眼里浮现出一丝希望的光芒。

不久,东方箭和任怀刚把应该带的东西装在了向杜菜农家借来的独轮车上,上路了。周王距离鸠城几十里路,资本家为了运输方便,修了一条土路。它狭窄而又坎坷,雨后的山路泥泞不堪,经常车轮深陷其中,两个人不得不喊着"一、二、三,走起"的号子,齐心协力让车轮翻滚上了硬坎。这次,东方箭下定决心去周王煤矿打工,是因为考虑到如果自己不在身边,妻子康恋春可以去娘家吃饭。如果自己在鸠城,妻子反而不好去娘家蹭饭。而在自己家吃的是花菜饭面,毫无营养,怎么能够满足母子俩的营养需求?

路上,任怀刚推累了,东方箭换下他。一开始,东方箭还能比较轻松地推着,独轮车也比较听话,按照既定方向行走。渐渐地,独轮车像是一座大山,岿然不动了。东方箭要使出很大的力气,它才懒洋洋地动一下,而且还时而左时而右地乱扭,像个调皮捣蛋鬼。其实,这时候东方箭是又饿又累,又不好说让任怀刚换一下。任怀刚推了很长一段路了,东方箭才推个几百米而已。东方箭只好慢慢地向前推,车缓缓地向前移动,比乌龟爬行快不了多少。

终于看到路边有户人家,袅袅炊烟在屋顶上飘着,浓浓的勾人口水的饭菜香味向四周散开。东方箭饥肠辘辘,多么想停在那户人家门口,进去吃一顿。任怀刚好像知道东方箭的心思似的,征求他的意见说:"我们进去买点吃的,休息一下。"东方箭当然高兴,立即感觉到仿佛有神助似的,有劲了,独轮车吱吱呀呀欢叫起来,轻快地跑起来。

任怀刚跟屋主人说了一些好话,请求匀点饭菜充饥。当主人将饭菜端上桌时,东方箭已经迫不及待了,顾不上礼节,便像饿狼似的往嘴里塞。屋主人看着他的吃相,暗笑着转身走开。屋主人哪里知道,这对多日来没有吃过饱饭的东方箭来说是多么难得、多么珍贵呀!填饱肚子以后,东方箭就有了力气。任怀刚付了一些钱给主人,他们就向周王煤矿方向奔去。

在周王煤矿,他们见到了东方霆父女。东方霆是煤矿的钳工,便跟矿主求情,留下他们在矿上做工。周王煤矿是爬井,下去时需穿件雨衣以防滴水。井下既有水又有泥,矿工们须穿着长筒胶靴,提着矿灯下井挖煤。矿灯是那种带尖嘴的靠滴水溶化臭电石喷气的灯,是用生铁铸成的,不但分量沉重,而且进水量不易控制。如果进水门开大了,就会进水过多产生大量乙炔,气体会从进水门排出,产生冒泡现象。由于电石中往往含有杂质,产生的乙炔气体不纯,臭气难闻,有时甚至会着火。有的人见到电石灯冒泡时,立即将进水门拧死,乙炔只能从灯头孔往外排,发出"吱吱"的响声,作用力导致灯头都鼓了起来。因为怕发生爆炸,有的矿工便不敢使用。但是,在井下,没有灯肯定是不行的,所以只有那些掌握技巧的人可以帮着那些胆小的人使用。然后,这些胆小的人不过意,便帮着懂技巧的人多干活来报答。他们背着沉重的筐篓,顺着像梯子一样的爬井送上来。能背的人,一般背上 100 斤左右,而东方箭只能背上四五十斤,而且感觉筐篓的绳子像扣在肉里,每到晚上就像散了架子一样,倒在床上就扯起呼来。矿工都是多劳多得,能干的一天能挣半斗米,像东方箭只能挣到四分之一斗米。矿工只有吃饱了,才有力气在矿井地下挖煤以及背煤。有的矿工因为吃不饱,下了井后,体力耗尽,抓着梯绳升井的时候,不小心摔下去,就一命呜呼了。矿主一般付点安葬费补一石(150斤)米给丧家,便可了结。一条人命仅值一石米,也太令人心寒了。就这样,还有许多想进矿的人进不来。

在矿上是不分晴天雨天的,只要你还有一口气,就得下井挖煤、背煤。东方箭虽然挣得少一点,但每天能够看到爹爹以及三姐,且能吃到热腾腾的米饭,就比较满足了。姐姐帮着他们洗衣、做饭,也算是一家人幸福地在一起。有时候,东方箭也想念康恋春,但一想到即将出世的孩子,想到自己拿什么去迎接他或者她的出世,自己拿什么去面对妻子,觉得很惭愧,便更加卖力地干活。

过了一段日子,矿工没工上,技工没活干。据说是矿上将煤卖给了电厂,电厂没钱给矿上。矿上便不再卖煤给电厂,又找不到其他门路去卖掉这些煤,就这么堆积着也不是办法,资本家便回上海想办法。所以,歇工的这段时间,当然谈不上付什么工资。这段时间的生活费用,全靠东方霆在矿上干活的一点积蓄来勉强维持。

晚上吃饭时,东方霆是要喝药酒的,一般情况下,他会邀请任怀刚喝上一杯。任怀刚不喝药酒,通常都是东方箭去附近的酒铺里打散装酒来。两个人边喝边聊,聊到当下的状况时,东方霆说:"我以为日本人投降了,我们的生活会变得更好,结果你看看,箭儿一个大劳动力,养不活一小家人。做生意,不是蚀本,就是被抢。任老兄,这究竟是什么样的一个世道?"

"我认为这不是我们普通老百姓的错,而是政府的腐败导致的。东方兄,你看,政府哪个部门都能出台政策收苛捐杂税,老百姓都被榨干了。有钱人有权人过着'朱门酒肉臭'的生活,穷人就过着'路有冻死骨'的生活。再说,明明我们周王矿有煤,但不敢卖给电厂,为什么?因为电厂没钱给。为什么电厂没钱给?因为电厂的电给政府机关使用,政府机关都不给电费。这些账都应该算到国民党政府的头上。"

"任老兄,这一说,我还真想通了,果然是这么回事。"东方霆脸已经喝红了,瘦削的脸上皱纹越来越多,肌肉越来越少了,就像凤凰山的丘壑一般起伏。这几年,东方霆越来越老了,且酒量不比从前,喝不了几口就呈醉状,喝过酒以后,还不愿意吃一点饭来压一压。东方箭看着爹的模样,心里暗自着急,但又没办法制止,只好随他。

"而国民党政府一心想着怎样加强'白色恐怖统治',搞什么'保甲连坐'的法西斯制度。五户联保,叫横的联保;再一甲一保一乡一镇,叫纵的联保。看起来天衣无缝,实际上就像一手抓沙子一样,抓得越紧,流失得越快。这保甲连坐制度,只能束缚老百姓,造成老百姓的恐惧,它的目的是'针对共产党'。他们越是害怕共产党,越说明共产党做得好……"

"我们还是不谈这个话题,要知道我是签订了'五户联保'承诺书的,不当、不窝、不通、不济共产党,知情即报。否则,你我都有共产党的嫌疑了。"东方霆此时头脑比较清醒,意识到他们在谈论共产党的话题,一旦被别人听到,就会惹祸上身。

任怀刚意识到这个话题比较敏感,不便公开讨论,所以不自然地笑了笑,便要汝竹帮他添一碗饭来,对东方霆说:"你慢慢喝,我吃饭了。"

听说资本家欠职工的薪金没钱发,不想再回周王煤矿了,任怀刚就带领东方箭等一批工友到周王镇公所去讨要说法。一开始,镇公所接待的人说:"矿主跑了,我们也无能为力。""毕竟这个资本家是周王镇公所请来的,你们当然要负这个责任。"任怀刚据理力争。接待的人让他们回去等。三天以后,他们再一次来到镇公所,结果,镇公所接待人员还是让他们回去等消息。这回,任怀刚他们做好了长期"抗战"的准备,他们就静坐在镇公所的门口,不吵不闹。中午、晚上,镇公所人去食堂吃饭,任怀刚他们就跟着他们去吃饭,结果,弄得镇公所人抢不到饭吃。两天下来,镇公所的人也受不了他们这样,就采取了写保证书的办法,说保证一周内解决。最终,矿工们等来的是,镇公所从上海运来一大批棉布抵作工资。任怀刚他俩也得到了一份应得的布匹,就离开矿区,要回鸠城。

东方箭和任怀刚两人用独轮车推着布匹以及他们的行李往回赶,尽管道路和来时一样遥远,但是这一段时间天晴,路被晒干了,车在路上虽有点颠簸,但不会陷入淤泥中。另外,这一段时间吃得饱,又锻炼得好,加上要见到妻子了,东方箭感觉力量大增。独轮车蹦跳着向前。

他们将布匹换了一些米回来,当晚康恋春就煮上了白米饭。吃着自家的白米饭,她感觉十分香。晚上,二姐汝兰和二姐夫令荣华一道来看看东方箭,询问在周王煤矿的爹和三妹汝竹的近况,东方箭都如实相告。

有人说,抽烟的人有烟钱,玩牌的人有牌钱,不抽不玩的人没钱。这话似乎有点道理。比如说东方箭不抽不玩,就没钱。儿子降生的时候,东方箭兜里没有一分钱,厚着脸皮去二姐夫令荣华那里借了一万元钱,买了一斤肉、一斤菜油、一包白糖、二十个鸡蛋给接生婆作为谢礼。东方箭又买来一只鸡、几条鲫鱼、一包红糖、二十个鸡蛋,来犒劳康恋春。一万元钱,就剩下五百元了。而市场上的物品都是以五百元的面额来计算的,这五百元,什么东西都买不起了。

1947年的新年那天太阳来得有点迟。前一天半夜里,康恋春就感觉到阵痛了,告诉了东方箭。东方箭又喜又怕。喜的是,他与康恋春的爱情结晶终于要面世了;害怕的是,女人生孩子就是从鬼门关走一遭,担心她母子会……呸呸呸!东方箭狠狠地抽了自己一个耳光,怎么能这样想呢?受不了疼痛的康恋春发出痛苦的呻吟,她的呻吟随着阵痛的节奏而起伏。疼痛的时候,手不知道往哪儿放,东方箭就握着她的手,发现她的手心都是汗,而且她能将他的手捏疼。

东方箭赶紧告诉杜菜农的老婆,请她来给康恋春接生。杜阿姨问东方箭:"她是头胎吗?"

"是呀!"东方箭不明白她为什么问这个问题。

"那就不要着急,"杜阿姨胸有成竹地说,"要到天亮时才会生的。"

"那她疼,怎么办?"东方箭想得到一个减轻康恋春痛苦的方法。

"只有忍着,女人生孩子都是这样。"杜阿姨以一个过来人的口吻轻描淡写地说,"忍不住,就大声喊,或者骂,只要发泄一下情绪,就可以减轻疼痛的。"

东方箭坐在床上,康恋春半靠在他身上。他的手紧紧握着她的手,在她的耳边惭愧地说:"对不起,害你受苦了。"康恋春噘了噘嘴,娇嗔地说:"当然怪你,不然怎么会有他?"说着指指肚皮,说,"你们都是坏蛋,害我……哎哟……哎哟……"又一阵疼痛袭来,她忍不住又呻吟起来。

东方箭因为过于疲倦,竟然在康恋春的背后打起呼噜来。这时,又一阵痛来袭,康恋春的疼痛没法转移,便把他的手腕放到嘴边,咬了一口。"哎哟!"东方箭猛然醒来,下意识地缩回了手臂,他睁开眼,看见一对弧形的牙印留在了自己的手腕上。他眉头一皱,嘟囔一声:"怎么回事?"

"你这都能睡得着?"康恋春反讽道。

"哦。"东方箭觉得惭愧,妻子在鬼门关行走,自己竟然睡着了,他面带愧意地说,"你要觉得咬我能减轻你的痛苦,你就咬吧。"东方箭说得也实在。一来,可以让妻子减轻痛苦;二来,自己疼痛了,就不会睡着了。

"喔喔"的鸡叫声清脆悦耳,外面的墨色好像被水洗了一遍,露出了一些灰白色。隔壁的杜阿姨一只手举着煤油灯过来了,另一只手里还提着一只用花布盖着的菜篮子。她一进门,就问康恋春痛的时间间隔是不是越来越短。得到了肯定的回答后,她便对东方箭说:"你就不要在这里了,你去烧一锅开水,然后放在木澡盆里凉一凉。"

得到杜阿姨指令的东方箭立即去烧水。此时,东方已经出现了鱼肚白,近处已经看得清树木、房屋了。房间里的动静很大,康恋春发出痛苦的叫喊声,杜阿姨大声喊:"用力,深吸一口气,用力……"仿佛在指挥老牛耕地。

"啊……"一声响彻云霄的痛苦嘶声传来。

不久,"哇——"的一声婴儿的啼哭传来。这时,太阳终于冲破了乌云的遮挡,东方露出了光亮。

说来也是巧,东方霆正好在孩子出生后不久来到东方箭家,看到了孙子刚出生时的模样。晚上,康家的几口人都来看刚出生的小宝贝——皱巴巴的小脸,鼻梁较高,眼睛较大,胎毛细黄,湿漉漉地伏在头顶一块。大家都说,小宝宝集合了东方箭和康恋春的优点,漂亮。康恋春扎着红色头巾,疲倦地躺在床上,欣慰地笑着。她一会儿看着宝宝,一会儿看着大家,心里美滋滋的。

晚上吃饭的时候,东方霆拿出了自己带来的药酒,东方箭打来了散装酒给三叔康定邦以及二姐夫令荣华喝。大家喝着聊着。康老太太问到了宝宝叫什么名字。东方箭告诉奶奶:"他出生在新年的第一天,又是一天的早晨。一年之计在于春,一天之计在于晨。这是一年的起步之时,也是一天的起步之时,带给我们希望。所以,我跟恋春两个人商量了一下,就叫'希望'。"

"叫'希望'好!"大家纷纷说,"这个名字让人有盼头,这个名字起得好!"

东方霆醉眼迷蒙地说:"希望,东方希望……"

第二十四章

然而,在那个白色恐怖的年代,有时候"希望"也是一种奢望。东方希望出生后的那晚,东方箭因为前一夜的担惊受怕没有睡觉,康恋春也因为刚刚生产很是疲倦,一家三口都进入了梦乡。东方霆因为有了孙子,过于高兴,多喝了一点,便趴在堂屋桌子上呼呼睡去。半夜里,门被拍得山响,惊醒了睡在堂屋里的东方霆。他迷迷瞪瞪地去开门。进来几个举着手电乱照的人,东方霆便问:"你们是什么人?干什么的?怎么能私闯民宅?""老子是公干,这是国民党政府的天下,什么私闯民宅?老子要查谁就查谁!"其中一个人出口就是"老子",算是回答了东方霆的问话。然后,这人反过来问东方霆:"你是什么人?你的证件呢?"

东方霆赶紧掏出自己的工作证,递给这人。这人用手电照了照证件,再照照东方霆的脸。一道炽白的光刺过来,东方霆的眼睛立即花了,感觉一阵眩晕。

"屋里还有谁?"这人问东方霆。

这人的几个随从立即往房里拥。东方霆马上站到了他们的前面,伸开双手挡住了他们的去路,恳求道:"老总,里面是我儿子一家三口,我儿媳妇今天才生的孩子,很虚弱,请你们不要打搅他们休息。"

"老子执行公务,你不要妨碍公务。否则,不要怪老子不客气!"这人没有一丝通融的余地,咬着牙说道。

"真的没有别人,只是他们一家三口。"东方霆再次恳求他们不要打搅这家人的好梦。

但是,这人怎么可能听东方霆的?他越是阻拦,这人越是怀疑。这人说:"老子是奉命前来搜查共产党的,你不要妨碍老子执行公务,否则老子把你当作共产党抓起来,快滚开!"

这人的"滚开"两个字刚说完,旁边的几个人扑上来对着东方霆就是一顿拳打脚踢。雨点般的拳脚落在他的身上,可怜的东方霆抱着头,羸弱的身体被打得发出像鼓点一样的声响……不久,东方霆瘫了下去,他们又用脚踢他。

这人见东方霆瘫下去了,对着东方霆说:"别装死,给老子起来!"见东方霆没有反应,便吩咐手下,"行了!进房里看看。"

"起来!起来!"一群人用手电照着东方箭夫妇。两人被他们吵醒,被十几道手电光刺得睁不开眼。东方箭迅速下床,康恋春虽然想努力起身,无奈实在没有力气,便又倒回在枕头上。东方希望被惊醒,"哇哇"地哭起来,康恋春将他揽到怀里哄着。

"赶快把户口本拿出来!"这人对东方箭喊道。

东方箭知道是查户口的,三天两头有人来查户口。白天查,晚上查,叫人不安宁。今天警察查,明天保甲查,后天保密局查,什么人都有权来查。只要来查,老百姓就得配合,否则轻则一顿毒打,重则抓到牢里。抓进去的,家里有人,花钱是可以出来的;没钱的,被污蔑成共产党的就秘密处决了。所以,谁遇到查户口的,都得点头哈腰地配合。这人一看,屋子里确实如堂屋的老头所说的那样,而且屋内有一股血腥味加上奶腥味,也符合这床上的女人刚生完孩子的事实,便对手下说:"走!换一家。"一群人一拥而出。

东方箭的好觉被打断,这时,他想起来爹还在堂屋,举着灯出门一看,爹躺在地上一动不动。他的衣服上全是脚印,嘴角流着血。东方箭喊上半天,东方霆勉强睁开眼,说:"没事的,你去睡觉。"东方箭连拖带拽地把爹弄到了堂屋里为他临时支起的一张床上。

东方霆向东方箭招招手,让东方箭靠近自己,在他的耳畔虚弱地说着,细若游丝。东方箭努力地集中精神听,也只能听个大概。

"我对不起你娘。可怜呀!你娘,没有享到一天福……"说着说着,东方霆的老泪从眼角涌出。东方箭帮爹擦着泪,劝他说:"爹,过去的就过去了,记着也于事无补。"

"我浑蛋啊!我对不起你娘……我不该对她那么过分……"东方霆自责着。人之将死,其言也善。他对东方箭说:"你要对恋春好,不能骂,更不能打她……"在东方箭看来,这是爹东方霆对自己曾经打骂娘汤玉伶的一次忏悔,转化为对后代的告诫。

"爹,您说什么呢?"不知什么时候,康恋春站在床前,泪眼婆娑地对东方霆说。

"恋春,"东方霆喊了一声,说,"你和箭儿遇事都不要急躁,要好好商量,什么事情都会过去的。你们要好好把希望抚养大,他将来一定会给东方家带来希望……"

"爹,您就放心吧!"康恋春带着哭腔说道。

"爹,您就放心吧!"东方箭鼻塞了,"我们会好好把希望养大。"

"恋春,你赶紧回房休息。"东方霆对儿媳妇说,"坐月子的人不能哭,伤了身子不好。听话,回房休息吧。"

康恋春听了公爹的话,缓缓地转身走了。

"你三姐汝竹走了,你也不用去找她。她那天走的时候,是和一个尼姑一道的……她,也算是解脱了……活在这个世道,也真是难为她了……"东方霆说起三女儿,哽咽起来了。

东方箭用毛巾帮爹擦着眼泪,劝说着:"是这个世道对她太不公了……姐姐命苦……她能跟着尼姑走,也算是解脱了。爹,您就放心吧……"

"我死后,你就把我埋在你娘的旁边……"东方霆对东方箭说,"你不要想着去找谁报仇。我这是酒喝多了,自己摔倒的。而且我常年喝药酒,中毒太深,整天浑身疼痛难受,只有喝酒才可以让我麻醉,暂时忘记疼痛……记住了吗?我死后,就埋在……"

"爹!……您就别说了……"东方箭不忍心听爹说关于死的话题,打断了爹的话。东方箭见过太多的亲人离开的场面了,仅仅是自家,就有爷爷、奶奶、娘、四姐,一条条鲜活的生命被邪恶的势力害死了,一条条鲜活的生命就此烟消云散。听着眼前的爹的临终留言,怎能不让东方箭肝肠寸断?

"爹!——"一声凄厉的叫声划破了夜空,划碎了人们的心。东方箭发现东方霆不动了,知道又一个亲人离他而去。东方霆死在了新年第一天的黑夜,死在了希望出生的当晚。东方箭这一天经历了大喜大悲。喜的是东方家添丁进口,自己有了后代;悲的是东方家又失去了一位亲人,自己又失去了长辈。从此,东方箭再无爹娘疼了,成了孤儿,要独自面对这个黑夜了。

黑夜很漫长,无边无际,让东方箭看不到一点曙光。东方箭从来没想到过,米的价格快要比肩黄金。经过一段时间的蹿天猴般的飞天登云,每石米的价格比前一年高了 70 倍,达到了 28 万元。

人们现在只相信米和黄金了。因为黄金携带方便,更适合准备随时逃跑或者贿赂官员,这是首选。而米对于普通老百姓来说是最实用的。"手中有粮,心中不慌",所以不论是普通员工、底层百姓,还是官府税赋的收取者们,都喜欢用米量来作为结算工资、抵缴税赋的标准。

在鹏程纱厂上班的东方箭每个月可以领到 4 斗米,加上花菜辅助,勉强够他与康恋春糊口的。尽管东方希望不吃饭,但是他要吃奶。靠吃花菜米饭的康恋春无法提供给东方希望充足的奶水。每天东方希望饿得哇哇哭时,满怀希望地看着康恋春解开胸前的纽扣,满怀希望地看着康恋春掏出空瘪的奶头,叼着它"吧嗒吧嗒"几口之后,眼巴巴地瞅着康恋春,希望她多放点奶水出来。康恋春看着东方希望可怜的样子急得直掉眼泪。她恨不得将身体里的血转化为奶水,填满东方希望那张空瘪的嘴。

为了给东方希望充足的奶水,康恋春也顾不上脸面了,直接抱着孩子去了娘家。奶奶会拿出子孙们孝敬的营养品给康恋春吃。三叔家的伙食也比东方家的丰盛多了。一天吃下来,康恋春奶水鼓胀,奶头塞到东方希望的嘴里,他像小猪一样吃着哼着。他吃完了这只,吃那只,把个小肚皮吃得滚圆。吃着吃着,他竟然睡着了。他睡着了,康恋春才能安心地做点家务。

一天中午,康恋春刚把哭闹的儿子哄睡着了,准备躺在床上小憩一下,只见东方箭扛着一袋米进了房间,将米袋往墙角一蹾,便转身出房门。这个时间段,东方箭应该在厂里吃午饭,怎么回来了?康恋春有点不放心,赶紧溜下床,循着声音找他去了。只见东方箭在厨房里光着膀子清洗上臂。凳子上的衬衫有一只袖子破了,有血迹。脸盆里的水变成了红色。康恋春心疼地问他:"怎么受伤了?"

"没什么,"东方箭轻描淡写地说,"不小心刮破了皮。"

康恋春赶紧到房间里找来一块纱布,撕成了条状,帮他缠绕在胳膊上。康恋春此时脸上挂着泪珠,东方箭傻傻地看着她笑,还用另一只手刮她的鼻子:"都是当娘的人了,还挂着泪,不害臊吗?"

"人家不是心疼你吗?"康恋春眼含泪花,嘟囔着对东方箭说,"你少挣点钱不要紧,关键是要平平安安的!"这是康恋春发自内心的话,也是中国大地上普通老百姓的愿望。

妻子总是去娘家蹭饭,终究不是事儿。东方箭总想着能有其他收入来源,来改善目前的窘状。

在午间吃饭的时候,几个工友都在说物价上涨,连饭都快吃不上了。这时,任怀刚过来跟大家讲:"你们知道是什么导致米价上了天?这都是资本家垄断的结果。他们囤积居奇,每天限量销售。每人每次只准购十斤以内,超过十斤要去保长那里开证明。我买东西,花我的钱,还要去开证明来,真是岂有此理?!"

"是啊!难怪街上的米店都说没米可卖,原来是资本家把米都囤积起来了,等涨价再卖。万恶的资本家!"大家纷纷说起来,好像这样骂完了,心中的怨气就能够自动地消弭掉,自己的生活马上就能够改善一般。

"我一个人干活,三个人吃饭,家中一个嗷嗷待哺的孩子,生活难以维系。这样下去,日子可怎么过?"东方箭说出了自己家的难处。

大家神色凝重,气氛顿时安静了下来,东方箭仿佛能听到大家的心跳声。家家都有一本难念的经,东方家的日子难过,大家的日子也难过。谁家都没有余粮,都在等着米下锅呢。

任怀刚见大家都不吱声,首先打破沉默说:"这不是东方箭一家等米下锅,我们大家都在等米下锅。"

大家纷纷说道:"就是,就是……"

"我家几个老人生病在床,没钱送医……"

"我家那半大小子吃不饱,到处找东西吃,爬到树上摘桑果子吃,摔下来,摔断了胳膊……"

……

"你们想不想吃饱饭?"任怀刚提出一个问题,大家面面相觑,谁不想吃饱饭? 这还用问吗?

"关键是怎么才能吃饱饭?"有人提出了问题。

"问得好!"任怀刚对着大家说,"怎么样才能吃饱饭? 关键是看大家齐不齐心。只要大家齐心,一定都能吃饱饭。"

大伙儿听着任怀刚这么一说,都眼睛雪亮地看着他。东方箭更是抻长脖子望着任怀刚。

任怀刚在卖了一个关子之后,对大家说:"如果大家都愿意,明天大家都带上一个米袋子,我们一道去鸠城粮库'借'米。"

"真能'借'到米吗? 那我们明天上班怎么办?"有人想打退堂鼓,故意提出明天上班的事。

"你认为是上班重要,还是吃饱饭重要?"任怀刚反问了那人一句,见那人无可反驳,便对大家说,"什么叫齐心? 只有大家一个不落地都去粮库,才能'借'到米。你不去,就等着看我们背着一袋子一袋子米回家的时候,你眼馋吧!"说完,任怀刚带头哈哈大笑起来,工友们也都跟着大笑起来。

在大家约定好的时间,一批批"借"米的人朝鸠城粮库拥去。警察们手牵着手挡在人潮的前面。原本他们手中都握着武器,但是看着汹涌而来的人潮,如果动枪,极有可能瞬间被人浪给淹没。所以,警察选择的是拉起人墙来阻挡"借"米的人,不让他们往前冲。

任怀刚走在队伍的前面,对着警察喊道:"反饥饿,反内战,反迫害!"

这个高音飙起,不啻惊天响雷。人们跟着喊:"反饥饿,反内战,反迫害!"雷声滚滚,似惊涛骇浪。

一名警察拿着话筒对着人群喊:"市民们,不要听共产党蛊惑,赶紧散去!赶紧散去!赶紧散去!"

"我们吃不饱,难道要回去等死吗?你们当差的,自己也有家庭,你们的薪水能养活一家人吗?你们看到自己的亲人整天吃糠咽菜、婴儿嗷嗷待哺时,心里不难过吗?"任怀刚对着警察一连串反问,接着对他们说,"这一切都是官僚主义、资本主义互相勾结的结果。警察兄弟们,不要再为虎作伥了,不要再做腐败政府的狗腿子了。我们是来借粮的。政府取之于民,要用之于民。你们不要阻挡,你们不要做无谓的阻挡。"

"市民们,不要听共产党蛊惑,赶紧散去!赶紧散去⋯⋯"那名持话筒的警察继续朝着人群喊话,声音淹没在人们的浪潮中,没有一个人向后转身。

"反饥饿,反内战,反迫害!"喊声再次响起,压住了那名警察的喊声。

任怀刚冲在前,两名警察抓住了他的衣服往后拉。东方箭紧跟着向前冲,又有两名警察扯住了他的衣服。东方箭衬衫的袖子被撕破了,胳膊上也被抓破了。这时候更多的人往前冲,警察已经拦不住了,任由他们向粮库奔去。

水,平静的时候,似乎没有力量,柔弱可欺。但是,一旦水聚集起来,达到了一定的量,便形成势不可当的合力,可以冲垮堤坝,冲毁一切阻挡它前进的障碍。人,个体时没有多少威力,一旦拧成一股绳,像聚集的水一样达到一定的量,便可以冲垮一切障碍。

这一天,前来"借"米的人达到两万人。他们瞬间突破了警察的人墙,冲破了粮库的铁门,进入了粮仓。人们手忙脚乱地朝自己带的布袋里装大米。有一些人,也许是饿久了,捧着大米直接往嘴里送,一口又一口,根本来不及吞咽。因为唾液来不及润湿大米,大米便堵在了喉咙里,下不去,上不来。噎得受不了,便去找水喝。喝了水,大米下去了,再来吃大米。一来二往,肚子吃得滚圆,再背上一袋米回家,像是落入了福窝。

东方箭还没有饿到吃生大米的地步,所以他没有生吃大米,而是将米装到自己能够背动的程度,就背着往回赶。因为他从小就没有干过体力活,背一程,便要歇一会儿。而那些常年干体力活的,背上米一路小跑,眨眼间就到了东方箭的前面。就这样,好几拨人都跑到了东方箭的前面,就连那些吃饱了饭的人也跑在前面。

可是,不久后,悲剧发生了。一个人倒地,丢下米袋,捂着肚子佝偻着腰哼哼着,然后抽搐着,再就一动不动了。旁边人见他倒地,背起倒地人的米袋就跑。东方箭在回程的途中,看到七八个倒地而亡的人。他们无一不是身体瘦弱而肚子滚圆。东方箭判断,他们一定是吃生米后,胃胀裂而死的。

背回米的东方箭对康恋春谎称,这米是厂里工友集体向粮库借的。他没敢告诉她是抢的,更不敢说有好多人吃米胀死了。他怕康恋春为他担惊受怕。

重阳节的那天,东方箭一家去给康老太太送祝福。他们带上石榴、糕点,关键的是把东方希望带上,这才是老太太想要的。康家老二康定家也来到老三康定邦家看望老太太。老太太看着儿孙满堂,喜气洋洋,心里非常高兴。

席间,康定家问东方箭:"你现在在做什么?"

自从上半年东方箭参与"借"米运动之后,鸠城政府加强了对人员的管控,紧急颁布了《戡乱时期维持社会秩序临时办法》,禁止十人以上的请愿和一切罢工、罢课、游行示威。鹏程纱厂怕引火烧身,将几个带头"借"米的工人劝退了。任怀刚和东方箭就这样被迫自谋生路了。东方箭对其他事情不在行,便拾起老行当,批发一些零食在东门码头以及北门车站一带转悠。一天的收入,紧紧巴巴仅够糊口。没有稳定职业的东方箭见二叔问起,垂下眼,低声说:"做点小生意……"声音小得只有自己听得见。

"你愿不愿意到保里做事?"康定家抽了一口旱烟问道。他是抽大烟(鸦片)的人,抽旱烟自然不过瘾,但是在老娘面前,又不敢太放肆,权且用旱烟来解一解瘾。

"当然愿意到保里做事。"康恋春见二叔要介绍东方箭到保里做事,笑着看看东方箭,看看二叔,插嘴道,"太感谢二叔了。"

"我的一个朋友让我去沽城卖铜锣。我准备请几天假,暂由东方箭代理我的工作。"

二叔康定家的话多少还是让东方箭有点失望。既然是长辈提出来代理几天,反正自己是个自由职业者,就当练练兵,如果将来有可能去政府做事的话,也不会缩手缩脚的了。因此,他便答应了二叔的要求。

二叔是在济川保做干事。他的这个职务,原本是做警察的二姐夫令荣华准备推荐给东方箭的,因为当时东方箭在纱厂上班,所以就给了在凤凰山务农的二叔康定家。

东方箭代理的这个职务主要是负责户籍管理、摊派经费等事务。每个月薪水八斗(折合120斤)米。薪水是纱厂的两倍,还是比较可观的。原本说好代理几天的,岂料,康定家一去不复返。听人说,他在沽城一边卖铜锣,一边抽鸦片,已经乐不思蜀了。而他在鸠城这边的朋友却很着急,既不知道他在沽城的何处,也不见卖铜锣的钱回笼。他朋友多次来问东方箭:"你二叔什么时候回来?怎么才能联系到他?"其时,东方箭也很着急,自己的小生意虽挣不到大钱,但每天还是有收入的。而代二叔做保公所的事,所发的薪水还得留给二叔来领,等于自己一分钱收入都没有,一家人总不能喝西北风吧?所以见到他朋友来问,东方箭只好如实回答:"不知道二叔何时回来,我没有他的联系方式。"

那边济川保的保长也在催康定家回来上岗,一个干事总不能一直叫人代办下去吧。

时间过了一个多月,保长看东方箭还算能干,因此不愿意再等康定家了,就对东方箭说:"小伙子,我看你干得不错,你就正式地干下去吧。"

"那我二叔回来怎么办?"东方箭害怕二叔回来要回他的职位,自己空欢喜一场。

"他回来就回来,"保长对东方箭说,"你干你的事,他回来也不让他干了。"

"那可不好!"东方箭说出了自己的担心,"毕竟我们是亲戚。我占了他的位置,不太好。"

"你干你的,与他无关。"保长说,"他自己旷职,把职务丢了。你是我们重新聘请的,与他无关。"

既然保长这样说,东方箭也就释然了。不过,当天回家以后,东方箭还是跟康恋春说了这事。康恋春说:"既然保长都这么说了,你就安心地干好差事。二叔回不回来,还得打一个问号。即使回来,也不是你抢了他的位置,是他自己丢了职位,怪不得别人。"

有了康恋春的支持,东方箭就更加顺心了,干起事来非常卖力。

然而,康定家把卖铜锣的钱全部抽光了以后,还是回来了。他找到了东方箭,对他说:"箭儿,这几个月,辛苦你了。我回来了,想把保干事的工作接手过来。"

这对东方箭来说当然是很为难的。一方面康定家是康恋春的亲二叔,不移交就得罪了亲戚;另一方面保长坚决不同意让康定家再回来工作,并指示东方箭不要移交。面对二叔想要回职位,纠结了一天后的东方箭回去跟康恋春商量,最终两人统一了意见,向二叔实话实说,希望得到二叔的理解。

老二康定家心里很不高兴,在老三康定邦家吃饭时,当着众人的面说:"康家养了一头白眼狼,连自家人的职位都要抢。"

东方箭自知理亏,不敢多言语。老太太问康定家这话从何说起。康定家就把东方箭占了他的职位的事说了出来。老太太要东方箭给个理由,东方箭只好实话实说:"我无心占二叔的职位,是因为保长不同意。"老太太这才说了一句公道话:"你们是什么关系?是真亲,只要做得问心无愧,这事就得做下去。以后,不要再提这事了。"老太太一句话,其他人再也不敢言语了。但占了康定家职位的东方箭一直很纠结,好像自己做了亏心事似的,每次见到康定家都不敢正眼瞅他。

在担任保干事期间,东方箭的确学会了不少知识,而且逐步适应了这种生活,掌握了一些规律。不过和其他保干事相比,东方箭还是有比较大的差距的:一是文化水平太低了;二是社会经验比较缺乏。跟其他人比,自感望尘莫及,甘拜下风。然而他没有气馁,不论做什么事情,东方箭都暗暗地向他们学习。

每个月收支经费由他算好,填表造册,开好收据,再经保代表和保长严格审查,多一分也不行,收上来该给谁就给谁,最大的支出莫过于壮丁了。每一个壮丁要几石米(每石米150斤),均由居民出钱。家里兄弟多的,就多摊一点,免得抓人,大家都图个平安自在。卖壮丁的,一般都是家中兄弟多的,或者困难户。卖壮丁的,有的是本保的人,有的是外地的人。还有卖壮丁的专业户,他们入伍后,瞅准机会开个小差,就跑回来再卖。这种事本保的人不敢干,唯恐追查。但时间长了,部队开远了,他们还是往回跑。保甲的编制一般为二至四个人。济川保很小,也很穷,只有东方箭和保长两个人拿工钱。富裕的保甲有四个人:保长、干事、保队副和保丁。济川保虽小,但是事务和其他保一样多,所以东方箭很努力地做好每一件事。他十分珍惜这月八斗米的差事。

八斗米的月薪不够养家糊口,尽管家中只有三口人,但东方箭过得还是比较苦的。朋友见他是个有骨气的人,私下里都会想办法帮他,给他找了好几份兼职。帮旅馆行业写各种档次的房间价格表,开会时做个会议记录,每月可以获得补助几个小菜的钱,兼代保队副,每月补贴几斗米。这个职务按编制应由专人来负责,任务是训练保队员,待遇和保干事相同,但为了减负,保干事也可兼代。之后,因为任务繁重,也只好另由他人担任了。令荣华在县保安团机枪连帮东方箭挂了一个情报员的空名,每月去领三斗糙米。这个空名不管是上面检查还是本部点人,都以出差在外为借口应付了事。可是,后来经办人心太黑了,只让东方箭领了两个月的米就不给了,估计后来的米都被经办人私吞了。

尽管那一时段,东方箭忙完本职忙兼职,看上去人很累,但是收入提高了,家里人也能吃饱饭,妻儿有了欢声笑语,所以,他走起路来更加有力了。

第二十五章

希望会笑了,希望会喊爸妈了,希望能够站立扶着墙蹒跚着往前走。东方箭和妻子康恋春看着东方希望日渐成长而感到高兴。

东方箭兼职多了,收入多了,也能给孩子、妻子买些生活必需品了。他们觉得生活越来越有希望了。每天东方箭在保里忙碌完,回家后可以逗逗儿子,让康恋春能够腾出手来去做家务。一家人在清苦中也能感受到几分天伦之乐。

不过,近来保里事情特别多。电话一个接一个打到保长那里,保长每接到一个电话都会吩咐东方箭去完成。一会儿要本周的常住人口名册,一会儿要本月铺捐情况登记表,一会儿要本月壮丁情况统计表……最可恨的是,有些事情原本可以在电话里汇报的,但是上面要求,必须纸质报告,说怕被共产党监听而泄密,东方箭不明白这里面有什么密可泄。每天的流动人口统计表,要求每天一报。没有变动的,要求零报告。还要经办人、保长签字,盖上保里的公章,送到区政府办公室。前一天的报表,必须在第二天上午上班前送达。

那一天清晨,东方箭腰里揣着报表,急匆匆地向区政府方向去。东风吹绿了杨柳,柳枝轻拂着济川桥;吹红了桃花,娇艳得胜过了新娘的妆容。阳光唤醒了勤劳的蜜蜂,它们情绪高涨地四处游走;唤醒了瘦了一冬的济川河水,它热情高涨地欢唱着远行……春天的一切美好,东方箭都无暇顾及。他要尽快完成任务,回去办永远办不完的杂务。

东方箭刚刚走到济川桥上,远远看到迎面走来一男一女。男的是叶老四,多年来相貌没有多大的变化,仍旧和在南京时一样——尖嘴猴腮,黑不溜秋的。而今叶老四穿了一身军装,俨然一副军人模样。他的身边站着一个女人,戴着白色垂纱的大檐帽,穿着深绿色印花旗袍,身材挺好,但看不出来是谁。

"东方兄弟,我正好有事找你。"叶老四挡住了东方箭的去路。

东方箭只好停下来,瞪着他,没好气地对他说:"我很忙,你找我有什么事?"

"在你们保,给我安排一间住房。"叶老四一向做派就是直来直去,估计他这么多年来,在外面没有吃过亏,否则怎么一直改不了这个习惯?这么长时间没有见过面了,寒暄两句也是应该的,更何况你还求人办事,却弄得像是在发布命令似的。其实叶老四也就是这么想的,他以为在山海关,在浦镇,他们都打过交道,彼此都十分熟悉,没必要客套,更何况他还有尚方宝剑。他见东方箭没有反应,便直接搬出了当县长的哥哥来:"这可是县长大人——我亲哥哥叶鸿儒的意思。他要我直接找你安排一间房。"

鸠城的县长像走马灯一样换着不歇,一年换一个县长,绝对不是夸张,以至于人们都说:"鸠城,鸠城,一事无成。县长,县长,都干不长。"老百姓无所谓谁来当县长,他们只关心米价是不是不涨了,捐是不是减少了。只有那些做官的,才十分关注谁来当县长。因为他们要跑官要官,刚刚把某个县长捧熟了,县长答应下个月来提拔他任个局长,谁知还没到下个月,某个县长下台了,只得再捧下一个……往往又是竹篮打水一场空。他们捧县长的钱可不完全是自己口袋里的,都是老百姓交的捐,叫"迎新捐"。因此,老百姓和某些官员一样,从内心反对换县长。难得喂肥一个,你让他走了,又来一个瘦的,又得喂。

如今的县长叫叶鸿儒。他是个胖子,穿一身军装,戴茶色眼镜。可能他认为这样的装扮,别人就会以为他是行伍出身,从而有敬畏之心。他初到鸠城上任,就把县保安团的队伍集中起来检阅。因为东方箭在保里兼任保队副,属于保安团管辖的民兵组织成员,也被要求参加检阅活动。那天,保安队长将大家集中后,喊道:"全体都有,立正!敬礼!"大家都懒懒散散做着并不标准的敬礼动作。"礼毕。下面请叶县长训话,大家欢迎!"保安队长说完,自己带头鼓起掌来,其他人七零八落地鼓着掌。叶鸿儒在他们面前腆着肚子,点了点头算是对掌声的回应。保安队长举着一个喇叭,放到叶鸿儒的嘴边。叶鸿儒的个子大,保安队长个子矮,保安队长需踮起脚尖来,才能把喇叭举到叶鸿儒的嘴边。也亏他好功夫,叶鸿儒讲了半个小时,他竟然也踮脚举了半个小时,也不知道他的胳膊酸不酸。

叶鸿儒板着脸训话,他从抗战开始讲起,讲国民党如何同小鬼子英勇抗战,最终取得胜利。现在同共产党打内战,是因为共产党不让国民党安宁。物价飞涨,人民吃不饱穿不暖,流离失所,都是共产党造的孽。最后强调:"我们保安团的任务,就是要维护国民党利益,坚决同共产党势不两立。在鸠城县,你们必须服从县政府的指令,坚决完成县政府布置的各项工作。"叶鸿儒说上前面一大堆的话,都是幌子,主要就是为了引出保安团要服从县政府的指令,其实就是服从他叶鸿儒的指令,只是他不便明说而已。

越是想作威作福的人,内心越是空虚害怕。东方箭知道叶鸿儒的底细,不就是一个靠裙带关系上去的厌货吗?在南京的时候,靠他老婆龙羽菲当上了浦镇的警察局局长,怎么几年不见又到鸠城当上了县长?他这样的县长能有多少能力?靠老婆的"舍"换来税务官、警察局局长以及现在的县长,这"得"也实在是来之不易,必须耀武扬威一下。当然,他戴着茶色眼镜的原因,东方箭自然十分清楚,他的左眼在山海关被人戳瞎了,而今是怕被别人看出破绽来呗。

"我又不是保长,这临时到哪儿去找房子?"原本对叶老四就没有什么好感,加上他搬出了让东方箭同样没有好感的叶鸿儒来狐假虎威,东方箭更加反感,所以理所当然地拒绝他。

也许是在女人面前跌了相,叶老四气急败坏地对东方箭说:"我不管你用什么方法,反正要帮我弄来房子。这是任务,必须完成!"

"我没有接到上级领导布置的任何任务。"东方箭直接反驳道,他准备与叶老四死磕到底。

"我现在不就是在跟你说'任务'吗?"叶老四拉长那张像空葫芦瓢般的黑脸,用手指着东方箭,"老子跟你说,还不行吗?难道非要让县长大人跟你说才行?"

"你给我把嘴巴放干净点,别'老子、老子'的。"东方箭毫不示弱地回敬他。

"老子就说了,"叶老四抓着东方箭的衣领,他一边动手,一边嘴巴不干净地说道,"老子叫你去做,你还不听?"他对着东方箭就是一脚。

东方箭一下子火冒三丈,忍不住就和他对打、对踢起来。一年前,东方箭的爹东方霆去世了,东方箭成了孤儿。他最羡慕别人有个爹可以叫,有个爹可以疼自己。而眼前这个狗仗人势的黑不溜秋的家伙,竟然口口声声称"老子",这怎么能不叫人恼怒?东方箭顾不上后果了,要坚决反击"老子",让他知道自己不是孬货。

站在叶老四身后的女人见俩人真的打起来了,便上前拉架。她拽着叶老四的胳膊说道:"四哥,别打了……"

叶老四岂能在女人面前失了面子,咬着牙,眼露凶光,人来疯般挥舞着拳头。

"别打了!"女人带着哭腔喊,"山猫,别打了!"

东方箭愣了一下,她竟然知道自己的乳名?那肯定是在山海关扁担巷生活过的人,而且是个女人,是个年轻的女人。他在脑海里迅速搜寻这个人是谁,手上的节奏自然慢了下来。哪知道叶老四却利用东方箭分神的片刻,结结实实地在他身上落了三拳。一阵阵疼痛激起了东方箭的斗志,不管她是谁,先让叶老四这小子吃点苦头再说。

其实,就在他们发生争执的时候,街上的群众已经听到了,向他们围过去。他们喊着"打倒官僚走狗"的口号来表达对东方箭的支持。他俩这一动起手来,大家就更加起劲了,都大声地喊"打"。现场呈一边倒的态势,一下子就把那个叶老四给镇住了。为了表示他有理,叶老四拖着东方箭就要到县政府去。东方箭中山装中间的一颗纽扣被拽掉了,但他顾不上捡纽扣。他揪住了叶老四的衣领,因太用力,叶老四军装领子上的领章落地了。那个女人弯下腰来捡起他们掉落地的物件,攥在手里。有了众人的支持,东方箭当然不怕,两个人互揪着对方不放,一路骂骂咧咧地往县政府去。一群人跟着他们同往,路上还有不少人加入了看热闹的行列。中国大地永远不缺少看热闹的闲人。

他们进了县府大门,一个小头目出来,挡住了大家去路,说:"这场纠纷,我们县府会秉公处理的。大家散了吧,散了吧。"但是,陪同东方箭来的人却不愿走开,对小头目说:"我们就是来看你怎么秉公处理的。"那个小头目也没办法,他就让站在前面的三个人陪同他们进去,监督是否公正。其他人仍然不愿意远去,都站在县府大院的外面等着消息。

那个小头目首先让叶老四讲述事情的过程。那个小子说东方箭不服从领导的安排,让济川保给自己安排一间房,他不但不听,反而动手打人,想造反了。听完了叶老四的话,那个小头目竟然问都不问一下东方箭事情的经过,就开始数落东方箭了。东方箭正准备解释,旁边陪同的三个人都说,他们看见的是叶老四先骂人,也是先动手的。这一回,为难的人就是那个小头目了,他不敢得罪县长的弟弟,但又不能对东方箭发火。为了最终解决事情,他尽力劝东方箭:"退一步海阔天空。这不,你也没有吃亏。四爷吩咐的事情,你也没有做。我想,大家早不见晚见,各退一步,非要弄个是非曲直出来,有什么意义?事情越闹越大,对谁都没有好处,何必弄得两败俱伤?大家和和气气的多好!东方兄弟,息事宁人,你就该干啥干啥去吧……"

叶老四听着听着,觉得自己占不到便宜,待在这里觉得很无趣,便牵着那个女人的手要溜。那女人把帽檐下的垂纱掀起,露出了一张熟悉的漂亮的脸庞,原来是苏小欣,怪不得她的声音这么熟悉,怪不得叫东方箭山猫。东方箭呆呆地朝她一笑。她把他的纽扣放在他的手里,说:"让康恋春帮你缝上吧。"她说完转身挽着叶老四的胳膊走了。东方箭紧紧地攥着带着她体温的纽扣,木讷地对着她的背影说了声"谢谢"。

"噼里啪啦,噼里啪啦……"一串响亮的鞭炮声在济川保附近的东门街道炸响,蓝色的硝烟弥漫在整个街道。烟雾散去,悬挂着"旭日茶行"招牌的门帘里传出鼎沸的人声,冒出袅袅的茶香,茶香从门里飘出,填满街道,飘逸紫绕在空中。

旭日茶行的老板东方旭真算是一个有脸面的人,县长叶鸿儒、驻军部队团长萧将、邮政局局长康定邦、警察局治安大队大队长令荣华、三友饭店老板顾有道、鹏程纱厂老板薛鹏程等都亲自上门来。他们都带着女眷以及礼物来祝贺开业大吉。东方箭自然要前来祝贺。他问东方旭:"叔叔,您开业需要我帮忙吗?"东方旭笑着对他说:"茶行的里里外外由富贵来安排。茶行里有伙计,他们端茶递水地服侍客人就行了,不需要你帮忙的。但是,开业的那一天,你们一家要来捧场。"

"诸位,里面雅座请!"身穿西装打领带的令富贵站在门口招呼着客人,"老板在雅间等着诸位。"

老板东方旭在九一八事变中失去双腿,这是大家都知道的事情。所以,老板没有亲自出来迎接大家,大伙儿也没有不悦,纷纷往里间去。

茶行还是东方箭帮着租赁的。那天东方箭为与叶老四的一番争执而窝了一肚子火,往家赶。他走近家门,听到里面有人在逗东方希望:"快叫爷爷,爷爷给你吃糖果。"声音有点熟悉,但是不敢相信是叔叔东方旭。他远在100多公里外,而且出行十分不便,怎么可能是他?

"爷爷……"东方希望口齿含混不清地喊着对方。对方听着似是而非的"爷爷"两个字,也很高兴,哈哈大笑。东方箭觉得诧异,想,即使是岳父或者是二叔、三叔来,也只喊"外公",不会喊"爷爷"的呀。那被喊"爷爷"的人是谁呢?

进门之前,看见了一架木质轮椅,东方箭这才想到是他。再迈一步,眼睛探到了轮椅上的人,果然是他。他正抓一把糖,在逗刚刚学会走路的希望。希望旁边蹲着一个大个子。希望看到了进门的东方箭,举着手里的糖果,摇摇晃晃地走过来,嘴里说着:"爸爸,糖……爷爷……糖……"

屋内两个人循着东方希望看着的方向望去,见是东方箭回来了,笑着打招呼。东方箭一看,是叔叔东方旭和表兄令富贵,他一面跟他们打招呼,一面蹲下身子来抱儿子,嘴里问道:"你们什么时候来的?"

康恋春泡了两杯茶水端过来,分别递给东方旭和令富贵,告诉东方箭:"他们刚到不久,是二姐夫送他们过来的。"

"那还没有吃午饭吧?"东方箭问两位亲人。

"刚刚在三友饭店吃的,吃好了,就让荣华送我们过来了。"东方旭对东方箭说。东方箭暗暗想,叔叔是不是发大财了,怎么到三友饭店去吃饭?那得要花多少钱?

东方旭也许看出了东方箭的疑惑,告诉他:"三友饭店的老板叫顾有道,是我在东北军时的战友。他退役后就来鸠城开了这个饭店,挺有规模有档次的一家饭店。他听说我到鸠城来了,非要请我去看看他的饭店。"

"还是战友好!"东方箭感慨道。

"箭儿,帮我在济川保找一间门脸房。"东方旭突然对东方箭说起找房子。也许他听康恋春说东方箭在保里做干事,对这一带的人事比较熟悉,所以才开口的。但他不知道东方箭刚刚为房子的事与叶老四闹翻了。

"您要门脸房干什么?"东方箭好奇地问东方旭。东方旭看出了东方箭脸上的不愉快,不知道自己怎么让侄儿不高兴了,是不是自己不应该来他家,还是他怕自己来了不走,成了他的累赘。东方旭便说:"我想在这里开一家茶行,你找房子是不是有困难?"

"没有,没有——"东方箭也感觉到自己的失态,赶紧尴尬地笑答。

"爷爷……糖……"东方希望面向东方旭挣扎着,嚷嚷着,"爷爷……"东方箭便放下了他。这时,在一旁的令富贵看到了他衣服的扣子脱落了,便问道:"老表,怎么啦,弄成这样?"

康恋春也急吼吼地过来看丈夫是否受伤了,焦急地询问:"你怎么了?"

东方箭这才把与叶老四因为房子发生纠纷的事情说出来。大家听完都松了口气。康恋春拿着东方箭脱下的中山装和那颗被苏小欣捡起的纽扣去旁边缝扣子了。东方希望又跑回到东方箭身边,东方箭看到他胸前挂着一枚黄金坠子,拿起它向希望问道:"这是从哪儿来的?"希望看了一眼,对着东方旭说:"爷爷——"

东方箭知道这一定是叔叔东方旭送给孩子的见面礼,客气地对叔叔说:"您太破费了,干吗买这么贵重的东西?"

"男戴观音女戴佛,图个吉利,保佑我们一生平安!"东方旭微笑着说道,"自家人,什么破费不破费的?"

"希望一生平安!"东方箭看到那黄金坠子上铸了一个面容富态的观音,心里默默地念叨着。

后来,东方箭帮叔叔找到了两间连在一起的门脸房,一间作为存放茶叶、茶具的地方,另一间是供普通顾客喝茶的大众座。两间门脸房的后面均改建成雅座。仓库以及令富贵的卧室在楼上。租金也不贵。因为物价上涨太快,许多店开着开着就关门歇业了。这套门脸房空着都快半年了,一直无人问津,正愁着无人来租,而今东方旭来租房,房东自然特别高兴。加上又是本保的干事来租,东方干事平时没少关照房东,所以房东也知恩图报,要价比周边房租都低。

东方旭请人将房子简单改造了一下,便择吉日开张了。这不,鞭炮一放,大家都知道,南京来的一个大客商在这街面上开了一个茶行。

晚上回家时,吃饱了的东方希望早就伏在东方箭的肩头睡了。康恋春跟东方箭说起了苏小欣,晚上吃饭,两人正好邻座。苏小欣脖子上围了一条丝巾,不是为了美观,而是脖子上有一道日本鬼子用刺刀留下的伤疤。她不想让人看到,怕吓着别人。东方箭这才想起来,那天看到她的时候,她垂下帽纱遮挡住脸,原以为是她害羞,或者怕太阳晒,原来是为了遮挡伤疤。这让东方箭对她产生了一丝怜悯。康恋春说:"苏小欣她悄悄地告诉了我,她与令云雀、东方汝竹被日本人的鹰爪抓去做了'慰安妇',过着生不如死的日子,最终熬到了日本鬼子投降。因为日本天皇宣布投降比较突然,所以她们那批'慰安妇'没有被杀害,而是被国民政府接手了,要被遣散。但是,大部分人家里已经没有亲人了,所以无法安置,政府就广贴告示,没有女人的成年男人可以自愿登记领养一名'慰安妇'。恰巧,苏小欣被叶老四认领了,所以就嫁给了叶老四。虽然苏小欣是叶鸿儒的干女儿,但因他们没有血缘关系,故嫁给叶鸿儒的弟弟,也不算近亲结婚。各喊各的,也蛮好的。"

怪不得,苏小欣跟叶老四显得那么亲热。怪不得,叶老四要找一间房住,原来要安顿小窝。东方箭又想到了三姐和苏小欣一样被日本鬼子作为泄欲的工具,感到痛心。

东方箭一夜未眠。

第二十六章

炎炎的烈日,气温一天高过一天。江南水乡,白天庄稼被晒得蔫巴了,晚上月光一照,它们一般能恢复一些元气。但持久的炎热,却让庄稼难以有精气神。水牛整天浮在水里不愿意上岸。缺水的土地裂开了口子,像无数张饥饿的嘴连在一起。没有一只鸟雀愿意在阳光下飞翔,连树上爱叫唤的知了和河边青蛙都闭了嘴,它们在无声地抗议着这如脱缰的野马似的高涨的温度。

同时高涨的还有物价。食盐6000元一斤,菜油3.86万元一斤,猪肉3.2万元一斤。每石米卖到410万元,平均每斤2.73万元。米是去年的14.6倍,是前年的1025倍。有人开玩笑说,现在的钱若是能够穿越回前年买米,一石米钱可以买1025石,可以够一个人吃一辈子。那天,东方箭背了一米袋钱去了米店,结果只提了一小袋米回来。

东方箭顶着烈日来到保里,保长让他去张贴一份告示。他也没仔细看,带上糨糊、刷把、告示就来到街口张贴。贴好了之后,因为那里有阴凉,他顺便扫了几眼。这一扫扫出了一身冷汗。原来,告示上写道:即日起,鸠城执行中央政府"币制改革令",法币300万元、关金券15万元各折合金圆券1元。限期兑换。所有金银首饰、金条、美元等停止流通,按照其法币价值予以回收,兑换金圆券。在规定期限内没兑换金圆券而持有上述物品的,视为扰乱金融秩序,物予以收缴,人予以法办。东方箭心疼的是叔叔不久前送给希望的金观音吊坠。不是因为它能值多少钱的问题,而是它具有的纪念意义。

"币制改革令"刚颁布不久,人们就挤着前往银行兑换金圆券。但是,还有些持有金银首饰、金条的人处在观望阶段。叶鸿儒组织保安团里的"骨干"分子成立了戡建队。他们挨家挨户地搜,只要听说谁家有金器,不论你把这些东西藏在哪里,他们都能搜得出来。

一段时间过后,戡建队突击性的任务完成了,接下来就是守住关键的道路,查验国民党规定的违禁物品。因为人手有限,叶县长便想到安排保里的干事去协助。戡建队直接指定东西南北门的保里干事兼代检查员。东方箭便被安排在东门协助检查。主要检查那些投机倒把的商人。目的是维护金圆券的地位,防止其贬值。戡建队的头头儿告诉东方箭他们:"你们要把眼睛放亮一点,发现违禁的商品,及时上报没收。你们保干事可以从中得到奖励。"实际上,有门路的商人凭着叶县长的路条,谁也不敢查,就这样大摇大摆地过去了;没有门路的,也没有一个傻瓜敢从大路上走,他们早从小路溜之大吉了。所谓的设岗检查也就形同虚设。不过,当看到是令富贵、任怀刚、甄仁贵、龙会云的物资时,东方箭看也不看就说他们有路条,放他们远去了。

出乎东方箭意料的是,金圆券没有维持到两个月,就开始贬值。金圆券最大面额由10元到1000元,到1万元,再到100万元。跟之前的法币一样,如同废纸。

康恋春有时对东方箭嘀咕道:"你不是说国民党下定决心实行'币制改革',能够稳定物价吗?你看看这个物价哪一天不在涨?提着一袋子钱还买不到东西……"

东方箭只有不辩解。不解释,就是最好的解释。再完美的解释,都是苍白、无力、徒劳的狡辩,于事无补。当初,要不是戡建队太恶毒了,他也不会把希望的金观音拿出来兑换什么金圆券,结果领回来一堆废纸。真不知道这个世道在何方……

"天有不测风云,人有旦夕祸福。"还有一个令东方箭没有想到的事情是,医院竟然不收金圆券了。一天下班,本就很疲惫的东方箭,想倒在床上睡一觉,结果他看到妻子抱着希望在掉眼泪。希望的脸红红的,紧闭着眼睛,似乎睡得很沉。东方箭一摸他的额头,怎么这么热?希望前几天感冒咳嗽,东方箭去药房买了一些草药回来,熬给希望吃,但是因为太苦,希望不愿意吃,所以病情不仅没有好转,反而厉害了。

东方箭赶紧抱着希望去诊所,康恋春抓了希望的两件衣服跟在他后面边哭边跑。在路上,他们遇到了康有强。他听说外甥病了,便跟着一道去了一个中医诊所。医生还没开始检查,突然东方希望瞪大了眼睛,惊恐地指着门口,嘴里"啊啊啊"地叫着,拼命地想挣开东方箭的胳膊往后躲。康恋春立即拍着儿子肩膀,哄着:"宝宝不怕,宝宝不怕!"哄了五分钟左右,希望又耷拉着脑袋沉沉地睡去。医生问:"孩子这种情况有多久了?""有两天了,昨天和今天上午都发作了。我以为他受了惊吓,还准备找人给他收吓。"康恋春回答医生。医生检查后,对他们说:"你的孩子这是由感冒转为了肺炎,高烧已达四十摄氏度。刚才就是体温太高导致的惊厥,你们送来得太晚了。"然后,他摇摇头,说,"你们送到其他地方去吧。"这对小夫妻来说,不啻晴天霹雳,这可怎么办?

这时,康有强说:"我有个西医朋友,送给他看去吧。"三个人一阵风似的赶到西医诊所。医生经诊断说:"他感染了病毒,必须打盘尼西林,也就是青霉素,才能退烧,否则无法挽救。"

东方箭急着问:"青霉素要多少钱?"

"青霉素是进口货,一瓶就要一石大米。"医生告诉东方箭。

东方箭在心里想,是什么神药一瓶就要一石米。但是转念一想,自己患急性关节炎也是用青霉素治好的,康恋春卖了一只手镯才付清药费。现在为了救希望,多少钱也得掏呀。医院是个吞金兽,只进不出的巨型貔貅。它的定价,从来都是不还价的,也没有人跟医生还价。东方箭一面想,一面掏出腰包里的大额钞票,准备点钱付给那个西医。

西医摇摇头说:"我不收金圆券,只收美元、金条。"

东方箭急得头上汗珠直冒,康恋春急得眼泪"吧嗒吧嗒"往下落。看着红红脸蛋的希望,他们看不到一点希望。

康有强拍着胸脯对医生说:"我担保,你给我外甥打青霉素吧。"

这个医生与康有强比较熟。他知道康有强在邮政局公干,所以答应了康有强的请求。东方箭感激地看着这位曾经与自己一道给鬼子当过劳工,而今成熟又有担当的康有强。如果不是他,东方箭将怎么救儿子?东方希望还有希望吗?东方箭简直不敢想象后果……

医生给希望打了一针青霉素。不久,东方希望醒了,脸色恢复正常,用明亮的眼睛打量着大家。他看到了康有强,立即坐起身来,往他怀里扑,喊:"舅舅好!"

康恋春慌忙转身擦干眼泪,生怕被希望看到她伤心的模样。

康有强一把抱起希望,举起来说:"宝宝好!希望真好!"

第二十七章

纷纷扬扬的大雪从下午开始就一直没停。

东方箭伏在叶老四家后窗外已经很长时间了。他是要等到屋里的男人打起呼噜熟睡时,才能通知躲在远处的草堆里的两个人。而此时,在"旭日茶行"里还有几个人在等待着结果。因为他们与屋里男人都见过面,比较熟悉,所以不便参与此次行动。

这天下午,济川保保长见下雪没什么事可做了,便让东方箭早一点回家带儿子。东方希望自出生以来,第一次看到下雪,所以非常兴奋。他双手挥舞着,捧着雪花,一开始雪花融化了,急得他哭着要爸爸帮着找雪花钻到哪里去了。后来,雪花飘得多了,希望竟然在手中留下很多雪花,还能捏成团。捏着捏着就捏出了水,水把希望的手给洇湿了,像刚洗过的苹果,白里透红。东方箭蹲下身来,抓了一把雪捏成球,掷向希望。雪球在希望的蓝布棉袄上绽开了一朵花。希望高兴地笑了,也抓起雪球,砸向东方箭,雪球却只在东方箭的脚跟前跌落,四分五裂。希望不满意了,又捏了一团雪球,跑到东方箭跟前,对准他的头就掷。这个雪球在东方箭的太阳穴处开花了。希望哈哈大笑起来,对着屋里大喊道:"妈妈,我胜利了,我胜利了!"虽然雪砸在脸上有点儿疼,但这是幸福的滋味。东方箭立即团起一个雪球,掷在希望的袄子上,也说:"胜利了! 胜利了!"康恋春从屋里探出头,看到父子俩玩雪笑成一团,脸上绽放了一朵花。她又缩回身子去忙碌晚餐了。过了一会儿,她见父子俩还在外面嬉闹,就连忙出来喊道:"快回来烘烘火,疯了一身汗,小心会感冒的。快回来!"东方箭听到妻子喊"小心会感冒"时,便及时打住了,因为之前儿子感冒转成肺炎,差一点没救了,花了一石米的药费不说,希望还吃了大亏,所以一提到"感冒"就联想到上次情景。于是,他拉着希望的手回屋。希望手里还捏着一个雪团,不舍得扔。东方箭对他说:"等雪停了,我们来堆雪人,好不好?"希望只好勉强地点点头。

吃晚饭时,希望问东方箭:"爸爸,什么时候雪会停下来?"

"要等到明天天亮吧。"东方箭不是老天,他不能给孩子一个准确的时间。

康恋春侍弄希望睡觉时,希望再次问:"妈妈,什么时候雪会停下来?"

"要等到明天天亮吧。"康恋春也不能给孩子一个准确的时间,哄着他说,"好好睡觉,等你一睁开眼,天亮了,雪就停了。"

希望闭上眼睡觉了,他期待着明天出来堆雪人。东方箭却围上围巾,戴上棉帽子,做好出门的准备。康恋春问:"大雪天的,你这是要出门?"

"执行任务!"东方箭简短地回答她。她知道,语言越短,事情越重要。一般公务上的事情,她不会参与,也不会过问。但是,她总是担心他会助纣为虐,做下伤天害理的事,将来东方希望该怎么面对世人? 便提醒他:"不要乱出头,对老百姓好一点。"

"知道!"东方箭再次简短地问答了康恋春,也算是给康恋春一个承诺。东方箭在楚埠的时候,见过老百姓处置汉奸的场景,知道老百姓在强压政策的时候会保持屈服、沉默、忍耐,一旦时机成熟,会变成炸药桶,突然爆炸。所有的针对老百姓的罪恶,都将被清算;所有伤害老百姓利益的人,都将被处置。用中国的古话说,叫"善有善报,恶有恶报。不是不报,时候未到"。

其实,东方箭这天晚上的任务,不是保长安排的,而是任怀刚安排的。目的是给叶老四家里的男人一个小小的教训。

"梆梆梆!"有人敲叶老四家的门。东方箭耳朵竖起来听着屋内的动静。

"谁呀?"房间里一个女声飘出,东方箭听出这人是苏小欣。

"是我。"一个男人的声音传到了东方箭的耳朵里。

"干爹来了!"女声甜甜地喊着门外的人,趿拉着鞋子去开门。

"别这样,让人看见。"东方箭估计这男人进门就要搂抱她,女人有所顾忌。

"大雪天的,能有谁呀?"男人笑嘻嘻地说着,拥着女人进了房间,他们离东方箭很近了……

不久,女人低沉的呼吸声伴着男人高亢粗鲁的鼾声起伏起来。东方箭知道时机到了,他跑到屋上头,对着不远的草堆"喵喵、喵喵"地学了两声猫叫。两个人影迅速向叶老四家靠拢,他们娴熟地拨开门闩,进了屋,捆了那个衣衫不整的男子。

一人用手电筒照着男人的脸,男人睁不开眼睛。东方箭这才看清了他,正是叶鸿儒。他原本是独眼,现在好了,两只眼睛都睁不开,成了"闭眼县长"。

"你就是叶鸿儒?"那罩了头套举着手电的人问叶鸿儒。

"是的。"叶鸿儒颤抖着称是。

"三天前你们抓了两个弹棉花的,说他们是地下党的交通员?"

"是的。"

"关在哪里?他们叫什么名字?"

"在县政府的牢房里。"叶鸿儒愣了一下。持短刀戴头套的人把刀刃贴在了他脖子上,他立即说出了两人的名字。

苏小欣一听到两人的名字,从被窝里坐起身子来,对着叶鸿儒吼道:"你为什么抓我爹娘?"

"干女儿,你听我解释……"叶鸿儒想解释这是有人举报的,他只是执行任务而已。但是,他话还没有说完,就被苏小欣打断了。

"我不听,我不听,你这个坏蛋……"苏小欣哭着骂道。

"他何止是坏蛋,他就是畜生。这是人干的事吗?"举手电的人数着叶鸿儒的罪状。

苏小欣麻利地翻身,对着叶鸿儒的头就是一脚。叶鸿儒被突如其来的一脚给踹倒在地上,倒在那里,爬不起来。苏小欣从踏板上下来,光着脚对着倒地的叶鸿儒踹着,哭喊道:"你这个坏蛋,放了我爹娘……"叶鸿儒只有被动挨打的份儿,他的手臂被反绑着,缩着头像只乌龟。他不停地求饶:"放了我,我给你一个解释。放了我,好闺女,姑奶奶……"

"要怎样你才能放他们出来?"持短刀的人阻止了苏小欣的踢踹,扶起了倒地的叶鸿儒,问他。

"你们拿着我的印章,到县政府的牢房里就可以直接提人。我跟他们说过,没有我的印章,谁都不能来提走这几个人。"叶鸿儒老老实实地回答问话,眼角不时瞟向苏小欣,看看她有什么反应。

226

"我们怎么能相信你说的话?万一是你设下的圈套,让我们钻?"持刀的人对叶鸿儒提出疑问,转而向持手电筒的人说,"要切下一根手指头,他才会讲真话。"

"大爷,别……别……"叶鸿儒急了,"我还在你们手上呢。要不,你们让小欣,他们都知道她是我干女儿……哦!让我干女儿直接找老四就行了……"

"这时候了,还说'干女儿'……"苏小欣又踹了叶鸿儒一脚,叶鸿儒夸张地"哎呀、哎呀"地叫着。

叶鸿儒浑身颤抖,低下头,弯下腰求道:"我说的句句属实。你们可以派人去县政府试试,如果有半点欺骗,我愿意接受任何处罚。"

翌日,一轮红日从东方升起,照在白雪皑皑的江南大地上。东方希望一睁开眼,就吵着要东方箭起来和他去堆雪人。鼾声如雷的东方箭被东方希望的小拳头给打醒了,揉揉惺忪的眼睛,坐起身体来看外面雪亮,知道自己睡过头了。

"你说雪停了,就堆雪人的。"希望睁大眼睛对东方箭说。

"是啊!"东方箭打着哈欠穿衣起床。

"你要堆一个什么样的雪人?"东方箭问儿子。

"我要堆三个雪人。"东方希望歪着头对东方箭说。

"为什么是三个人?"东方箭有点不理解地问儿子,"是哪三个人?"

"爸爸、妈妈和宝宝。"东方希望稚气地回答。

第二十八章

一只小船在楚埠上岸,两个壮劳力抬着一副轮椅拾级而上,旁边的一个中年人向轮椅上的人介绍着:"这就是你哥哥曾经居住过多年的屋子。东方箭就在这门前的码头摆摊设点做点小生意,来养活一家人。这边曾经是鬼子的碉堡、岗哨,现在成了国民党兵的碉堡、岗哨了……"

坐在轮椅上的是东方旭,向他介绍情况的是任怀刚,抬着他的是东方箭、令富贵。凤凰山上的茶叶长势喜人,制成的绿茶,泡出来清香扑鼻,喝后唇齿留香,有清咽润肺之功效。在任怀刚的极力推荐下,东方旭想去凤凰山看看茶山,看看茶农做茶的工艺过程,再决定是否将这些茶农制作的茶叶全部收购。当他们的船经过楚埠,听东方箭介绍在日寇横行期间落难在此的话后,东方旭便想上岸看看哥哥东方霆一家人曾经生活过的地方,算作对已逝的娘、哥哥、嫂嫂的一种怀念。

买东方家房子的主人已经将门前的照壁拆掉,屋子里显得格外亮堂。房子还是那座房子,只是物是人非了。东方箭看到这家人的情景并不比他原来的家好多少。一张桌子黑漆巴拉,好像多少年的污垢没有擦去。家中的用具都十分陈旧,有一条板凳还是三条腿。床上的被褥补了又补,看不出原来的颜色了。东方箭联想到自己家的破被褥、简陋陈旧的家什以及困苦不堪的生活,与这一家是多么相似……不禁鼻子一酸,差一点落下了眼泪。

"为什么日本鬼子都投降四年了,而人民的生活却愈加困苦?而那些官僚、资本家仍然过着锦衣玉食的生活?"任怀刚对东方箭他们说,"是因为国民政府官僚与买办资本家互相勾结,压榨老百姓。不过他们的好日子快要到头了。"

"长江以北地区的人民,现在生活在幸福之中。他们打倒了地主、资本家,耕者有其田,扬眉吐气当家做主人了。"东方旭接着说,"江南人民的苦难也快要结束了……"

东方旭自己摇着轮椅,他拒绝东方箭帮他推轮椅。其他人与轮椅并排在街道上走着。街上做生意的人眼巴巴地看着他们,吆喝着自家摊位上的物品,希望这行人能够帮他们销点货,挣点生活费。东方箭看到叔叔的轮椅虽陈旧了,但背后的横梁上他曾经雕刻的太阳图案依旧十分醒目,它伴随着叔叔东方旭度过了无数个艰难的日子。东方箭看着它,眼前一片光明,充满希望。

东方旭摇着轮椅"走"了十几分钟,看到店铺的墙体斑驳,瓦楞里枯草还在招摇;店里的商品不但少,而且很不美观,就像一个不善打扮的懒丫头;店主人懒洋洋地打着瞌睡,有气无力地兜售商品。于是,一行人收住了脚步,转向码头,坐船过河。

"划回来!快点划回来!"岸上有人对着已经行驶较远的船喊道,"再不回来,就开枪了!"

船上的人这才看到楚埠码头上有十几个穿着警察服的人举着枪对着他们。任怀刚他们立即掏出手枪猫下身子对准岸上的人。没有枪也不会用枪的艄公和东方箭立即从船的左侧下水。他们要踩着水,带动船远离枪的射程。

"噗噗噗……"岸上的警察朝他们开枪了,船上的人立即还击。

原来,东方旭这一行人甫一上岸,就被刚从禹王宫小姐被窝里钻出来的孙八斤看见了。孙八斤知道东方旭是从南京来的地下党,认为他是一条大鱼,自己发财的机会来了,所以赶忙去警察局报警。警察局局长也认为这是千年难得的发财机遇,于是组织十几个人来抓捕共产党。等这一群人紧赶慢赶过来时,东方旭他们已经上船远去。

"当——"有子弹打中了船板,发出震耳的声音。东方旭瞄准岸上的人进行还击,子弹带着"嗖嗖"声飞向岸边,有警察应声倒地。

艄公和东方箭拼命踩水,想赶快离开。然而,因为两人在一个方向,所以船在凤河上打着转。

"当"的一声响后,船上有人中弹了。艄公、东方箭顾不上看是谁中弹了,配合踩着水。最终,船脱离了岸上枪击的射程,岸上的枪声停了,船上的枪声也停了。船上传来"东方旭、东方旭""表叔、表叔"的呼喊,东方箭知道不好,赶紧上船。叔叔东方旭耷拉着脑袋,胸口被鲜血染红了。子弹是从轮椅后面薄薄的横梁上穿过的,从东方箭雕刻的那个小太阳正中间穿过,然后穿过叔叔的胸膛。东方箭抱着叔叔渐冷的身体,大声地哭泣。

一个木刻的太阳消失了,一个肉体的太阳陨落了,但一个炽热的太阳在东方箭的胸中冉冉升起,它将照亮东方箭前方的路,让他继续前行。

"舅舅回来了!"一个大半人高的男孩从屋里冲出来,走向了东方箭。

东方箭刚刚下船,无精打采地走到家门口,眼尖的外甥花昭亭就喊他了,儿子东方希望雀跃着跟在花昭亭的后面奔出来,喊着:"爸爸,爸爸回来了!"他们俩还没看出东方箭的沮丧、颓唐的模样,兀自高兴。

为了不给两个孩子难堪,东方箭嘴角抽动了一下,对花昭亭轻声地说了句:"哦,来了。"

花昭亭已经长高了,穿着花格子西服,一个标致的少年郎站在舅舅的面前,原以为舅舅会很高兴地招呼自己,哪知道他这么冷淡。他便失望地牵着希望的手说:"弟弟,我们玩去。"

东方希望还回头望着东方箭,说:"爸爸,爸爸回来了……"心不甘情不愿地被花昭亭拉走了。

进屋后,东方箭看到了大姐汝梅、大姐夫花千树在与康恋春说着话,康恋春与汝梅在厨房里忙碌着。他们看到东方箭的脸色不太好,便询问是什么情况。

东方箭含泪将叔叔被害以及将他埋在了鸡头岭奶奶的坟边的经过讲了一遍,一家人都在默默地落泪,许久没有人说话。

"这个仇,我们一定会报的。国民党白色恐怖统治就要走到头了。这是黎明前,最黑暗的时刻了。"花千树坚定地对东方箭说,"你还是坚持干好保干事的差事,尽量多为老百姓做事,政府布置的收捐、纳税、壮丁等事情,能拖就拖,反正他们也维持不了多久了。你不能在这关键时刻,背上反动政府帮凶的骂名。"

听了大姐夫的话,东方箭默默地点头。

花千树这次回到鸠城,是要在这里开一个皮货商行,自然又找到东方箭为他找门脸房。这个门脸房与"旭日茶行"的门脸房在一条街道上,它们距离不是很远,对街而望。因为叔叔东方旭过世了,"旭日茶行"就自然由他的合伙人令富贵接手当了老板。而茶行的老客户,如萧将、顾有道、康定邦、令荣华等一些有头有脸的人经常出入这里,所以生意还能说得过去。在固定的时间段,东方箭也带着一家人去凑热闹,喝了茶,作为表哥的老板令富贵也不收钱。不是东方箭想贪这个便宜,而是花昭亭经常去,东方希望自然也想去与他玩。

作为三友饭店的总管,任怀刚抽空也来品茶。他来了之后,一般是老板令富贵亲自接待。任怀刚曾对东方箭交代过,眼睛要放亮一点,如果是暗探(眼线)进来,要大声喊:"来贵客了!"这样,在雅座的任怀刚他们便迅速散开或者立即从后门撤离。

茶行里大厅的醒目处悬挂着一条幅,上书"闲谈莫议国事"几个大字。但是,老百姓有时还是管不住自己的嘴。他们低声说着话。

"我看这形势对国民党十分不利。你看看每天从南京开过来的汽车就知道,国民政府各部委都在抢时间撤退。"

"这哪里是撤退?分明是在逃跑……"

"是的哦!汽车一辆接着一辆地往广德、屯溪方向开去。在大街上,你想从中横穿马路都是很困难的。"

其实,他们说的,东方箭也深有体会,国民政府那种慌张的狼狈相,足以说明解放军的大部队即将到来,国民党必败无疑。败势已定,神仙难挽回。

"你知道吗?现在大街小巷旁较偏僻的路边,都有人在公开出售地下刊物,那上面刊登了不少宣传解放战争或揭露国统区腐败没落的文章。"

"'国民党'的广播每天还在播出国民党军人勇武,击败、消灭共产党的新闻。"

"可不是吗？长江以北现在都是共产党的天下了。人家物价稳定,不像我们,法币是一堆废纸,金圆券是一堆废纸,现在弄个银圆券也是一堆废纸,还不如冥币值钱……"

"解放军还是早一点过江吧,大家都能够过上安稳的日子。"

……

有时候,东方箭竖起耳朵来听人们私下里的议论。他也赞同他们的观点,大家都对国统区有一种厌恶感,对解放有一种强烈的期盼感,希望早日换个社会才好。只要他们议论的声音小,东方箭就装作没听见。如果他们议论的声音大,东方箭就会拉长声喊道:"闲谈莫议国事!"

第二十九章

红日初升,其道大光。鸠城的高楼在阳光下显得格外高耸,街道也显得格外宽敞。济川河在阳光的召唤下奔向凤河,最终投入了大江的怀抱。树木葱茏,飞鸟从容,一切美好的东西都在阳光下展示自我;老鼠卧洞,蟑螂钻缝,一切黑暗的肮脏的东西都无处遁形。

这两天,西北方向总是传来"隆隆"的炮声,解放军终于渡江了。从西门到东门大桥的街道上停满了美式帆布篷顶小吉普车以及十轮大卡车,每辆车上都挤满了家属,塞满了行李箱。东西多了就往车下扔。有少数国民党军士兵在维持现场秩序,端着枪来回地走动。他们一会儿进城,一会儿又跑出城。

康恋春看到附近胆大的妇女去捡车上抛下来的衣物和箱子。她竟也想冒险跑到街上去捡东西,被东方箭给追了回来:"街上多危险!现在国民党军看谁都是共产党,被打死是无处说理的。再说,那些东西都是肮脏的,是国军当官的克扣将士军饷,或者是党国当官的贪污受贿来的,绝对不能要!脏了手!"东方箭已经有好几天没有去上班了,一来党国的当政者人心惶惶,都在想着往哪里跑能够保住自己的性命;二来已经有一个月没有发饷了,上不上班一个样,不如待在家里,省得康恋春为他提心吊胆。康恋春听了东方箭的话,自然回到了家中,关上大门,两个人发着呆。东方希望在后门口一个人玩着蚂蚁。

那一日,天还没亮,鸠城西门那边传来"轰隆"一声炮响,像一声炸雷一样,人们被惊醒,知道解放军正式攻城了。接着,不断传来炮声,东方希望吓得捂着耳朵躲在被窝里,瑟瑟发抖。康恋春则紧紧地抱着他,哄着他:"不要怕,不要怕,那边在放大炮仗。"东方希望才敢从被窝里露出脸来,但依旧捂着耳朵。东方箭则赶忙起床,因为前几天任怀刚就分配任务给他了。

西门外解放军与国民党军交火的枪炮声不绝于耳。街上十分寂静,很少有人走动。大多数老百姓已逃到了乡下,暂避炮火。东方箭赶到"旭日茶行"时,令富贵、花千树、顾有道和任怀刚早已经将糨糊、写好字的红绿纸、刷把等准备停当。茶行的大厅里,还有十几个伙计模样的人,兴奋地聊着解放军来了的事。

任怀刚兴奋地对他们说:"解放军就要进城了,反动派的末日已经来临了,老百姓的好日子就要到了。现在我们分一下工,我和花千树、顾有道分别去自来水厂、电厂、纱厂、粮站、加油站等重要单位,再次确认一下这几个单位工人纠察队在岗情况,坚决保证解放军进城时期的民生设施的安全。令富贵、东方箭各带两个人上街贴标语,令富贵从南门贴到北门,东方箭从东门贴到西门,然后你们在西门会合,迎接解放军进城。"

东方箭插话道:"解放军也不认识我们呀?"

"解放军的旅长是茅定毓,你在凤凰山见过。令富贵曾经与他见过面。另外,我和花千树、顾有道这边一结束,立即赶到西门迎接。"任怀刚长话短说,"之后,解放军将会把一个连分成四队,由我们带着去接管城内各重点单位和部门。届时,我带一队去县政府,令富贵带一队去警察局,花千树带一队去兵营,东方箭带一队去监狱。"

东方箭带上两个人按照任怀刚的布置,在街头显眼的位置、电线杆上贴上标语。这些标语都是前几天任怀刚他们晚上集中在茶行里写的,东方箭也参与了。内容是"热烈欢迎人民解放军进城!""人民军队为人民!""军民鱼水情,军民情谊深!""中国共产党万岁!"等。

两天前,长江边的沽城解放了。因为三叔康定邦和内弟康有强都在电信局工作,他们很快就得到消息。是沽城局给他们打来电话,告诉他们解放军纪律严明,要他们坚守岗位,不要害怕,更不要外逃。得到这个消息后,康家悄悄地将消息告诉了包括东方箭在内的一些可靠的亲友。这个好消息当然藏不住,不到半天,大街小巷都知道了。于是,胆大的老百姓全家未出大门半步,安坐在堂前,他们把纸烟、茶水、水果等摆放在桌上,准备招待解放军。

街上偶尔见到两三个国民党军士兵端着枪逼着几个青壮年扛着装有炮弹、手榴弹的木匣子往西门去。东方箭他们见到国军士兵会立即隐蔽起来,避免和行将末路、狗急跳墙的国民党军士兵发生冲突。

到了中午时分,阳光挂在了南面的天空,西面的枪炮声停了。树叶停止了颤抖,鸟儿才敢探头探脑、东张西望地探听消息。

国民党军将士早就没有战斗力了,炮声一响,除了少数顽固派,大多数开始往后撤。他们的主帅,早就乘着吉普车逃到南边去了,剩下的也就是一些充当炮灰的小兵。兵败如山倒、宜将剩勇追穷寇的情景,东方箭算亲眼看到了。

茅定毓带着先头部队进城了。解放军官兵穿着一样,没有谁佩戴特殊的标志。每个人的左边胳膊上系着一条红色的布带,主要是要与国民党军区别开来。他们每个人都扛着枪,腰上系着子弹带,肩上背着装粮食的细布袋。重武器由马车拖着,机枪由三人抬着。排头的举着鲜艳的红旗,雄赳赳、气昂昂地进了城。任怀刚等人早在城门两侧等待,熟人见面自然简单地寒暄两句。这时,茅定毓看到了瘦长个儿的东方箭,用粗大的手掌拍着他的肩膀说:"小鬼,长高了,成熟了。"

"感谢首长关心!"东方箭笑着向茅定毓说道,"欢迎首长!"

"他孩子都三岁了,已经是个大人了。"任怀刚向茅定毓介绍东方箭道。

"好啊!又是一代人了。"茅定毓感慨道,"希望他们在和平安宁中健康成长。"

"他的儿子就叫东方希望哦!"任怀刚再次介绍道。

"好!这个名字好!我们的下一代都有希望!"茅定毓高兴地笑着说道,"东方希望,东方人有希望,东方国度有希望!好名字!"

现场听到这话的人都笑起来,原本还是浴血奋战的战场,变成了寄予希望的轻松愉快的抒怀场。

茅定毓向东方箭说了东方从武的情况,这次他带着一个排的队伍在城外防守,暂时就不进城了。东方箭虽然觉得遗憾,但毕竟解决眼下残余的敌人是最重要的事,兄弟之情可以暂时放一放,待到全国人民安居乐业的那一天,定能好好聚、好好叙。

按照任怀刚事前的布置,令富贵他们各自带领着一队解放军战士到达指定的重点单位和关键部门。

此时,鸠城内的萧将已率部起义,他们胳膊上也系上了红布带;治安大队的令荣华也带领大部分警察投诚了,他们胳膊上也系上了红布带。同时,解放军来到县政府、警察局、军营、监狱,几乎没有遇到抵抗,就顺利地接管了这些部门。

东方箭带着一些解放军战士来到监狱,打开监狱大门,里面关着一群政治犯,其中还有一部分因为说了几句过激的言论而被关押的老百姓。

就在解放军全面接管了鸠城的重要政府机构以及重要的民生机构的同时,还有大批的国民党军不断拥进城来。任怀刚再次吩咐东方箭、令富贵等人,带上任怀刚、东方箭绘制的地图,分片区协助解放军挨家挨户地搜索包括国民党军士兵在内的反动政府的残余势力。这些手绘地图虽然简陋,但非常实用。任怀刚早已经将它分区域复制多份,由东方箭等本地人带着,解放军逐户敲开各家的门,冲进去搜查。每搜完一户,带路人都会做上记号。临别时,不管主人怎么热情,解放军表示一支香烟都能不抽。东方箭嘱咐屋主人把小红旗插在门口,表示这里已经被清查过了。其实,老百姓早就做好了欢迎解放军的准备,每家每户都做好了小红旗等待它们发挥作用。一面面小红旗插在街道两侧的店面上,迎着阳光释放热情,迎着春风诉说期盼。

到了傍晚时分,红旗插满了鸠城的大街小巷,代表着解放军战士全面控制了鸠城。到了该生火做饭的时候了,因多日来的作战,战士们的粮食不够了,便去借百姓家的米、柴、油盐和菜。许多士兵不识字,老百姓自己也不会写借条,便让同行的东方箭帮着写,写下借据后,班长盖上印章,告诉市民:"等战事一稳定下来,你凭着这张借据就可以找当地政府兑现。你要物给物,不要物就给钱。共产党人,说话算话,绝不赖账。"

市民们这几年被迫交捐交税,被迫"借"走的东西多了去了,国民政府也没有哪一次说过归还的话。尽管他们心里对共产党的解放军部队说的"还"带有疑虑,但在这个前所未有的大变革的时期,保命要紧,只要有条命活下来,这些东西都是身外之物。

老百姓对归还物品没有抱多大希望,但接下来的事情却让他们不得不佩服解放军。

即使雨天他们也不扰民,都挤在屋檐下睡觉。有些地下党家属、开明绅士邀请解放军进屋睡,他们也不入百姓家的房中,全在堂屋铺上稻草盖上薄被子就寝。官兵平等,都睡地铺。第二天起来,被褥打包,将地上的草打捆,地面清扫干净。还帮百姓家挑水,打扫门前的道路。这样的军队,比楚埠那些在东方家菜坛子里拉屎的国民党军不知要强过多少条街。

鸠城解放后的几天内,大批的解放军陆续地向东南方向开去,茅定毓、萧将、司成虎、东方从武等人分别带兵离开了鸠城。南方战败的成群俘虏也接二连三地往后方押送。国民党反动派还在做最后的挣扎,他们派飞机轰炸解放军部队。每当听到飞机的轰鸣声,解放军都会不慌不忙地寻找掩体躲避,等飞机过去后,迅速集结,继续向南前进。

解放军的骑兵飞驰而过,随军记者从不同的角度记录下了这令人喜悦而兴奋的历史瞬间。东方箭是从《鸠城日报》上看到这些消息的。

解放军接管鸠城的第二天,任怀刚挎着手枪来找东方箭。任怀刚,不,他现在的名字叫岳曙光。岳曙光,是他的本名。

住在岳家湾的任老太原名叫罗四妹,年轻时嫁给了鸡头岭的任大禹,生了个孩子叫任怀刚。那一年任大禹生重病,花光了家中所有的钱,卖掉了田地还欠下一屁股债,也没能挽回他的命。懂事的儿子任怀刚通过帮着地主家看牛抵债。有一天,突降狂风暴雨,任怀刚赶着牛去山崖下躲雨,不幸的事情发生了,几块滚石砸下,把任怀刚和牛都砸死了。地主家有钱有势,非要任家赔牛钱。逼得没办法,罗四妹准备投河自杀。幸运的是,她被路过那里的岳曙光救下来。当了解了她家情况后,岳曙光告诉她自己双亲皆已登仙,愿认罗四妹作亲娘,要赡养她一辈子。为了让她放心,把她请到岳家湾住下。他还改了姓名,就用她儿子"任怀刚"的名字作为自己的姓名,表明自己是真心认她这个娘。

之前"任怀刚"这个名字正好便于岳曙光开展地下工作。如今岳曙光是鸠城代理书记,来请东方箭做他的秘书。代理县长是令富贵,代理警察局局长是花千树,代理商会会长是顾有道……这些任命,东方箭都是从张贴的告示上看到的。

东方箭知道自己的文化水平有限,便对岳曙光说:"我只有初小三年级的文化水平,怕胜任不了这个职务。"

"现在不是说能力的时候,关键看政治态度,看对党对人民的忠诚程度。"岳曙光能够亲自找东方箭,是看中了这个小伙子内在的一种不服输的精神,他相信"世上无难事,只怕有心人"这句话,也相信这个小伙子能够不断学习提升自己,便诚恳地对东方箭说,"能力是在实践中锻炼出来的。不怕事,敢做事,一定能够做成事。现在百废待兴,千头万绪的事情等着人去做。现在是用人之际,只要你愿意做,没有做不成的事。我对你有信心。"

如果东方箭再推辞,就是不识好歹了,再说了,岳曙光说了"现在是用人之际",于是,东方箭对岳曙光说道:"那我就尝试一段时间,等到时局稳定下来,再做定夺。"

鸠城新政府临时领导班子只是搭了一个架子,仍然要利用旧政权的人为新社会服务,如召开会议、布置任务、反映情况、筹借物资等等。包括原来那些保甲人员一律都要积极配合,协助陆续南下的干部迅速建立新政权,将功赎罪。

东方箭见识过那些历经炮火洗礼的干部的风采。有一次,某南下的一名干部在主持会议期间,突然警报声响起,随即听到敌机轰声如雷。那是敌机在低空侦察——吓得伪保职员们全往外跑,而他却纹丝不动,并高声地喊:"你们不要跑!怕什么?!"那种安然自若的态度,就像解放军大队人马在公路上行军的时候遇到敌机一样,不慌不忙地照常行走,令东方箭敬佩不已。当时,岳曙光也端坐在台上,照样坦然自若。东方箭见领导不动,自己身为记录员,当然不敢擅离职守。这样的场面,自然锻炼了他的胆识。

分到田地的农民们种粮的积极性非常高,不知道是人勤地不懒,还是瑞雪兆丰年的缘故,反正,鸠城地区的"双抢"时节,老百姓把黄澄澄的稻谷成担往家挑,待"双晚"秧苗插下后,再将余粮晒干、扬净,送到新政府的粮库里去。

因为天气炎热,连续劳累,大部分农人晚上睡得很沉。然而,觊觎这些粮食的反动势力抓住这个机会,趁夜色来到村庄抢劫粮食,有时顺带抢点牲畜、家禽改善伙食。甚至有色胆包天的,竟敢糟蹋良家民女。老百姓自然将这些情况反映到了中共鸠城县委、县政府。

县委、县政府便安排乡政府的基干民兵组织护粮队,蹲守在要道或者村子里,等待反动势力出现,给予打击。几次伏击成功,给土匪造成不小打击。但是哪里知道,他们变本加厉,竟然组织了两次大规模的袭击：一次，夜袭双丰乡政府的民兵队，打死乡长以及民兵共计9人，打伤11人；另外一次夜袭楚埠镇政府，打死民兵12人，打伤干部、民兵30人。

面对这种穷凶极恶的匪徒，如果不彻底将他们消灭，他们将给百姓的生命财产带来隐患，新政府也没法对老百姓交代。如何彻底消灭鸠城境内的匪徒，是新政府面对的一个严峻考验。

岳曙光召开了各方代表的协商会，大家一致同意必须围剿反动势力，只有消灭他们，才能给老百姓提振信心，树立新政府的威信。

他分析了，现在这帮反动势力，是原国民党政府、军队、土豪劣绅、土匪纠集在一起的乌合之众。只有将其彻底歼灭，才能在这一带深入开展土地改革以及镇反运动。以原县长叶鸿儒为"军区司令"，大刀会的首领孙八斤为"军区副司令"，地主何谦良为"军长"的一帮杂牌队伍借助凤凰山一带的地理优势，横行霸道。只有熟悉凤凰山地区的地形特点，并且借助老百姓的力量，才能将这帮匪徒全歼，不留后患。

会议决定，岳曙光自任剿匪大队长兼政委，龙兴雨为一小队队长，令荣华为二小队队长，包玉锁为三小队队长，龙会云为四小队队长，东方箭为随队秘书兼通讯员。为了不打草惊蛇，队员们利用夜晚行军，兵分四路，对凤凰山形成包围圈。天亮时，他们入村发动群众组织自卫队，守护各个上山的道路。老百姓知道他们是为人民服务的政府，所以非常支持他们的工作。金满堂得知东方箭来到了凤凰山围剿反动团伙，也积极加入带路人的队伍。到了半夜，由熟悉道路的村民带路，向凤凰山进发。等他们找到了匪窝时，天还没亮，正是匪徒们熟睡的时候。岳曙光发出进攻的指令，一颗信号弹带着哨声在半空中闪光，各分队立即行动起来。一时间,子弹像冰雹一般砸向匪徒的窝点。一些匪徒在睡梦中就见了阎王,一些匪徒仓促迎战。最终,还是有一部分匪徒仓皇逃出了包围圈。

天亮时分,剿匪大队已经追击匪徒到了鸡头岭附近。这也是岳曙光他们预料之中的事。因为这一带山高林密,地势比较险要,日本鬼子曾在这里建过碉堡,国军也曾在这里驻扎过。国军败走后,这里就成了这些"野猪"的栖身之地了。上山的路只有一条,易守难攻。当时,在安排作战方案的时候,东方箭就提出过,如果匪徒们跑到这一带,怎么办?大家提出围而佯攻,让匪徒弹尽粮绝,自然会投降。所以当时就安排了一部分人卡在鸡头岭的前面,不让匪徒散到平原水网地区去祸害百姓。围在山区,地广人稀,对百姓危害不大。

在大山里围困匪徒,也不是长久之计,这么多人的吃喝拉撒睡,怎么办?全靠附近的村民肩挑手提,也不是办法。东方箭忽然想出了一个办法,几年前他曾与岳曙光等在鸡头岭做过工事,当时他就是从后山滚下来,然后滑到斑茅下面的水田里,鬼子才没有发现他,他才逃脱了鬼子的抓捕。

"您还记不记得我们曾经在这里做过工事?"东方箭问岳曙光,"我就是从后山逃脱的。"

"当然记得,"岳曙光睁大眼睛莫名地看着东方箭,"怎么今天想起这件事来?"

"我倒有一个办法,"东方箭有信心地说,"我们可以在前山佯攻,而派人从后山爬上去,趁他们注意力在前山的时候一举消灭他们。"

"爬上后山的难度不是一点两点的。"岳曙光面露难色。

"我熟悉环境,"东方箭自告奋勇地说,"要不,让我带一帮人从后山进攻,还有个金满堂可以带路。"一直跟在东方箭身旁的金满堂对岳曙光点头说:"这一带我很熟悉,特别是鸡头岭,我经常上山砍柴的。"

"行吗?"岳曙光表示怀疑。

"不试,怎么知道不行?"东方箭还真有决心了。

"我们可以在前山佯攻来配合你们。"岳曙光感觉不放心,还是要交代东方箭几句,"如果不行,你们要及时后撤,不要恋战,确保安全,才是最重要的。"

后山陡峭是事实,但是到处是斑茅以及树木,可以人踩人向上攀爬,也可以抓住斑茅、树木向上攀爬。为了防止手被割伤,东方箭让每位队员都戴上了手套。黑夜里,前山的子弹像鞭炮似的乱炸、乱飞,匪徒不知道具体情况,也不敢出击,只是胡乱地还击;后山的队员们凭借直觉向上攀爬,像猴子一样向上蹿。大约两个小时后,东方箭他们成功登顶,迅速包围了碉堡,安置好炸药,一声轰响,以为碉堡是保命方舟的匪徒瞬间去了西天。而那些正在与前山队员对射的匪徒听到碉堡被炸掉,知道他们的后路断了,末路来了,边打边撤,向山崖边去了。由于天太黑,根本无法继续搜索,而且还极易造成我方人员伤亡,所以东方箭他们停止了追击,一切等待天亮再说。

天刚亮,山间的雾气缭绕,树林里十分静谧,整日聒噪的知了在默默地吸食露水而顾不上夸耀自己的功绩。有鸟儿在枝头蹦跳着,旁若无人地对鸣着。

猫在树林里的队员们,眼紧盯着山崖那边。不久,几个穿道袍、戴道冠的尼姑迈着莲步上山来。中国共产党有保护宗教信仰自由的条令,所以队员们没有打扰她们。而东方箭眼睛一直盯着这几个道姑。东方箭听爹说,三姐汝竹被道姑带走,他猜想是不是在这几个道姑中,所以看得入神。

"不对劲,"东方箭对其他队员说,"你们看,那个又高又壮的道姑,比别人高出一个头来,女人有这么高吗?再看'她'的道袍裹在身上,肉都挤出来了,肯定不是'她'的衣服。这几个道姑是假的。"

"停下来,接受检查!"东方箭大声对着几个道姑喊着。其他人迅速从树林里钻出来。

那个又高又壮的道姑小跑起来,由于跑得太快,风将道冠给吹落,露出了满头的红头发。东方箭认出他来,他就是大刀会的匪首孙八斤。东方箭对剿匪队员们喊道:"他是匪首孙八斤,抓住他!"

"孙八斤,你给我站住!"队员们朝那几个"道姑"前去的方向一边追,一边喊。

孙八斤见行迹已经败露,立即转身用枪挟持了一名道姑,对着剿匪队员们喊道:"快往后退,不然我杀了她!"其他几个"道姑"也各自拿出枪来对着那个真道姑。

形势十分危急,如果上前,极有可能伤害到人质;如果不追,极有可能再次让匪徒逃脱而祸害他人。东方箭让大家暂时不要前进,以免激怒匪徒。

"东方箭,向我开枪!"道姑向东方箭喊起来。东方箭听出是三姐汝竹的声音,更加不敢轻举妄动了。孙八斤十分得意,逼着汝竹继续向前走,想做一番垂死挣扎。

队员们迟迟不敢动手,眼看着匪徒们越走越远,再过几十米,就离开了队员们的射程。汝竹猛然侧过脸,咬住了孙八斤持枪的手腕。他疼得哇哇叫,用另一只胳膊弯圈住了汝竹的脖子,勒得汝竹气息虚弱、脸色发青。最终,汝竹松了口气。孙八斤十分恼怒,顺手一推,将汝竹推下悬崖。东方箭大喊着:"三姐——三姐——"可是汝竹听不见了,只有山谷传来回音"三姐——三姐——"

队员们抓住了有利的时机向几个假道姑开枪。假道姑们狗急跳墙,做最后挣扎,准备寻找隐蔽处反击。但最终,他们被英勇的队员们统统击毙。

东方箭找到了孙八斤的尸体后才对天呜咽道:"娘,我为您报仇了——三姐,我为你报仇了——"

山谷传来回音:报仇了,报仇了……

尾 声

"呜呜——"一声悠长的汽笛响起,一阵阵青烟从车头的烟囱吐出来,"哐哐"的车轮转动声响起,一列火车轻快地向着北方驶去,驶向一个充满希望的全新的世界。

东方箭坐在车窗旁,向站在站台上的康恋春母子挥动着手,说道:"回去吧!我很快就会回来的。"儿子希望也向车上的东方箭摆动着手掌。他胖乎乎的手掌,像一面旗帜在挥动。

鸡头岭一仗,抓获了反动头目叶鸿儒、何谦良、叶老四等人,击毙了孙八斤等反动派顽固分子,解救了苏小欣等一些被当作人质的群众。这一仗,打出了共产党领导的新生的鸠城政府的气势和威武,彻底粉碎了国民政府企图利用潜伏留守敌特分子破坏、颠覆鸠城新政府的幻想。人们欢欣鼓舞,热情高涨。岳曙光带领广大干群投身到火热的鸠城重建工作中去。

从鸡头岭回到了鸠城,东方箭就仿佛生了一场大病,在家里整整睡了三天。三天后,他来到了岳曙光的办公室,对他说:"岳书记,我慎重地考虑了好久,觉得我不适合从政。一是我的政治敏锐性不够;二是我的知识文化水平太低,不能空占着政府的岗位。我想去学校教书,边学习,边教书,与学生一道进步。另外,我还可以把我的经历,不,我们这一代人的经历,写成书,讲给学生们听,让他们记住现在的生活是无数人用生命和智慧换来的,让他们更加珍惜当下的生活。"在武汉时,从岳父没有给东方箭安排合适的工作起,东方箭就意识到知识的重要性,他们这一代人因战乱而没有机会学文化,而今新中国成立了,要让东方希望这一代努力学文化,将来建设富强的国家。所以,东方箭决心,先提升自己的文化水平,再去学校与学生们一道进步。

"你真的考虑好了吗?"岳曙光殷切地看着东方箭,问道。他真心想把东方箭留在身边,他是看着东方箭一步步成长的,一点点成熟的。既然东方箭有了自己的想法,岳曙光当然乐见东方箭有独立的思想。

"真的考虑好了,先去沽城教师培训班接受培训,然后去学校教书。"东方箭表明了自己的观点。同时,东方箭郑重地递给岳曙光一张信纸,恳切地对他说道:"我想加入中国共产党。这是我的入党申请书,我愿意接受党对我的考验。"

岳曙光笑着,双手接过了东方箭的入党申请书,放在桌面上,用那只和汤玉伶珍藏的一模一样的铜金鱼压在上面。他慈祥地对东方箭说:"你今天的进步,正是你娘所乐见的。欢迎你加入组织,更好地为人民服务!"

列车很快消失在阳光里,只留下两根长长的铁轨一直延伸到远方。